Das Storchennest

Das Storchennest

Ein Roman in Briefen
von
Hildegard & Thomas
Schaaff

Edition Carmel

Bibliografische Information Der Deutschen Bibliothek
Die Deutsche Bibliothek verzeichnet diese Publikation in der Deutschen Nationalbibliografie; detaillierte bibliografische Daten sind im Internet über http://dnb.ddb.de abrufbar.

Umschlaggestaltung Wolfgang Zieger, Konstanz
Druck: Druckservice Reyhani, Darmstadt

D-65719 Hofheim 2003
ISBN 3-87037- 375-x
Titelnummer: 464- 091

Als die Zeit erfüllt war, wurde der Engel Gabriel von Gott her entsandt in eine Stadt Galiläas namens Nazaret zu einer jungen Frau aus dem Haus David. Der Name der Jungfrau war Maria.

– aus dem Lukasevangelium –

Gott, das Wort, mit dem wir dich nennen,
lebt fast nicht mehr und ist sinnlos geworden,
leer und vergänglich
wie jedes menschliche Wort.

– Huub Oosterhuis –

Linker Flügel

Mittelstück

Rechter Flügel

Es sind die merkwürdigsten und bewegendsten Dinge, die sich in meinem Leben ereignet haben und die mich nun dazu bringen, getreulich all das zusammenzutragen und aufzuschreiben, was sich damals ereignet hat und uns zu dem machte, was wir heute sind.
So setze ich, Gabriel, mich hin, um im Jahr 198 der neuen Zeitrechnung zu dokumentieren, was damals in Bad S. geschah.
Meine Chronik wird hauptsächlich aus Briefen bestehen und Tagebuchnotizen, die ich sorgfältig verwahrte. Briefe an meine Frau Maria, Gefährtin meines Lebens, der ich mehr als alles verdanke.
Meine Gedanken wandern zurück in den Frühling jenes Jahres, als ich, getrieben von Ungeduld und Enttäuschung, glaubte, nicht mehr weiter zu können, Hals über Kopf davonfuhr nach Bad S. und dieses geheimnisvolle Buch fand. Es lag in einer Bibliothek im hintersten Winkel so versteckt, dass es kaum zu finden war.
Und wie dieses Buch alles veränderte.
Noch heute sehe ich den Satz vor mir, den jemand wie eine Widmung handschriftlich am Rande notiert hatte, wohl der, der das „Buch der Gewissheit" verbarg, um es zu retten.

> „Das Heiligtum der Einheit ist errichtet; betrachtet einander nicht als Fremde. Ihr seid die Früchte eines Baumes, die Blätter eines Zweiges. Wir hegen die Hoffnung, dass das Licht der Gerechtigkeit über die Welt erscheine und sie von aller Tyrannei heilige."

Linker Flügel

eins

Bad S. 08.03. ....

Liebe Maria,
ich bin heute, nach einer langen und mühsamen Fahrt glücklich in Bad S. angekommen und das Städtchen hat mich mit seinem schönsten Gesicht empfangen. So als wollte es all das Leid und die Mühen der letzten Monate mit einem Mal wieder gut machen. Obwohl es doch noch recht früh im Jahr ist, zeigt sich die Stadt in einem milden Sonnenlicht, das alle Farben in jene zauberhafte Atmosphäre taucht, die ich so liebe. Es ist noch nicht einmal Ostern und ich kann schon draußen sitzen und mir, während ich Dir dies schreibe, die Frühlingsluft um die Nase wehen lassen.

Es ist schön, von Licht und Farben umgeben zu sein, nach einem Winter voller Trübsal und Trübsinn, in dem es nie hell werden wollte. Weder draußen noch in mir drin. Wer könnte das besser wissen als Du. Hast Du doch alles in dieser traurigen Zeit mit mir geteilt.

Beim Abschied hast Du gesagt, ich könnte meinen Sorgen nicht davonlaufen, sie würden mit mir reisen, auch hierher. Da hast Du sicher recht. Aber im Moment kommt es mir so vor, als würden der Abstand zu allem und die freundliche, südliche Stimmung, die mich so herzlich willkommen heißt, mir einfach gut tun. Und vielleicht finde ich ja hier die nötige Distanz, um alles ruhiger und beherzter anzugehen, als zuhause. Lass mir Zeit, es wird sich entwickeln.

Bad S. ist ein kleines mittelalterliches Städtchen mit viel Flair und freundlichen offenen Menschen. Man grüßt hier einander, auch wenn man sich gar nicht kennt. Und ohne es recht zu bemerken ist man auf der Strasse mitten in ein Gespräch

verwickelt. Obwohl ich erst ganz neu hier bin, fühle ich mich schon fast ein wenig wie daheim.
Ich werde Dir sicher mehr von Bad S. und seinen Menschen erzählen und von seinem Licht und seinen Farben, die so anders sind.
Bis dahin sei ganz lieb gegrüßt von Deinem Gabriel

zwei

Bad S. 12.03. ....

Liebe Maria,
vielen Dank, dass Du so schnell auf meinen Brief geantwortet hast. Ich war ganz überrascht, als ich schon Post von Dir bekam, kenne ich doch Deine Art, Briefe lange zu kauen und im Geist hin und her zu schieben, ehe Du Dich hinsetzt und eine Antwort schreibst.
Du stellst so viele Fragen – ich will versuchen sie zu beantworten, so gut ich kann.
Du fragst, wo ich wohne. Denke Dir eine Stadt mit viel Fachwerk, mit einem Marktplatz und einer großen Kirche in der Mitte, die alles überragt. Das Ganze umgeben von einer Stadtmauer, von der allerdings nicht mehr viel steht. Nur noch den Stadtgraben gibt es und der ist grün bewachsen. In dem Stadtgraben nun ein kleines Haus und dort unter dem Dach wohne ich. Und zwar so, dass ich, gäbe es die Stadtmauer noch, in dem einen Zimmer hinter der Mauer wäre, im anderen außerhalb der Umfriedung. Lustig, nicht wahr? Ich bin drin und draußen, umgeben vom Schutz der Mauer und doch auch wieder frei wie ein Vogel, ganz wie ich will. Ich brauche nur von einem Zimmer in das andere zu gehen. Und ich stelle mir oft vor, wie das früher war, als die Stadtmauer noch stand und die Menschen teilte in die von drin-

nen und die von draußen. Und wie sie an meiner Wohnung vorbeizogen. Die einen in die Stadt hinein, um etwas zu besorgen, zu kaufen oder zu verkaufen, die anderen aus der Stadt heraus, voller Pläne und Abenteuerlust oder auch getrieben von Not und Sorgen. Was sie wohl alle bewegt haben mag, die Menschen, die da vorbeizogen an einem solchen Tag. Raus oder rein, hin oder her. Je nach dem. Ob sie Zeit hatten, die Farben zu bewundern, die das Sonnenlicht malt?
Ich wohne in einem Haus mit rosa Fassade. Das gegenüber ist gelb, das Gras unter mir von einem satten Grün und das Ganze eingebettet in einen frischen blauen Himmel, der gerade aus der Wäscherei zu kommen scheint. Kannst Du Dir vorstellen, wie mich diese Farben erfreuen? Wie mir das Herz aufgeht, wenn ich die Kontraste sehe und wie sehr ich mich darüber freue, dass ich sie überhaupt sehe. Und noch immer spüre ich das Zittern in mir und das ängstliche Zagen, ob es denn auch bleibt?
Du fragst wie es mir geht und was ich so treibe. Ich beschreibe es halt, so gut ich kann, in der Hoffnung, dass Du mich verstehst.
Im fernen M. ist es sicher schwer, aber ich traue es Dir schon zu.
Liebe Grüße Dein Gabriel

drei

Bad S. 18.03. ....

Liebe Maria,
so so, unzufrieden bist Du mit meiner Antwort. Zu wenig würde ich berichten von dem, was wirklich passiert. Ist das denn so wichtig? Okay, ich habe angefangen zu arbeiten. Schließlich muss ich ja Geld verdienen und meine Schulden

nach und nach abarbeiten. Das nimmt viel Zeit und Kraft in Anspruch, mehr als ich dachte und mehr als mir lieb ist. Aber was soll ich tun. So ist das Leben. Und dem hat man sich zu beugen. Es ist nicht so, dass ich viel Aufhebens davon machen möchte. Auch nicht in meinen Briefen. Ich meine, es gibt Größeres was uns verbindet und Schlimmeres, was uns trennt. Und es werden immer die Herzen sein, die uns zueinander ziehen. Darum lass uns von dem erzählen, was wirklich zählt.
Du wirst staunen, was ich auf einem meiner Spaziergänge durch die Stadt entdeckt habe: Zusammen mit mir ist ein Storchenpaar in Bad S. angekommen und hat auf dem höchsten Punkt der Stadt über dem Portal der Kirche auf dem Dach sein Nest bezogen. Überaus freudig begrüßt von den Einheimischen.
Auf dem Marktplatz habe ich mich mit einem alten Mann unterhalten und der erzählte mir, dass das Pärchen jedes Jahr auf dem Kirchdach nistet. „Aber in diesem Jahr hat sie einen neuen Mann mitgebracht“, schmunzelt er und seine Augen funkeln dabei.
Da die Störche aber eigentlich monogam sind und ihre Treue ungewöhnlich ernst nehmen, stellt sich nun die Frage, was passiert ist.
Warum hat Frau Storch einen neuen Mann?
Ist ihrem ursprünglichen Gemahl ein Unglück widerfahren? Oder ist er verletzt irgendwo auf der Strecke geblieben? In Gefangenschaft geraten?
Hat er seine Anziehungskraft verloren, konnte seine Frau nicht mehr an sich binden oder hatte sie einfach die Schnauze von ihm voll? Besser gesagt den Schnabel.
Hat sie ihn verlassen oder er sie?
Oder ist er gar gestorben?
Haben sich die beiden vielleicht auf der langen Reise aus den Augen verloren und dann war da plötzlich ein neuer, einer mit Visionen für die neue Zeit und hat sie im Flug erobert.

Und als die beiden dann die Alpen überquert hatten und das Kirchdach in Sicht kam, war auf einmal alles klar.
Ach Maria, es gibt so viele Möglichkeiten zu spekulieren. Der alte Mann konnte gar nicht genug davon kriegen, seine Phantasien auszumalen und auf die Störche zu übertragen.
Und ich bewundere ihn dafür. Ich bewundere sie beide. Den Mann mit seinen lebendigen blassblauen Augen, für seinen Einfallsreichtum und seine Lebenserfahrung und die Störche für ihren Mut neu anzufangen, unübersehbar auf dem höchsten Punkt der Stadt. Sicher, überlegen, in schwindelnder Höhe. Mit dem nötigen Abstand zur Welt unter ihnen.
Hätte ich doch nur einen Funken der Überlegenheit des Paares auf dem Kirchendach und nur ein Bruchteil von ihrem Überblick, wie sähe meine Welt anders aus.
Aber so.
Ich glaube es ist besser, hier aufzuhören. Meine Gedanken nehmen mich mehr mit, als ich mir eingestehe und der alte Schwindel will mich wieder packen. Darum muss es für heute genug sein. Mach Dir keine Sorgen, es geht schon irgendwie weiter. Es grüßt Dich Dein Gabriel.

vier

Bad S. 21.03. ....

Liebe Maria,
es sind erst drei Tage her seit dem letzten Brief. Drei Tage und die Welt sieht anders aus. Du, ich glaube, ich habe gefunden, wonach wir verzweifelt suchen. Und nicht finden konnten. Ich bin so aufgeregt, dass ich nicht weiß, ob ich die richtigen Worte finde, es Dir zu erzählen.
Aber der Reihe nach.

Ich habe gestern eine Radtour gemacht. Ja, Du hast richtig gelesen. Ich habe mir ein Rad genommen und bin raus gefahren. Zu einem nahegelegenen Kloster.
Lache nicht. Es war kein nostalgischer Rückfall und auch keine Flucht in die heile Welt der Vergangenheit. Ich wollte mich auch nicht quälen, Du weißt, masochistische Züge sind mir eher fremd. Nein, es lag auf dem Weg und liegt so schön am Berg. Es zog mich einfach irgendwie an.
Obwohl – es ist barock!
Und das ist ja nun weiß Gott nicht mein Stil. Da ist mir die strenge, klare Romanik der Stadtkirche schon viel näher. Wenn die nur nicht so düster wäre. Es fehlt das Licht. Sie hatten einfach kein Verhältnis zum Licht. Ein Gotteshaus muss Licht haben. Es muss überfluten von Licht. Es kann gar nicht hell genug sein. Und man kann sagen was man will, die Architekten des Barock waren Meister des Lichts. Zumindest kam es mir so vor, als ich die Klosterkirche von S. betrat.
Während die Störche noch dabei sind ihr Nest zu bauen, zu polstern und zu reparieren, die Gegend zu erkunden und die eigens für sie angelegten Biotope nach Nahrungsreserven zu untersuchen, um so die Entscheidung, hier zu bleiben nachträglich mit Fakten zu untermauern, begebe ich mich auf Erkundungsfahrt und lande – in einem Kloster.
Ich sehe Dich auf Deinem Sofa in der dunklen Ecke, wie Du den Brief durch die Luft wedelst und beide Beine in die Höhe wirfst vor Lachen. Er kann's nicht lassen, er geht ins Kloster.
Lache nur. Ich konnte mich eines Schmunzelns auch nicht erwehren.
Also, es ist Barock.
Die Schwestern aber weniger. Die zwei oder drei die ich zu Gesicht bekam, sahen eher etwas blutarm und vertrocknet aus, wie aus einem Herbarium entwichen. Sie gossen Blumen. Du kennst das schon.

Die Kirche überladen, wie es sich gehört, der Franziskus will so gar nicht in diese Pracht passen und am Schriftenstand die übliche Moderne. Ich kann's nicht mehr sehen. Und je näher es dem ist, was wir selbst einmal gemacht haben, desto mehr ödet es mich an. Ehrlich.

Später im Hof, sauber gekiest und unkrautentfernt, kam mir eine Idee. Jedes Kloster hat doch eine Bibliothek. Ob ich da mal stöbern kann? Fragen kostet nichts und eine höflich vorgebrachte Bitte mit gehörig gesenkten Augen kann kaum abschlägig beschieden werden.

Gesagt, getan. 10 Minuten später und 13 Gänge weiter fand ich mich in der Bibliothek wieder und atmete den geliebten Staub der alten Bücher.

In der hintersten Ecke eines kleinen Regals, da wo die Bibliotheksschwester weder mit Staubsauger noch mit der Kartothek hinkommt, fand ich es. Den Kitab-i-Iqan. Ein kleines in rotes Leinen gebundenes Buch. Buch der Gewissheit. Der deutsche Untertitel: Buch der Gewissheit.

Es kam mir so vor, als habe es jemand an diesem Ort versteckt, um es vor dem Zugriff der Nonnen zu schützen und als hätte es nur darauf gewartet von mir gefunden zu werden. Wieder ist Lachen und Beinewerfen dran. Du weißt, manchmal bin ich hoffnungslos romantisch. Buch der Gewissheit. Was mag sich dahinter verbergen?

Ich kam nicht weiter. Die Schwester trat auf und murmelte irgend etwas von einem Gottesdienst und sie müsste gehen und könnte mich doch nicht allein lassen, das sei nicht üblich oder irgendwie so. Auf jeden Fall komplementierte sie mich hinaus und eh ich mich versah, saß ich wieder auf meinem Rad und fuhr nachhause. Mein Bedarf an klösterlich-weiblichen Vespern ist weiß Gott gedeckt.

Aber eins sag ich Dir, morgen komm ich wieder. Und lass mich nicht so schnell vertreiben.

Das Buch will ich lesen.

Für uns beide.

Ich werde Dir jetzt täglich davon berichten. Also mach Dich auf was gefasst.

Später ...
ich habe mich gleich am nächsten Morgen wieder auf den Weg gemacht. Das Wetter war einladend und das Ziel verlockend...
Ein Buch hatte mich gefangen genommen. Nichts leichter als das für einen, für den Bücher Leben sind, aufgeschriebenes, gespeichertes Leben.
Gewissheit!
Wie hatten wir danach gesucht und waren krank geworden darüber. Weißt Du noch?
Nur ein Buch. Bislang sogar nur ein Titel. Und ein mysteriöser Ort, der alles geheimnisvoll und heikel macht. Aber gerade das macht ja den Reiz des Ganzen aus. Kitab-i-Iqan, in einem Kloster versteckt, von Nonnen bewacht, von allen andern vergessen. Oder geheimnisse ich da zuviel hinein? Du weißt, ich bin ein Romantiker in manchen Dingen.

Auf meinem Weg ins Kloster S. konnte ich sehen, dass unser Storchenpaar ausgeflogen ist. Es ist weg. Das Nest ist leer. Verlassen? Im Stich gelassen? Aufgegeben?
Oder nur untergetaucht, abgetaucht in die Intimität des Unerkannten um Ruhe zu finden.
Hoffentlich bleiben sie nicht zu lange weg. Es könnten Zweifel aufkommen oder Enttäuschung könnte umschlagen in Ärger. Das muss doch nicht sein. Also kommt wieder!
Ich verschwinde erst einmal für ein paar Stunden in die Bibliothek und tauche ein in ein Buch.
Geschriebenes Leben.
Neues?

Zum weiteren Vorgehen habe ich mir folgendes überlegt:

Ich werde sicher nie alleine und unbeobachtet bleiben. Irgend eine der Schwestern wird mich immer belauern. Und je häufiger ich die Bibliothek besuche, desto größer wird ihr Argwohn werden. Also kann ich das Buch nicht abschreiben. Nicht einmal Notizen zu machen traue ich mich.
Zu sehr würde das die Aufmerksamkeit auf mich lenken. Ich möchte doch unbehelligt bleiben. Also muss ich eher beiläufig wirken und gelangweilt, auch wenn ich das Gegenteil davon bin. Niemand soll etwas von meiner inneren Erregung merken, niemand soll dahinter kommen, welchen Schatz ich da möglicherweise entdeckt habe.
Also bleibt mir nur eins: Ich muss das, was ich lese, in meinem Innern speichern, um es dann – zuhause – möglichst verlustfrei aufzuschreiben.
Ich glaube anders geht es nicht.

Auf dem Nachhauseweg kam ich mir wie ein Wasserträger vor, der sein kostbares Gut in einem Gefäß voller Löcher transportiert. Es rinnt und rinnt und wird mit jedem zurückgelegten Meter weniger.
Und doch bleibt da noch so viel.
Hier meine ersten Notizen, hier der erste Abschnitt:

Einleitung – grundlegender Art
Widmung

> Im Namen Unseres Herrn, des Erhabenen, des Höchsten
>
> Keiner wird jemals sein Ziel erreichen
> das wahrhaftige
> wenn er sich nicht freimacht von allem.
>
> Wer zu glauben sucht
> suche Befreiung:

Das Ohr reinigen vom leeren Geschwätz
das Auge vom Verliebtsein in vergängliche Schönheit
das Gemüt von Selbstgefälligkeit
und sein Herz nicht hängen an Sachen.

Auf Gott bauen
an ihn sich halten und auf seinen Wegen wandeln.
So bereit werden und offen für unendliche Gnaden.

Aber niemals wird einer auch nur einen Funken
der Herrlichkeit Gottes erfassen
solange er
Worte und Werke von Menschen
zum Maßstab seines Denkens macht.

Schaut in die Vergangenheit:
Wie viele Menschen
haben sehnsüchtig darauf gewartet
dass Gott sich zeigt
in menschlicher Form.
Wie haben sie gehofft und gefleht
Gottes Schönheit möchte doch
aus der Verborgenheit hervortreten
und für alle sichtbar sein.

Doch wann immer die Tore der Gnade sich öffneten
und Gott seine Huld wie einen warmen Regen
über die Menschen ergoss
wann auch das Licht des Ungeschauten
am Horizont aufleuchtete
alle haben ihn abgelehnt
und sich von seinem Antlitz
Gottes eigenem Antlitz
abgewandt.

Wenn ihr es für unmöglich haltet
schlagt nach in euren heiligen Büchern
ihr werdet die Belege dafür finden.

Nicht eine einzige Gestalt
des Göttlichen ist erschienen
die nicht von den Menschen
abgelehnt
und heftig angefeindet worden wäre.

Erinnert euch
wie sie bekämpft wurden
von jedermann jederfrau
erinnert euch
damit euer Herz frei wird
von Vorurteilen
frei
sich auf den Weg zu machen
von der Achtlosigkeit zum Glauben
und vom Zweifel zur Gewissheit.
Macht euch bereit
für Weisheit
und göttliche Erkenntnis.
Das ist der Anteil an dem Brot des Himmels
das herabgekommen ist
für die Menschen reinen Herzens.

Darum
soll in dieser Schrift
auf die verschiedenen Berichte
über die Propheten Gottes
eingegangen werden.
Damit sie selbst Zeugnis ablegen
für die Wahrheit.
Die Offenbarer der Herrlichkeit Gottes

sind zu allen Zeiten
Grausamkeiten unterworfen worden
wie man sie kaum beschreiben kann.

Vielleicht dass durch diese Zeilen
manch einer
zum Nachdenken kommt
und sich nicht mehr
vom Geschrei der Geistlichen
verwirren lässt
seine eigene Meinung bildet
und zu neuer Zuversicht
und Gewissheit
finden mag.

Ich meine, damit wird das Thema umrissen.
Und was für ein Thema!
Macht euch bereit für etwas Neues. Macht euch bereit für göttliche Erkenntnis. Macht euch frei von Vorurteilen. Lernt aus der Geschichte. Sonst wird's nix.

Oder wie siehst Du diese Widmung?

Es folgt nun ein erster Abschnitt – darlegender Art
Von den Menschen im Angesicht der Erkenntnis – Die Propheten Gottes bis Jesus

Aber so gerne ich noch weitergelesen hätte – mit Ungeduld und brennender Neugier – mein Speicher war voll. Und mehr konnte ich nicht in mich aufnehmen. Es sollte doch auch hinübergerettet werden bis zum nächsten Notizblock.
Ich will auch dem feierlichen und tief gehenden Stil in meinen Aufzeichnungen Rechnung tragen. Ob das gelingt wird man erst später sehen können. Im Augenblick muss das ge-

nügen, was wir haben. Ich finde es ist schon viel genug und wunderbar dazu.

Oder was meinst Du – fragt Dein ungeduldiger
Gabriel.

P.S. Und jetzt heißt es, wie in den Comics unserer Kinderzeit: Fortsetzung im nächsten Heft.

fünf

Bad S. 27.03. ....

Liebe Maria,
was ist das mit den Menschen und ihren Versprechen? Nun ist es schon fast eine ganze Woche her, dass ich im Kloster S. war. Ich wollte doch jeden Tag dorthin und Dir täglich davon berichten. Hatte ich versprochen. So aber schiebe ich den Besuch Tag für Tag vor mir her.
Es gibt Gründe dafür, doch ich misstraue ihnen.
Das schöne Wetter ist umgeschlagen. Es ist grau, kalt und nass. Wenn ich aus dem Fenster sehe, verliere ich schon am frühen Morgen die Lust aufzustehen.
Der Alltag hat mich gepackt und die Arbeit fordert ihren Tribut. Ich bin nicht mehr der Jüngste und die Kräfte sind begrenzt. Wie sehr bedaure ich dies mitunter.
Dennoch bleibt mir ein Rest Zweifel.
Wenn mich etwas wirklich gepackt hat, was sind dann schon solche Vorbehalte? Was interessiert mich das Wetter, was kümmert mich meine Arbeit. Du weißt doch, wie leichtsinnig ich sein kann. Was frage ich nach meinen Grenzen.
Und jetzt?
Kann es sein, dass ich mich fürchte?

Davor, mich meinen Vorurteilen zu stellen?
Mache Dich frei von allen Vorurteilen und bereite Dich für ganz neue Erkenntnis. So hieß es doch oder?.
Wenn ich der Beweisführung schlüssig folge, werde ich vielleicht Vorurteile aufgeben müssen. Mit denen ich mich doch eingerichtet hatte. Es ließ sich damit leben. Auch wenn's weh tut.
Was aber danach kommt weiß keiner. Richtig?
Erst als ich das begriff, konnte ich es ändern.
Und dann ging alles sehr schnell.
Heute morgen bin ich wieder los, Richtung Bücherei.
Auf dem Weg wie immer – mein Blick zurück zum Storchennest. Die Beiden sind unstet. Mal da, aber nie in Ruhe, dann wieder stundenlang weg, dann nur einer da, dann keiner. So als wüssten sie nicht, ob sie hier heimisch werden sollen und sich einrichten können. Auch macht das Wetter den Einheimischen Sorgen. Es wäre nicht das erste mal, dass ein Sturm oder heftiger Regen alle Hoffnungen zunichte gemacht hätte. Aber was soll man tun? Man kann nicht mehr als warten, hoffen und schauen.
Ich auch.
Wie kann ein Mensch Gott erkennen? Wie kann ein Mensch Gott erkennen? Wie ein Mantra bewegt mich die Frage im Rhythmus der Pedale, mit denen ich mein Rad bergan bewege.
Bevor ich los gefahren bin, habe ich mir meine Aufzeichnungen noch einmal genau angesehen. Jetzt will ich sie mit dem wirklichen Text vergleichen. Ob sie dem standhalten können?
Um es gleich vorweg zu nehmen, sie können nicht.
Den Inhalt vermag ich einigermaßen wiederzugeben. Es fehlt meinen Worten aber die Ausstrahlung und die Kraft des eigentlichen Textes. Das werde ich auch nicht erreichen. Irgendwann werden wir nicht umhinkönnen, das Original zu lesen. Es führt kein Weg daran vorbei. Bis dahin müssen wir

wohl oder übel mit dem vorlieb nehmen, was ich aufschreibe.

Hier ist wieder ein Teil.

Es folgt nun ein erster Abschnitt – darlegender Art
Von den Menschen im Angesicht der Erkenntnis – Die Propheten Gottes bis Jesus

Einer der Propheten
war Noah.
Neunhundertfünfzig Jahre lang
ermahnte er sein Volk.
Inständig rief er sie
zum Hafen der Geborgenheit
und des Friedens
Keiner beachtete ihn.

Darüber
denkt eine Weile nach.
Was hat sie veranlasst
ihn zu verwerfen?
Meditiert über diese Frage
und ihr werdet die Antwort finden:
Gott prüft die Menschen.
Er hat sie immer geprüft
und er wird sie bis in alle Ewigkeit
prüfen.
Es ist so.

So scheiden sich die Geister:
Licht von der Finsternis
Wahrheit von Trug
Recht von Unrecht
Führung von Irrtum

Glück von Elend
Rosen von Dornen.
Meinen die Menschen etwa
es würde genügen
zu plappern:
wir glauben, wir glauben
und sie würden nicht
auf die Probe gestellt?

Nach Noah strahlte
die Sonne Huds.
Man sagt
wohl an die siebenhundert Jahre
lang
ermahnte er das Volk
aufzublicken
und sich
dem Paradies
der göttlichen Gegenwart
zu nähern.
Trübsal über Trübsal
ergoss sich auf ihn.
Und seine Beschwörungen
führten nur
zu heftiger Empörung
zu guter Letzt.

Nach ihm
erschien
aus dem Garten des Ewigen
die heilige Gestalt
des Salih
der wieder
die Menschen zum Strom

des ewigen Lebens
rief.
Mehr als hundert Jahre lang.
Er mahnte
sich fest an Gottes Gebote zu
halten
und das zu unterlassen
was verboten ist.
Seine Ermahnungen
blieben fruchtlos
seine Warnungen
ohne Erfolg.
Und doch hatte er
das Volk
zu nichts anderem gerufen
als zur Stadt Gottes.
Alles umsonst.
Was am Ende blieb
war großes Wehgeschrei
und alle gingen zugrunde.
So ist das.

Später
trat die Schönheit
des Gottesfreundes Abraham
hinter dem Schleier hervor.
Und ein neues Banner
göttlicher Führung
wurde aufgepflanzt.
Er rief das Volk der Erde
zur Gerechtigkeit.
Je inständiger er sprach
desto grimmiger wurden
Neid und Eigensinn.
Es gab Ausnahmen.

Menschen
die sich von allem außer Gott
losgelöst hatten
und auf den Schwingen der Gewissheit
eine Stufe erreichten
die Gott über alles menschliche Begreifen
erhöht hat.

Als sein Tag zuende ging
kam die Zeit des Mose.
Er war ausgerüstet
mit dem Stab
himmlischer Herrschaft
und
göttlicher Erkenntnis.
So kam er
vom Gebirge der Liebe Gottes
zu uns.
Er strahlte
vom Sinai des Lichtes
herab auf die Welt
und rief
aller Völker und Geschlechter der Erde
zum Reich der Ewigkeit.
Er lud sie ein
die Frucht vom Baum der Treue
zu kosten.

Aber jeder weiß
wie bitterfeind
der Pharao und sein Volk
ihm begegnet sind.

Wollt ihr einen Mann erschlagen
nur weil er spricht

Mein Herr ist Gott?
Ist er doch zu euch gekommen
mit Zeichen von eurem Herrn.
Ist er ein Lügner
wird seine Lüge auf ihn zurückfallen
spricht er aber die Wahrheit
wird das was er sagt
über euch kommen.

Über diese Geschehnisse denkt nach.

Es folgt nun ein Zwischenstück grundlegender Art:
Warum haben die Menschen die Propheten Gottes abgelehnt?

Maria, mal ehrlich! Hast Du das Ganze schon einmal in diesem Zusammenhang betrachtet? Ich noch nicht. Ich weiß, was Du fragen willst, wer waren um Gottes willen Hud und Salih. Noch nie von ihnen gehört. Bleib ganz ruhig, ich auch nicht. Ich habe nachgeschlagen. In der Bibel sind die beiden unbekannt. Aber in der arabischen Welt ist man mit ihnen vertraut. Es gibt da wohl Überlieferungs- und Traditionsstränge, die uns die Bibel unterschlägt, andere Völker aber bewahrt haben.
Darauf kommt's auch nicht an. Es ist der Zusammenhang, der alles so spannend macht. Warum haben die Menschen zu allen Zeiten, die Boten Gottes verworfen. Wenn sie doch nur Gutes brachten?
Wir sollen darüber nachdenken, heißt es. Und so zur Wahrheit finden. Ich muss sagen, bei mir hilft's nicht viel. Wenn Du schlauer bist als ich, schreibe es mir ganz schnell.
Sonst bleibt nur ... Fortsetzung im nächsten Heft.
Bis dahin Dein Gabriel

sechs

Bad S. 02.04. ....

Liebe Maria,

Was war die Ursache?
Warum
gibt es Kampf und Gewalt
immer dann
wenn Gott in einer Person
offenbart wird?
Es haben alle Propheten
ihren Nachfolger
angekündigt
und die Zeichen festgesetzt
welche den Beginn einer neuen Sendung
markieren.
Alle heiligen Bücher
bezeugen das.
Also erwarten die Menschen
das Kommen
einer neuen Manifestation Gottes.
Sie müssen sie erwarten.
Nach dem
was gesagt worden ist.
Warum nur
dann
zu allen Zeiten
so grausame Unterdrückung
der Erwählten Gottes?

Bedenkt die Geschichte:
Durch die fortlaufenden Manifestationen
seines göttlichen Wesens

haben die vielfachen
Gnadengaben Gottes
allezeit
die Erde und
alle, die auf ihr wohnen
umfangen.
Nicht einen Augenblick
hat sich seine Gnade
versagt
nicht einen Augenblick hat
seine Güte aufgehört
auf die Menschheit
niederzuregnen.
Nicht einen Augenblick.

Folglich
ist solches Verhalten
nur
der Kleingeistigkeit der Seelen
zuzuschreiben
und dem engstirnigen
Gehorsam
gegenüber
ihren Geistlichen.
Die Menschen haben
ihr eigenes Wissen
zum Maßstab genommen
für
das Zeugnis Gottes.
Sie fanden
dass es ihrem beschränkten Verständnis
und ihren selbstgemachten
Lehren
widersprach
und haben sie

verfolgt
wo immer sie konnten.

Liebe Maria, diesmal fange ich gleich mit einem Abschnitt aus dem Buch der Gewissheit an. Ich kann es gar nicht abwarten, Dir das zu schicken. Denn ich glaube, das ist die beste Antwort auf Deine Frage, eine, die nicht von mir kommt, sondern aus dem Buch selbst.

Du fragst – ich bin Dir für Deine kritischen Stellungnahmen dankbar, eigentlich erwarte ich sie sogar von Dir – Du fragst, ob denn diese Schrift nicht auch eine von denen ist, wie viele Sekten sie haben. Da wird – mit welchen Belegen auch immer – die Verderbtheit der Menschen und die Verlorenheit der Welt konstatiert. Und es sind dann natürlich nur die eigenen Sektenmitglieder, die dem drohenden Unheil entgehen können und gerettet werden.

Und nun schau und sieh selbst:

Nicht das Unheil der Welt wird beschworen. Das hatten wir weiß Gott schon mehr als genug. Denkst Du auch noch manchmal an die Fastenpredigten unseres seligen Dompfarrers aus der Studentengemeinde? Schaurig schlimm.

Hier wird das Gegenteil gesagt: Nie hat Gottes Gnade uns verlassen. Immer war er uns nahe in seinen Offenbarern.

Also ist er es auch heute!

Du, das ist der Wahnsinn. In unserer Zeit. Worauf will der Schreiber hinaus? Wo führt das hin? Was heißt es, die Beschränkungen unseres Denkens aufgeben?

Ich habe keine Ahnung. Ich weiß nur, das hier ist anders, als alles, was wir bisher gelesen haben.

Und ich finde es schrecklich, dass ich so langsam vorankomme. Seite für Seite muss ich mir erarbeiten, lesen, verstehen, merken, aufschreiben, wegschicken, auf Antwort warten, Zeit finden und dann wieder von vorne. Das ist eine harte Probe meiner Geduld und Beharrlichkeit. Wie schwer mir das fällt.

Übrigens unsere Störche – stell Dir vor, die sitzen. Sie sitzen und brüten. Das hoffen wenigstens alle. Denn bisher sieht man noch nichts. Also rätseln wir: Sitzen die nun und brüten oder sitzen sie einfach nur so? Kommt was dabei raus oder ist es vergeblich. Zu dumm, dass man nicht rauf kann ans Nest und lupfen. Hochheben möchte man die beiden und drunter gucken. Ob Eier im Nest liegen.
Morgen will einer mit einer langen Leiter raufsteigen und gegenüber auf dem Kirchturm eine Kamera installieren, die auf das Nest gerichtet ist. So kann man vielleicht eher was entdecken. Das ist die spannende Frage in Bad S.: Liegt im Nest ein Ei. Wird etwas Neues ausgebrütet oder wird hier nur rumgehockt.
Da mach ich doch lieber weiter mit meinem Text.
Ja ja, ich hab noch einen Abschnitt:

Immer wieder
war es die Geistlichkeit
die
Menschen daran gehindert hat
die Küsten ewigen Heils
zu erreichen.
Denn sie hält die Zügel
der Macht
über die Menschen
eisern im Griff.

Einige werden aus schierem
Machthunger
zur Ursache der Unmündigkeit
des Volkes
andere aus Mangel
an Klugheit.
Mit vergänglicher Herrschaft
zufrieden

haben sie sich
der ewigen Herrschaft
beraubt.

Dadurch
haben ihre Augen
nicht das Licht
vom Antlitz des Vielgeliebten
geschaut
und ihre Ohren
nichts
vom Lied der Sehnsucht
vernommen.
Die geistlichen Machthaber
haben jeweils
die neue Offenbarung
deshalb abgelehnt
und sich ihr entgegen gestellt
weil sie sie nicht verstanden haben.
Sie haben es auch gar nicht erst
versucht
die Worte
der Offenbarer
die die Zeichen der künftigen Manifestation
beschreiben
zu verstehen oder zu ergründen.
Tragischer Weise
haben die Menschen
die Auslegung der Schriften
gerade bei diesen Geistlichen
gesucht
die in die Schleier des Unglaubens
gehüllt sind
anstatt
die Belehrung über die Zukunft

an der Quelle des Wissens selbst
zu finden
aus dem Mund der Offenbarer
der Schönheit Gottes.

Das ist doch was für Dich oder? Okay, ich freue mich auch, wenn ich das lese. Was haben wir kämpfen müssen gegen Kleingeistigkeit und Borniertheit. Was haben wir uns aufgeregt wegen Engstirnigkeit und Dummheit. Und wo hat es uns hingeführt? Man kann nichts tun gegen die Macht. Und Dummheit und Macht ist eine tödliche Kombination. Doch das hättest Du nur mal wagen sollen zu äußern. Oder gar schreiben.
Kein Wunder, dass das Buch in den Tiefen einer unbekannten Klosterbibliothek verschwunden ist.
Mein Gott, was hast Du mit uns vor?
Wo führst Du uns hin?
Dein Gabriel.

sieben

Bad S. 09.04. ....

Liebe Maria,
natürlich hast Du recht, man kann einen Satz erst nach dem Punkt verstehen und ob es die richtige Brücke ist, weiß ich erst dann, wenn ich die gegenüber liegende Seite erreicht habe. Also heißt es warten und sehen, wo der Weg hinführt.
Genau das geht nicht.
Jeder Schritt führt mich ein Stück weiter weg vom sicheren Ufer und ich spüre das Schwanken unter meinen Füßen. Und weiß nicht, ob die Brücke trägt.

Der Abschluss der heilsgeschichtlichen Betrachtung allerdings ist ein Heimspiel. Vertraut sind uns die Gedanken. Wenn's hier zuende wäre, es wäre nichts Neues unter der Sonne. Aber weißt Du was? Das Buch fängt erst an. Wir sind immer noch im ersten Kapitel und es geht um die Propheten bis Jesus, also eigentlich für uns sicheres Terrain. Darum auch der nächste Abschnitt eher zum Erholen:

Als die Tage des Mose
zu Ende
gingen
und das Licht Jesu
aus der Morgendämmerung
des Geistes
aufleuchtend
die Welt umfing
stand das ganze Volk Israel
gegen ihn auf.
Sie schrieen
dass der
den die Bibel verheißt
das Gesetz Mose
erfüllen müsse
während dieser junge Nazarener
sich die Stufe des göttlichen Messias
anmaße
und die wichtigsten Gesetze
Ehescheidung und Sabbat
abgeschafft habe.
Das Volk Israel
wartet bis heute
auf die
in der Bibel verheißene
Manifestation.

Wie viele
Offenbarer des göttlichen Lichtes
sind seit Mose Zeiten
schon erschienen.
Und doch
wartet Israel darauf
dass das Idol
das sie selbst erschaffen
mit Zeichen erscheine
die sie selbst
ersonnen.
Da sie
die wahre Bedeutung der Zeichen
nicht erfassen
und jene Ereignisse
äußerlich betrachtet
nie eingetroffen sind
blieb es ihnen
versagt
die Schönheit Jesu
zu erkennen
und das Antlitz
Gottes
zu schauen.
Noch immer warten sie
auf sein
Kommen.

Seit ewigen Zeiten
bis zum heutigen Tag
sind die Völker der Erde
solchen
wunderlichen Gedanken
gefolgt
und haben sich selbst

damit
der klaren Wasser
beraubt
die den Quellen
der Reinheit und der Heiligkeit
entströmen.

Nun wollen wir
noch einmal
die gleichen Verse Jesu
anführen
die unverstandenen
damit die Sehnsüchtigen
aus der Wildnis
der Gottferne
zum Meer
der göttlichen Gegenwart
gelangen
von der Wüste der Trennung
zur Heimat
ewiger Wiedervereinigung.
Auf Gott setzen wir unser Vertrauen
dass er uns leitet.
Ihn rufen wir um Hilfe an
dass diesem Stift entströme
was die Menschen
belebt
dass sie sich
erheben
von den Lagern
der Achtlosigkeit
und dem Blättersäuseln
des Paradiesgartens
lauschen.

Schön, findest Du nicht?
Die feierliche Einleitung deutet schon an:
Es geht weiter. Jetzt wird es spannend. Unser Denken endet hier. Seines fängt erst an. Und jetzt schwankt die Brücke schon erheblich mehr. Du wirst gleich sehen:

Es folgt ein dritter Abschnitt – darlegender Art:
Von Jesus – und der Zeit nach ihm

> Zu der Zeit
> als das Feuer der Liebe
> Jesu
> die Schleier jüdischer Enge
> verzehrt hatte
> und seine
> Machtvollkommenheit
> sichtbar
> und allmählich anerkannt wurde
> wies
> er
> der Offenbarer
> der unsichtbaren Schönheit
> auf sein Scheiden hin
> und sprach:
> Ich gehe von hinnen
> und komme wieder zu euch.
> An anderer Stelle sagte er:
> Ich gehe hin
> und ein anderer wird kommen
> der wird euch alles lehren
> was ich euch
> nicht gesagt habe
> und alles erfüllen
> was ich euch gesagt habe.

Diese Verse haben nur
eine
einzige Bedeutung.
Wolltet ihr doch
mit göttlicher Einsicht
über die Manifestationen
der Einheit Gottes nachdenken.

Wer nämlich
dies mit Verständnis
und frei von Vorurteilen
betrachtet
wird erkennen
dass
in der Sendung des
Koran
sowohl das Buch
als auch die heilige Sache
Jesu
bestätigt wurden.
Er anerkannte
die Wahrheit der Zeichen
und die Worte und Taten
Jesu
bezeugte
dass sie
alle
von Gott sind.
In diesem Sinne
haben sich
weder
die Gestalt Jesu
noch seine Schrift
von der Muhammads
und seinem heiligen Buch

unterschieden.
Beide
sind für die Sache Gottes
eingetreten
beide haben sein Lob
verkündet
beide haben seine Gebote
offenbart.
Darum hat Jesus gesagt:
Ich gehe hin und komme
wieder zu euch.

Jetzt ist es heraus. Ich werfe das Buch in die Ecke und fliehe diesen Ort. Das habe ich nicht hören wollen.
Islam – nein danke. Gerade nicht in unserer Zeit. Du weißt wie ich darüber denke.
In der Nacht ging ein heftiges Gewitter über Bad S. nieder. Mit allem was dazu gehört: Blitz, Donner, Schauer, Hagel, Sturm. Mir fallen die Störche ein. Was sie wohl machen dort oben in ihrer windigen Höhe? Ob es zu gefährlich wird? Wer könnte es ihnen verdenken, wenn sie fliehen. Da haben schon ganz andere den Halt verloren.
Wenn sie das Nest verlassen und sich in Sicherheit bringen, führt das zu einer paradoxen Situation:
Wir wüssten endlich woran wir sind. Wir könnten hineinsehen in das Nest. Liegen Eier darin, sind sie verloren. Ist es leer, brauchen wir nicht länger zu warten..
Gewissheit ohne Zukunft oder Hoffen ohne Wissen? Was ist besser?
Wir haben es nicht zu entscheiden. Das Wetter nimmt uns die Entscheidung ab und die Störche. Und über beides können wir nicht bestimmen. Gott sei Dank.
Wir werden sehen.

Heute Nacht allerdings kann man gar nichts sagen. Wir müssen den Morgen abwarten. Morgen ist wieder Licht. Und der Sturm vorüber.
Morgen erlangen wir Gewissheit.
Aber heute schreibe ich Dir diesen Brief. Bis bald Dein Gabriel.

acht

Bad S. 12.4. ....

Liebe Maria,
ausgerechnet Du forderst mich auf, weiter zu machen. Ich von mir aus wäre nicht mehr hingefahren. Und nun bist Du es, die mir meine Inkonsequenz vorhält. Wo doch bislang Deine Skepsis meine Begeisterung überwog.
Ich hätte wissen müssen, sagst Du, dass etwas Neues kommt und dass das Unerwartete niemals bequem ist und sicher. Frei von Vorurteilen sollte ich das Ganze betrachten, hieß es. Erwischt!
Ich bin meinen Vorurteilen aufgesessen. Du hast recht. Auch wenn es schwer fällt, ich mache mich wieder auf den Weg.
Was die Störche betrifft: Es ist jetzt heraus – sie brüten. Abwechselnd. Immer einer sitzt, der andere fliegt fort zum futtern. Das scheint mir eine gute und sehr moderne Methode zu sein. Völlige Gleichberechtigung. Wir Menschen brauchen dazu wohl noch etwas Zeit. Wir sind noch nicht so weit. Auf jeden Fall, bei einem der „fliegenden Wechsel" hat die Kamera es festgehalten: Es liegen Eier im Nest.
Es wird etwas ausgebrütet.
Und wer nicht gerade auf Nahrungssuche ist, sitzt da und wärmt das neue Leben, das da entstehen soll, damit es wachsen und sich entwickeln kann.

Neuer Teil
Vom Verstehen der Prophezeiungen Jesu
hier – feierliche Einleitung und Widmung

Dieser Unterdrückte
und Verbannte
will nun
eine dieser Bibelstellen
anführen
und entfalten.
Verstehe was hier geschieht:
Damit will er
aus Liebe zu Gott
der Menschheit
Gnadengaben eröffnen
die noch
bei den unveröffentlichten
Schätzen
verwahrt sind.
Die sterblichen
Menschen
sollen nicht länger
ihres Anteils
an der unsterblichen Frucht
beraubt bleiben.
Sie sollen einen Tautropfen
erlangen
von den Wassern ewigen Lebens
die sich hier
von Bagdad aus
der Stätte des Friedens
über die Menschheit
ergießen.

Das
ist das Manna
von dem gesagt ist
Herr sende dein Brot vom Himmel
auf uns herab.
Dieses Brot wird
denen
die es verdient haben
niemals vorenthalten.
Es kann auch
niemals
aufgezehrt werden.
Ewiglich
wächst es
am Baum der Gnade.
Es kommt zu allen Zeiten
aus dem Himmel
der Gerechtigkeit und Gnade.
Zu schade
wenn der Mensch
sich selbst
dieser schönen Gabe
beraubt.

Nütze die Stunde
in der
der göttliche Frühling
seine Pracht
auf der Erde verschwendet.
Jetzt ist die Zeit
in der
die Taube der Unsterblichkeit
ihre Melodie
jubelt.
Lass dein inneres Ohr

nicht
vom Lauschen
auf diese Melodie
abhalten.

Das ist mein Rat
an dich
und die Geliebten Gottes.
Mach damit
was du willst.
Gott ist
wahrlich
unabhängig davon.

Wie konnte ich nur so vorschnell urteilen. Nein, man muss dran bleiben und sich die Gedanken entwickeln lassen. Gott ist wahrlich unabhängig davon.
Ich aber bin sehr gespannt auf Deine Antwort. Alles Liebe
Dein Gabriel.

neun

Bad S. 17.04. ....

Liebe Maria,
jetzt also hat er Dich gepackt, der Zweifel. Nur gut, dass es uns abwechselnd erwischt. Solange einer von uns beiden sicher bleibt, kann der andere getrost wanken. Erst wenn wir beide zugleich das Nest verlassen, wird es gefährlich.
Du schreibst, Du könntest die Worte nicht verstehen. Zu unverständlich sei das, was ich Dir geschickt habe. Du spürst wohl den feierlichen Ernst dahinter, er liefe aber ins Leere, weil Du den Inhalt nicht zu begreifen vermagst.

Also, ich kann auch nicht behaupten, viel davon zu verstehen, ich kann Dir nur das schreiben, was ich mir dazu denke. Ob's des Pudels Kern trifft? Wer kann das wissen. Und vor allem, wer soll's entscheiden, wenn nicht wir miteinander?
Meine Gedanken, unsortiert und ungeprüft, aber von mir:
Der Schreiber dieses Buches, Baha'u'llah, – ich glaube ich habe Dir gegenüber seinen Namen noch gar nicht erwähnt – lebt wohl in Bagdad und ist dorthin verbannt. Von hier aus schreibt er dieses Buch und will nun einige Bibelstellen erläutern, die sich mit der Wiederkunft Christi befassen.
So weit so gut. Gibt's ja wohl mehr als genug davon. Und die meisten sind ziemlich wild spekulativ. Wir wissen wovon wir reden, stimmt's?
Dieser nun sagt, er habe etwas Neues zu offenbaren. Was bislang noch nicht verstanden und veröffentlicht worden wäre. Von Bagdad würde eine neue Quelle des Lebens und der Gnade ausgehen, für die ganze Menschheit. Denn niemals hätte Gott aufgehört, seine Gnade zu verströmen, auch heute nicht. Das, was nun folgt, soll so etwas sein, wie das Brot vom Himmel, das nie alle wird. Und er besitzt doch tatsächlich die Kühnheit, unsere Zeit als eine göttliche Frühlingszeit zu bezeichnen, in der Gott seine Schönheit über die Erde verschwendet. Woher er das wohl nimmt? Mir unbegreiflich.
Ich weiß nicht warum, aber ich glaube ihm. Vielleicht ist das Wort „glauben“ zu stark. Sagen wir einmal so: Ich bin neugierig geworden und gespannt, auf seine neue Auslegung der geheimnisvollen Worte Jesu. Und, um ganz ehrlich zu sein, nichts Schöneres könnte ich mir vorstellen, als zu entdecken, dass tatsächlich eine göttliche Frühlingszeit angebrochen wäre. Nichts Schöneres und nichts Unvorstellbareres zugleich.
Aber auch hier gilt Dein Wort: Man kann einen Satz erst nach dem Punkt verstehen.

Also: Du musst weiter denken, fragen und zweifeln, ich muss weiter lesen, studieren, notieren. Nur so wird ein Schuh daraus.
Mein Gott, wenn wir fündig geworden wären. Dann bekäme mein Davonlaufen nach Bad S. – von Dir so kritisch beäugt – auf einmal einen Sinn.
Schön wäre das.
Du aber hilf mir, dass nicht der Wunsch der Vater des Gedankens wird.
Dein Gabriel.

zehn

Bad S. 22.04. ....

Liebe Maria,
ich könnte weiter machen, schreibst Du lapidar. Herrliches Weib, was für eine Antwort.
Aber bitte: (wie Sie wollen)

Es folgt nach der Einleitung nun ein Hauptteil:
Erklärung der Worte Jesu von seiner Wiederkunft

Das sind die Worte
mit denen Jesus im Evangelium
die Zeichen
benannte
welche die Manifestation
nach ihm
ankündigen:

Bald aber

nach der Trübsal derselben Zeit
werden Sonne und Mond den Schein verlieren
und die Sterne werden vom Himmel fallen
die Kräfte der Himmel
werden sich bewegen.
Und alsdann
wird erscheinen
das Zeichen des Menschensohnes
am Himmel.
Und alsdann
werden heulen alle Geschlechter auf Erden
und werden
sehen kommen
des Menschen Sohn
in den Wolken des Himmels
mit großer Kraft und Herrlichkeit.
Und Er wird senden
Seine Engel mit hellen Posaunen.

Erstens
Die Zeichen des Menschensohnes
werden
am Himmel offenbar werden
zu jener Zeit.

Das heißt:

Die verheißene Schönheit
der Wesenskern
allen Lebens
wird
nach dem Erscheinen
dieser Zeichen
aus dem Reich des Unsichtbaren
in die Welt

des Sichtbaren
treten.
Die christlichen Geistlichen
erfassten
die Bedeutung dieser Worte
nicht.
Sie erkannten
nicht
ihren Zweck.
Sie hielten sich immer
an eine
buchstäbliche Auslegung
der Worte Jesu.
Darum
wurden sie
des Gnadenstroms
der Offenbarung Muhammads
beraubt.
Und die Regenschauer
der Gnade
erreichten sie nicht.
Damit war auch
den Unwissenden
in der christlichen Gemeinde
die ihren Geistlichen
folgten
der Anblick
der Schönheit des Königs der Herrlichkeit
versagt.
Da diese Zeichen
die
das Aufdämmern der
Sonne
der Sendung Muhammads
begleiten sollten

tatsächlich
nicht eintrafen
wörtlich genommen.

So sind wiederum
Jahrhunderte vergangen.
Jener
reinste Geist
hat sich in die Stätten
seiner altehrwürdigen Herrschaft
zurückgezogen.

Aufs neue
hat nun
der ewige Geist
in die göttliche Posaune gestoßen
und die Toten
aus ihren Gräbern der Achtlosigkeit
und des Irrtums
hervoreilen lassen
zum Reich
der Führung und der Gnade.

Zweitens
Bald aber nach der Trübsal
derselben Zeit

das bezieht sich

auf die Zeit
da die Menschen
bedrängt
und gepeinigt werden.
Die letzten Spuren
der Sonne der Wahrheit

sind entschwunden.
Die Früchte
der Erkenntnis und Weisheit
fehlen
allenthalben in der Mitte
der Menschen.
Die Zügel der Menschheit
sind in die Hände
von Narren und Unwissenden
geraten.
Die Tore
zur göttlichen Einheit und Erkenntnis
sind verschlossen
das wesentlichste
und höchste
Ziel
der Schöpfung.
Klares Wissen
ist von eitlem Wahn
verdrängt
und Verderbtheit
hat sich den Platz
der Rechtschaffenheit
angemaßt.
Ein solcher Zustand
ist heute
zu erkennen.
Allerorten
werden die Menschen
von törichten Führern
geleitet
die sie nach ihren
Launen und Wünschen
lenken.
Auf ihrer Zunge

ist das Gedenken Gottes
ein leerer Name
geworden
in ihrer Mitte
sein heiliges Wort
ein toter Buchstabe.

Aufs neue
haben die Finger
göttlicher Macht
die Tore
der Erkenntnis Gottes
aufgetan.
Das Licht
himmlischer Gnade
und Erkenntnis
hat
alles Erschaffene
so in seinem Wesenskern
erleuchtet
und erweckt
dass in jedem
Ding
sich ein Tor der Erkenntnis
auftut
und in jedem Atom
werden Zeichen der Sonne
sichtbar.

Und dennoch
leben sie immer noch
in dem eitlen Wahn
die Pforten der Erkenntnis
seien verschlossen
und die Regenschauer

der Barmherzigkeit
seien versiegt.

Es gab so Phasen, da wollte ich das Buch zuschlagen, aufspringen und laut rufen: Jawohl. Genau. So isses.
Aber ein Blick auf den staubig stillen Ort und die mich immer bewachende Schwester, belehrte mich schnell eines Besseren. Also eile ich nachhause, um das aufzuschreiben, was ich gerade gelesen habe.
Für mich und für Dich. Und jetzt sag selbst, was Du davon hältst. Es ist ein merkwürdiges Gefühl, die eigenen, nur mit Dir geteilten Gedanken auf einmal in einem Buch zu lesen. Noch verwirrender aber meine Gefühle, wann immer der Text mit diesem provozierenden „aufs neue“ beginnt. Ich kann's einfach nicht glauben und wünsche es doch.
Aufs neue ? – Dein Gabriel

elf

Bad S. 30.04. ....

Liebe Maria,
im Augenblick ist bei uns alles andere als Frühlingszeit. Es regnet seit 3 Tagen ununterbrochen. Nicht besonders heftig, aber eben ohne Pause, sodass es einem aufs Gemüt schlägt.
Für solche Zeit– und Gemütszustände haben wir das Zitat von Licht und Schatten umgedreht und gesagt, wo Schatten ist, muss auch Licht sein. Siehst Du den Schatten, so mache Dich auf die Suche nach der Lichtquelle. Es ist aber ein so merkwürdiges Zwielicht, dass man nicht einmal einen Schatten wahrnehmen kann. Also ist auch kein Licht auszumachen. Außerdem ist es nass und alles fühlt sich klamm und unheimelig an.

Wie mag es den Störchen damit gehen, die auf luftiger Höhe unter freiem Himmel der Witterung ungeschützt ausgesetzt sind. Da sind sie aus dem heißen Afrika zu uns gekommen, um ihre Kinder in einem gemäßigteren Klima aufzuziehen und kommen in ein Land voller Düsternis und Nässe. Ich habe sie beobachtet, die Armen sitzen nach wie vor unverdrossen in ihrem Nest. Allmählich sehen sie aus wie ein gerupftes Hinkel. Und nur manchmal schütteln sie sich unwillig, um die Nässe aus dem Gefieder zu kriegen. Woher nehmen die ihre Zuversicht? Sie müssen doch irgend ein Licht oder die Ahnung von Licht und Wärme in sich tragen, um diese Zeit überstehen zu können.

Es scheint
dass sich ihre Herzen
nicht mehr
sehnen
nach dem Tor der Erkenntnis.
Sie denken gar nicht mehr
an eine Offenbarung
weil sie
in ihrem leeren Wahn
das Tor gefunden haben
das zu irdischem Reichtum
führt.
In dem Erscheinen
des Offenbarers
finden sie hingegen
nichts
als den Ruf
zur Selbstaufopferung.
Davor sind sie
geflohen
und halten sich
ihrer Natur folgend

an Reichtum und Macht.

Welche Trübsal
ist wohl schmerzlicher
als die
wenn ein
nach Wahrheit suchender
Mensch
nicht weiß
wohin er sich
wenden
und wo er suchen soll.

Ein solcher Zustand
gehört wesentlich
zum Beginn
einer neuen Offenbarung.
Ohne diese Trübsal
würde die Sonne
der Wahrheit
nicht
offenbar werden.
Der Morgendämmerung
göttlicher Führung
muss
die finstere Nacht des Irrtums
vorausgehen.
Wie sollte es sonst
eine Morgendämmerung geben.
Darum
finden sich in allen Chroniken
und Überlieferungen
Hinweise darauf
dass Unrecht
das Antlitz der Erde bedecken

und Finsternis die Menschheit
umfangen werden.

Das heißt

wenn die Sonne
der Wahrheit
untergegangen
ist
und die Spiegel
die göttliches Licht
widerstrahlen
verschwunden sind
werden
Trübsal und Ungemach
über die Menschen
kommen.
Denn
sie wissen nicht mehr
wohin sie sich
wenden
sollen.

So hat mir das noch keiner erklärt. Irgendwie klingt das absolut plausibel und einsichtig. Ist also das geistige und moralische Tief, das wir erleben, die Voraussetzung für einen Neubeginn? So wie die Nacht der Beginn des neuen Morgens ist und Licht ohne Finsternis weder ersehnt noch gesehen werden kann. Faszinierend.
Weiter im Text:

Drittens
Werden Sonne und Mond
den Schein
verlieren

und die Sterne
werden vom Himmel
fallen.

Das heißt

aus dem Munde der Propheten
bedeuten die Worte
Sonne und Mond
nicht nur
Sonne und Mond
der sichtbaren Welt.

Diese
Sonnen der Wahrheit
sind die
alles umfassenden
Manifestationen
die Verkörperungen
Gottes.

Die sichtbare Sonne
dient
nach dem Ratschluss Gottes
der Entwicklung
alles Irdischen.
Die Bäume
ihre Früchte und Farben
die Gesteine der Erde
und alles
was in der Welt der Schöpfung
sich zeigt
lebt nur
durch die Sonne.

Ebenso
rufen die göttlichen Sonnen
durch ihre liebende
Fürsorge
und ihren erzieherischen Einfluss
die Bäume der Einheit
ins Dasein.
Alle
leben sie nur
durch diese Sonnen:
Die Früchte der Erkenntnis
über den einzigen Gott
die Blätter
der Gelassenheit
die Blüten der Gewissheit
und die Weisheit
der Rede.

So geschieht es
dass durch den
göttlichen Sonnenaufgang
die Welt
jedes Mal
erneuert wird:
Die Wasser ewigen Lebens
strömen
die Wogen
göttlicher Gnade steigen
die Wolken der Barmherzigkeit
sammeln sich
und der Windhauch
der Gnade
weht über alle erschaffenen Dinge.

Die Wärme

die diese Sonnen Gottes
ausstrahlen
lassen das Licht
der Gottesliebe
in den Herzen der Menschen
mächtig entbrennen.
Durch die Gnadenfülle
dieser Urbilder
wird der Geist
ewigen Lebens
in die Leiber
der Toten
eingehaucht.

Durch ihn leben alle
Dinge
durch ihn werden sie
bewegt
durch ihn
haben sie ihr Sein
und zu ihm
kehren sie alle
zurück.
Und alle
haben in den Schatzkammern
seiner Offenbarung
Zuflucht gefunden.

Diese
göttlichen Sonnen
waren zu allen Zeiten
erhaben
über alle Namen
mit denen man sie verehrt
und über alle Attribute

die man ihnen zuschreibt.
Unermesslich hoch
erhaben
stehen die Propheten
über aller Fassungskraft
der Menschen.
Kein Mensch
kann sie anders erkennen
als durch sie selbst.
Weit entfernt wäre es
von Gottes Herrlichkeit
würden seine
Erwählten
durch etwas anderes
erhöht
als durch ihre
eigene Person.
Erhaben sind sie
über alles Begreifen.

Wohin
sind die strahlenden Sonnen
gegangen?
Wohin sind sie
entschwunden?
Betrachte
woran es
dieser Zeit am meisten
mangelt
und es ist
offenkundig
dass die Worte
Sonne Mond und Sterne
die Propheten
Gottes

bedeuten.
Sonne und Mond
werden den Schein
verlieren und die Sterne
werden vom Himmel fallen...

Das ist doch reine Lehre von Christus, dem Gottessohn. Unsere Professoren wären begeistert. Hast Du das jemals an der Uni so kurz und knapp hingekriegt? Und so präzise?
Das völlig verblüffende ist der Plural!
Es sind Sonnen. Es sind Mehrere und sie werden zu unterschiedlichen Zeiten unterschiedlich verehrt. Unabhängig von den Formen der Verehrung sind sie erhaben über jedes menschliche Begreifen.
Alles, was wir über einen Einzigen von vor über 2000 Jahren gelernt haben, der sich seitdem hat nicht mehr blicken lassen, steht hier im Plural. Es sind Mehrere. Das ist verdammt viel Hoffnung für moderne Zeiten.
Hallo Maria, hier Gabriel, sei gegrüßt.

zwölf

Bad S. 04.05. ....

Liebe Maria,
ich soll wieder auf den Teppich kommen. Sagst Du. Ich will mir Mühe geben. Du könntest meine Begeisterung über den Plural nicht teilen. Meinst Du.
Denk doch mal.
Wenn es mehrere waren, können es auch mehrere sein. Was schon öfter war, kann auch wieder kommen. Die Geschichte geht weiter.

Die Geschichte mit Gott und den Menschen hat eine Fortsetzung und wir leben nicht in der Endzeit, sondern in der Fortsetzung einer Geschichte. Also heißt es heute wieder mal, Fortsetzung folgt.

Weißt Du noch, wie spannend das immer war, auf das nächste Heft zu warten? So spannend kann es sein, wenn's eine Fortsetzung gibt. Darum begeistere ich mich für den Plural. Nichts ist zu Ende.

Der Regen ist vergessen, die Welt ist wieder sonnig und schön. Mensch Du, es ist warm und die kalten Knochen werden von Grund auf durchwärmt in der Sonne. Wann immer mein Blick in den blauen Himmel geht, seh' ich einen der Störche.

Er fliegt. Er oder sie, das weiß ich nie so genau.

Er fliegt mit weit vorgestrecktem Hals und lang nach hinten gezogenen Beinen. Geradlinig. Eine gerade Linie am Himmel. Das sieht sehr zielstrebig aus. Er weiß was er will, er weiß wo es hingeht, er kennt seinen Ausgangspunkt und sein Ziel. Diese Störche haben verstanden, dass die kürzeste Verbindung zwischen zwei Punkten die Gerade ist. Und sie folgen ihr unbeirrt. Das drückt ihr Flugstil aus. Es ist eine Gerade vom Nest zum Futter und von dort wieder zurück. Es ist ein gerader Weg. Man muss ihm folgen.

Edel und adelig.

Sagt mein Nachbar. Und der kennt sich aus mit Störchen.

Es ist selten geworden, dass sich jemand auskennt. Und noch seltener ist es, dass jemand gerade seinen Weg verfolgt. Wer ist schon edel.

Einmal
anders betrachtet
sind mit diesen Worten
auch die Geistlichen
der früheren Sendungen
gemeint

die in den Tagen
der neuen Offenbarung
noch
die religiöse Macht
in Händen halten.
So wie das Sternenlicht
vor dem Strahlenglanz
der Sonne verblasst
werden auch
die Leuchten
irdischen Wissens
der Weisheit und der Erkenntnis
sich in Nichts
auflösen
im Angesicht
der Sonne der Wahrheit.
Was bleibt denn noch
wenn sie
der göttlichen Erleuchtung
in ihrer ganzen
Herrlichkeit
gegenüber gestellt
werden?
Sie werden verblassen.

In noch einem
anderen Sinn
sind mit dem Begriff
Sonne Mond und Sterne
Gesetze und Lehren
gemeint, wie sie
in allen Sendungen
eingeführt und
verkündet werden.
Es ist keine Frage

in den jeweils aufeinander
folgenden
Offenbarungen
haben Sonne und Mond
Gesetze
Gebote und Verbote
die in der vorausgegangenen
Sendung galten
und die Menschen jener Zeit
beschirmten
ihren Glanz verloren.

Das heißt

sie haben sich
erschöpft
und ihre prägende Kraft
allmählich
verloren

Bedenke nun
hätten die Christen
die symbolische Bedeutung
der Begriffe
Sonne und Mond
verstanden
hätten sie die Erleuchtung
von ihm
dem Offenbarer göttlicher Erkenntnis
gesucht
statt
eigensinnig und verstockt
zu sein
dann
hätten sie sicherlich

auch
den Sinn der Worte
verstanden.
Weil sie aber
versäumten
das wahre Wissen
aus seiner ursprünglichen
Quelle
zu erwerben
sind sie im gefahrvollen Tal
des Eigensinns und Unglaubens
gescheitert.
Noch heute
sind sie nicht zu der
Erkenntnis
gelangt
dass alle geweissagten Zeichen
offenbar geworden
sind
dass die verheißene Sonne
wieder über dem Horizont
göttlicher Offenbarung
aufgestiegen ist
und die Lehren und Gesetze
ihrer Sendung
sich verfinstert haben
und untergegangen
sind.

Und heute?
Aufs neue
vermagst Du nun
in einem Augenblick
durch die Wildnis der Gottferne
und Verlassenheit

dahineilen
und den Garten
ewiger Vereinigung
erreichen.
Schreite aus
mit dem Schritt des Geistes
und Du wirst in einem Atemzug
in Gemeinschaft
mit den himmlischen Wesen sein.
Ich schwöre
dass eine jede dieser Sonnen
ihren besonderen Ort
des Aufgangs
und des Untergangs
hat.

Viertens.
Es ist nun an der Zeit
aus diesen Erklärungen
die Bedeutung
der Spaltung des Himmels
zu erfassen.

Nein, für mich ist es erst einmal Zeit, das eben Gelesene zu verdauen. Natürlich hat er recht, unvoreingenommen betrachtet. Aber kann ich wirklich unvoreingenommen sein? Ich, der kritische Denker, für den ich mich hielt, bin doch viel kirchentreuer als ich dachte.
Ich höre schon Dein hämisches „Ätsch", haben wir doch immer vermutet.
Ich will gerne zugestehen, dass wir vieles versäumt und falsch gemacht haben, über die Jahrhunderte. Ich will auch gerne Ausschau halten nach einer neuen Zeit – wieder dieses „aufs neue" – , aber muss es denn ausgerechnet Muhammad sein, den wir übersehen haben? Ausgerechnet der Islam?

Da höre ich die Aufforderung vom Beginn: Keiner wird jemals sein Ziel erreichen, wenn er sich nicht freimacht von allem. Ich weiß. Aber ich mag nicht. Und ich glaube, da liegt noch ein weiter Weg vor mir. Was meinst Du?
Dein Gabriel.

dreizehn

Bad S. 10.05. ....

Liebe Maria,
das Geheimnis ist offenbar geworden. Man hat es gesehen. Alle wissen jetzt Bescheid. Alle wissen, was alles wird.
Es sind vier Eier im Nest, die ausgebrütet werden.
Das ist eine gute Neuigkeit, die zu den schönsten Hoffnungen berechtigt. Selbst wenn nur 50% überleben, sind das zwei Storchenkinder! Und wer sagt denn, dass es nur 50% sein werden? Er war gerade fortgeflogen zu einem „Veschperle“ und sie stand auf, um die Eier zu beäugen und zu wenden, bevor sie sich wieder eilig darauf nieder ließ.
Beobachtet und festgehalten von der Kamera, konnte man eindeutig die vier weißen Schalen sehen.
Jetzt sind alle froh.
Und hoffen und bangen mit den jungen Eltern.
Ein Grund ist gelegt. Etwas Neues hat begonnen. Im Verborgenen noch. Was wird werden, wenn die Schale aufbricht und ihr innerstes Wesen sichtbar macht?
Man wird sehen.

Wir waren bei viertens angelangt und sollen die Bedeutung der „Spaltung des Himmels“ erfassen. Was ist denn das nun wieder? Ich bin gespannt, was da sichtbar gemacht wird.
Man wird sehen:

Bemühe dich nun
aus diesen schlüssigen Erklärungen
die Bedeutung
der Spaltung des Himmels
zu erfassen
ebenso ein Zeichen
für das Kommen des Jüngsten Tages.

So hat Er gesprochen.
Wenn der Himmel sich spaltet.

Das heißt

Himmel
ist der Himmel der göttlichen Offenbarung.
Mit jeder Manifestation
mit jeder Verkörperung des Göttlichen
wird ein solcher Himmel
aufgerichtet
mit jeder folgenden
wird er wieder
gespalten.

Das heißt

die vorangegangene Sendung
ist nun
abgelöst.

Ich schwöre

das Spalten
dieses Himmelsgewölbes
der Offenbarung
ist eine weitaus
größere Tat
als das Spalten des Firmamentes.
Denke eine Weile darüber nach.
Da ist
eine göttliche Offenbarung.
Seit langem
ist sie etabliert.
Die Menschen
wuchsen in ihrem Schatten auf.
In diesem Glauben
wurden sie
erzogen.
Ihre Gesetze
haben Generationen von Menschen
im Zaum gehalten.
Ihre erhabenen Worte
haben sie
von den Vätern übernommen
seit undenklichen Zeiten.
Sie haben zeitlebens
nichts anderes
als das Wirken der Gnade
eben dieser Offenbarung
gesehen
nichts anderes
als den erhabenen Klang
ihrer Gebote gehört.

Welches Geschehen ist
gewaltiger:
Wenn

durch Gottes Macht
eine solche Offenbarung
mit dem Erscheinen
einer einzigen Seele
gespalten
und aufgehoben wird?
Oder
ein kosmologisches
Spalten des Himmels
das man landläufig
erwartete?

Da hat er unbedingt recht. Und doch zittere ich vor der Größe dieses Gedankens. Wo führt das hin? Ich bin wie in einem Strudel. Fort. Fort.
Weiter ...
Es folgt ein Exkurs grundlegender Art über Himmel und Erde, über die Offenbarer Gottes und die Menschen:

Und dann sieh einmal
das Leid
im Leben
der Offenbarer
göttlicher Schönheit.
Ganz allein
standen sie der Welt
und den Völkern
gegenüber
und verkündeten
gegen ein etabliertes System
Gottes
neues Gesetz.
Harte Verfolgungen
hatten sie alle zu erdulden.
Trotz

der Fülle ihrer Macht
blieben sie geduldig.
Bei all ihrer Überlegenheit
litten sie
und harrten aus.

Wie konnten
aber
solche Seelen solche Worte
verkünden
und solche Erkenntnis
an den Tag legen?
Haben sie doch
keine
besondere Schule besucht
keine exklusiven Lehrer
gehabt.
Mich dünkt
sie sind
aus dem Ton
unendlichen Wissens
gestaltet
und aus dem Wasser
göttlicher Weisheit
geformt worden.

Wissen
ist ein Licht
das Gott ins Herz wirft
wem er will.
Es ist ein
gänzlich anderes
Wissen als das
was unserem
beschränkten

und verschleierten
Denken
entspringt.

Wie schön
wäre es
wenn die Menschen
in ihrem Herzen befreit würden
von Beschränkungen
und dunklen
Gedanken
die auf ihnen
lasten.
Ob sie dann
von der Sonne wahrer Erkenntnis
erleuchtet
die göttlichen Mysterien
erfassen können?

Überlege:
Bliebe die dürre
unfruchtbare Erde
der Herzen
unverwandelt
wie könnten sie da
jemals
zu Empfängern
der göttlichen Offenbarung werden?

Das heißt:

Erde meint
die Erde der Einsicht
Himmel
den Himmel göttlicher Offenbarung.

Und beide gehören
zusammen.

Denke an die Erde
und erinnere dich:
Die einmal
in den Herzen der Menschen
ausgebreitete Erde
der Erkenntnis und der Einsicht
wurde durch Gottes
Hand
auf einmal
zu einer Handvoll zusammengefegt.
Mehr blieb nicht.
Überlege
wie er mit
der anderen Hand
in den Herzen
eine neue frische
hoch erhabene Erde
ausgebreitet hat.
In dieser Erde
lässt er

aufs neue

die schönsten Blumen
und hochragende Bäume
aufsprießen.
So werden die Herzen
der Menschen
erleuchtet.

Und dann
denke an den Himmel

und erinnere dich
wie die erhabenen Himmel
der Religionen der Vergangenheit
durch Gottes Hand
auf einmal
aufgerollt wurden.
Überlege wie er dann
die Himmel göttlicher Offenbarung
erhöht hat:

Aufs neue

schmückte er den Himmel
durch Sonne
Mond und Sterne
seiner neuen
wundervollen Gebote.

Seit unvordenklichen Zeiten
war dies
der Weg Gottes
inmitten seiner Geschöpfe.
Und wenn du dich
fragst
warum nur sprachen
die Offenbarer in schwer verständlichen
Symbolen
und dunklen Andeutungen
so wisse wahrlich
dass dies geschieht
um die Völker der Welt
zu prüfen.
Die reine
erleuchtete Erde
soll vom öden

vergänglichen Boden
geschieden werden.

Wolltet ihr dies
doch nur ein wenig beherzigen.

Maria, ich muss gestehen, diese Texte, sie sind wie eine Sucht. Sie ziehen mich an und entwickeln in mir eine ganz eigene Dynamik. Ich kann nicht genug davon kriegen. Die Trennung vom Text tut weh. Ich beklage die Beschränkungen meiner Aufnahmefähigkeit, jage nachhause, schreibe auf, ringe mit Worten und Erinnerungen, schreibe, stelle um, streiche wieder, formuliere neu und gebe erst Ruhe, wenn ich glaube, dass alles stimmt. Zumindest so gut ich es kann.
Aber dann, am nächsten Morgen – der Zauber ist verschwunden. Ich starre wie ins Leere. Was habe ich da geschrieben? Kann das denn alles sein? Das ist doch der blanke Unsinn. Wer kann sich so etwas ausdenken?
Und wenn es doch stimmt? Ich erschauere vor der Größe. Dann lache ich wieder. Lache. Ausgerechnet wir, Gabriel und Maria, sollen das gefunden haben, was die Welt erneuert. Ausgerechnet Gabriel und Maria finden, was keiner findet. Wäre das wirklich alles wahr, alle hätten es vor uns verkündet. Alle.
Und dann geht der Tanz von vorne los.
Ich lese wieder, erinnere mich, wieder ergreift mich der Zauber. Ich schicke meine Notizen weg, warte auf Antwort, fürchte Kritik, das endgültige, vernichtende Wort und finde nichts weniger als Ermutigung und Staunen bei Dir und den Wunsch, weiter zu machen. So fahre ich wieder los und das Karussell beginnt sich erneut zu drehen.
Drehen und drehen und drehen.
Maria. Er ist ein begeisterter Zweifler, Dein Gabriel.

vierzehn

Bad S. 17.05. ....

Liebe Maria,
entschuldige bitte die lange Pause zwischen meinen Briefen. Ich hatte mich wohl übernommen. Mein Geist ist müde und mein Körper krank. Ich fühle mich wie ausgelaugt und erschöpft. An ein Weiterarbeiten war nicht zu denken. Es erstaunt mich immer wieder, wie unsere Seele sich direkt und unmittelbar in unserem Körper wiederspiegelt, sodass geistige Vorgänge sich in körperlichen Verspannungen, Schmerzen, bis hin zu Krankheiten manifestieren.
Und ich komme nicht zur Ruhe!
Heute habe ich mich endlich aufgerafft und bin zu Fuß zum Kloster gegangen, um einen Blick in unser Buch zu werfen. Es war ein mühsamer Weg. Ich fühlte mich wie wund überall. Kennst Du das?
Und las dann einen Text, der mich bis zum Äußersten aufwühlt. Wir nähern uns dem Fokus, der Strudel dreht sich immer schneller und ich mitten drin ... Doch lies selbst.
Es ging um die Frage, warum die Propheten nur in Symbolen und Andeutungen sprechen.

Dies alles
geschieht nur
zur Entwicklung
der Menschenseelen
zu ihrer Errettung
aus dem Käfig des Selbstes
und der Gier.
Denn Gott selbst
ist in alle Ewigkeit
völlig unabhängig
davon

ob ihn irgendjemand
erkennt.
Hoch erhaben
steht er
über aller Anbetung
und Verehrung.
Aber ein einziger Hauch
aus seiner Fülle
genügt
um die ganze Menschheit
in das Gewand des Reichtums
zu kleiden.
Ein Tropfen
aus dem Meer seiner Gnade
reicht aus
um allen Wesen
den Glanz
ewigen Lebens zu verleihen.

Da aber Gott bestimmt hat
dass
die Echten
von
den Falschen
unterschieden werden sollen
wie Licht
vom
Schatten
hat er zu allen Zeiten
Prüfungen
auf die Menschheit herabgesandt.

Auf diesem Hintergrund nun
denke über
die Erschütterungen

nach
die Gott selbst
hervorgerufen hat:

Denke z.B. einmal daran
wen
er
erwählt hat
zur göttlichen Führung.
Einen
Totschläger.
War denn Gott nicht fähig
die Hand des Mose
zurückzuhalten
um dieses Verbrechen
zu verhindern?

Und denke einmal
an die Lage
Marias.
Wie tief
war die Bestürzung
dieser edlen Frau.
So schlimm
ihre Lage
dass sie bitterlich
klagte
– wäre ich doch
zuvor gestorben
und ganz und gar
vergessen –
Ich schwöre
eine solche Klage
zerreißt
das Herz

und erschüttert die Seele.
Was konnte Maria
denn
antworten
auf die Vorwürfe und den Spott
der Leute?
Konnte sie etwa sagen
das Kind
dessen Vater
unbekannt
war
ist vom heiligen Geist?
Also nahm Maria
schweigend
ihr Kind
und kehrte nachhause
zurück.
Doch kaum
waren die Augen der Leute
auf sie gefallen
auf diese tugendsame
unsterbliche Gestalt
schon ging das Geschrei
von vorne los.
Dein Vater war doch kein
schlechter Kerl
und deine Mutter keine Dirne.

Nun meditiere
über die große Erschütterung:
Ausgerechnet
diesem Wesen
der bei den Menschen
als vaterlos
bekannt war

verlieh Gott die Herrlichkeit
des Prophetentums.
Ausgerechnet
ihn
machte er zum Zeugnis
für alle
im Himmel und auf Erden.
Beachte
wie sehr die Wege
der Manifestation Gottes
sich unterscheiden
von den Wünschen
und Vorstellungen
der Menschen.

Und nun?
Was würden die Menschen tun
wenn sich
heute
Ähnliches ereignete?
Bei dem wahren Erzieher
der Menschenwelt
und Offenbarer
des Wortes Gottes:
Sie würden ihn
sofort
einen Ungläubigen nennen
aus ihrer Gemeinschaft
ausschließen
und zum Tode verurteilen.

Wie weit sind sie davon entfernt
der Stimme zu lauschen
die
aufs neue

sagt:
Seht – ein Jesus
ist aus dem Hauch des Heiligen Geistes
hervorgegangen.
Seht – ein Mose
ist zu einem von Gott bestimmten
Auftrag berufen.
Niemand würde darauf
hören
wenn wir sagten
ein vaterloses Kind
ist als Offenbarer Gottes
erschienen
oder einem Totschläger
scholl
aus der Flamme des Dornbuschs
die Stimme entgegen:
Wahrlich wahrlich
Ich Bin Gott.

Wären eure Augen
geöffnet
ihr würdet
alsbald
beim Lesen dieser Ausführungen
erkennen:

Er
die Ursache und das letzte Ziel
aller Dinge
ist am heutigen Tag
offenbar
geworden.
Heute.

Ich glaube, ich kriege Fieber, mein Kopf ist heiß und meine Füße kalt. Ich schreibe das auf, bringe den Brief zur Post und will dann nur noch eins – schlafen und nicht mehr denken. Nur nicht mehr denken. Es ist zuviel. Es ist zu groß. Kann es denn überhaupt wahr sein?
Dein Gabriel.

fünfzehn

Bad S. 21.05. ....

Liebe Maria,
was wäre mein Leben ohne Dich? Ich meine das so wie ich es schreibe. Wort für Wort. Was wäre ich ohne Dich?
Es tat gut, dass Du mich in Bad S. besucht hast. Du hast die Zeichen richtig gedeutet. Ich lag krank danieder. Und Du hattest nichts Eiligeres zu tun, als zu mir zu kommen.
Es war schön, einfach mit Dir durch die Strassen zu gehen und Dir zu zeigen, was alles ist: Die Kirche, der Marktplatz, der Stadtgraben, meine Dachwohnung, mein Blick in die Nacht und natürlich die Störche. Die besonders. Schön, dass Du meine Freude darüber teilst.
Jetzt hast Du gesehen wie alles ist. Du bist mit mir durch die gleichen Strassen gegangen, Du hast den gleichen Boden berührt und die Häuserwände angefasst. Du bist sogar mit mir beim Kloster gewesen. Alles, was bislang nur auf dem Papier stand, ist nun real. Das macht es nüchterner und leichter. Ich bin nicht in einem Traum gefangen, ich habe auch nicht die Realität verloren. Du hast es mir mehrfach bestätigt. Dadurch ist das ganze objektiv geworden. Es gibt einen Zeugen. Das ist sehr wichtig für mich und nach einigen Tagen der Erholung werde ich auch das Buch wieder in die Hand nehmen können.

Es war gut, dass wir darüber nicht gesprochen haben. Du hast wohl meine Zurückhaltung gemerkt und wolltest mir jeden Schrecken ersparen. Und jetzt, wo Du wieder weg bist und mein Brief Dir hinterher eilt, fühle ich eine große Dankbarkeit in mir. Dankbar für unsere Freundschaft. Dankbar für unseren Dialog. Der nicht abreißen will. Sondern weiter geht. Sobald ich wieder ein bisschen gefestigt bin, fahre ich hin und stelle mich der Frage: Was wäre, wenn wir, von Vorurteilen und Ängsten befreit, erkennen müssten, dass Gott erneut zu uns gesprochen hat?
Meint Gabriel, nachdem Maria wieder fortgeeilt war.

sechzehn

Bad S. 22.05. ....

Liebe Maria,
ich war dort. Es ging ganz leicht. Später dazu mehr. Heute nur dies:

Der Exkurs endet – bevor der Schreiber sich wieder den Worten Jesu zuwendet – mit einer Art Hymnus, einem wunderbaren Lob, das so gut zu Deinem heutigen Geburtstag passt.

Seine Gedanken – in meinen Worten – zu Deinem Geburtstag

Als der Strom der Rede
diesen Stand erreicht hatte
sahen wir auf
und siehe
süße Düfte
Gottes
wehten vom Aufgang

der Offenbarung her
und Frühlingsluft
des Ewigen
umfächelte uns.

Seine frohe Botschaft
erfreut aufs neue
das Herz
und spendet der Seele
unermessliche
Wonne.
Einem Tropfen
gibt er die Macht der Meereswoge
einem Stäubchen
verleiht er
den Glanz der Sonne.

Das Weltall ist
schwanger
mit all dieser
Gnadenfülle
und wartet sehnsüchtig
darauf, dass
das unsichtbare Wirken
ihrer Gaben
auf dieser Erde
für alle sichtbar
werde.

In wessen Herzen
werden diese
heiligen Saaten
reifen.
In wessen Seelengarten
werden diese

unsichtbaren Blumen
aufgehen
?

Liebe Maria, ich bin voll neuer Zuversicht. Durch Deinen Besuch und diese Worte. Ich wünsche Dir einen neuen Morgen zu Deinem neuen Geburtstag. Das Leben ist schwanger mit neuer Hoffnung.
Dein Gabriel.

siebzehn

Bad S. 23.05. ....

Liebe Maria,
in den letzten Tagen ertappe ich mich immer wieder dabei, dass ich den ersten Satz aus dem Hymnus, den ich Dir geschickt habe, vor mir her sage. Das ist wie ein innerer Dialog, der sich in mir abspielt. Wer redet hier mit wem? Und was kommt dabei raus?
Als der Strom meiner Gedanken diesen Stand erreicht hatte, blickte ich auf ...
Als der Strom meiner Gedanken diesen Stand erreicht hatte, war ich durch.
Ich hatte es geschafft. Ich hatte mich durchgegraben, durch den Berg der Skepsis und des Zweifels. Was jetzt blieb – war reine Freude.
Wenn du mal soweit bist, Gabriel, sagte ich mir, wenn du mal so weit bist, zu akzeptieren, dass eine neue Offenbarung kommen kann, dass Gott aufs neue zu uns Menschen sprechen kann, dass es in unserer Zeit passieren kann – wenn du das mal akzeptierst, dann blicke auf und du wirst sehen, dass nur noch Schönes vor dir liegt.
Nur – da musst du durch.

Als der Strom meiner Gedanken diesen Stand erreichte hatte, schaute ich auf und spürte Gottes Frühlingsluft.
Zu euphorisch? Was denkst Du? Zu schnell? Zu naiv? Ist der Wunsch der Vater des Gedankens? Oder ist das wirklich ein Durchbruch auf einem mühevollen Weg?
Wenn ich doch erst einmal wirklich so weit wäre!

Fünftens
hat Jesus gesagt:
alsdann
wird erscheinen
das Zeichen des Menschensohnes
am Himmel.

Das heißt

wenn sich die Sonne
der himmlischen Lehren
verfinstert
wenn die Sterne der Gesetze
herabfallen
und der Mond
der Erziehung der Menschheit
sich verdunkelt
wenn menschliches Glück
ins Bodenlose stürzt
und der Morgen der Gerechtigkeit
in Nacht versinkt

wenn das alles geschieht
wird
das Zeichen des Menschensohnes
am Himmel erscheinen
zweifach

denn
sobald die Stunde
der neuen Offenbarung
naht
erscheint
ein Stern am sichtbaren Himmel
der den Menschen
jenes größte Licht, das kommen wird
ankündigt.

Aber auch
am unsichtbaren Himmel
wird ein Stern
offenbar werden
der den Menschen
den Anbruch
des erhabenen Morgens
melden wird.

Durch diese
zweifachen Zeichen
am sichtbaren
und
am unsichtbaren Himmel
wurde das Kommen
eines jeden
Propheten Gottes
angekündigt.

z.B. Jesus:

Am sichtbaren
Himmel
dem Firmament:

es waren Magier
die bemerkten
dass sein Stern
am Himmel
aufgegangen war.
Sie folgten ihm
bis sie zu der Stadt kamen
die der Königssitz
des Herodes war.

Am unsichtbaren
Himmel
dem Himmel der göttlichen
Erkenntnis und Einsicht:

es war Johannes
der Sohn des Zacharias
der den Menschen
die frohe Botschaft
von der Manifestation Jesu
verkündete.

Hier wird klar:
vor dem Erscheinen
dieser Spiegel
göttlichen Wesens
mussten erst die Zeichen
am sichtbaren
aber auch
am unsichtbaren Himmel
enthüllt werden.

Am unsichtbaren Himmel
haben
die Sonne

geistigen Wissens
der Mond der Weisheit
und die Sterne
der Erkenntnis und der Rede
ihren Sitz.
Das Zeichen
am unsichtbaren Himmel
muss sich daher offenbaren
in der Gestalt
eines vollkommenen
Menschen
mit
Wissen, Weisheit, Erkenntnis und Rede.
Vor jeder Verkörperung
des Göttlichen
erscheint
eine Solche
die die Menschen erzieht
und sie vorbereitet
auf die göttliche Sonne
auf das Licht
der Einheit Gottes
unter den Menschen.

Sechstens
Kommen wir zu seinen Worten:
Und alsdann werden
heulen alle Geschlechter
auf Erden
und werden sehen kommen
des Menschen Sohn
in den Wolken des Himmels
mir großer Kraft und Herrlichkeit.

Das heißt:

Die Menschen werden leiden
unter dem Verlust
der Sonne göttlicher Schönheit
des Mondes der Erkenntnis
und den Sternen
göttlicher Weisheit.

Und werden sehen kommen
des Menschen Sohn
in den Wolken des Himmels.

Das heißt:

Die göttliche Schönheit
wird sich offenbaren
vom Himmel
des Willens Gottes
her
und zu sehen sein
im Tempel
der menschlichen Gestalt.
Aus dem Mutterleib
geboren
sind
diese altehrwürdigen Wesen
in Wirklichkeit
aus dem Himmel
des Willens Gottes
herabgekommen.
Entsandt
durch die alles überragende
Macht des Urewigen
und erhöht

durch den erhabenen Willen
Gottes.

Da ist sie wieder, die Kombination von Christologie und Plural. Klare, wunderschöne Worte über Jesus, den Gottessohn. Gut zu verstehen! Und dann der Plural. Es sind mehrere. Und es wird wieder einer kommen. Bezieht sich die Wiederkunft, von der Christus hier spricht, wirklich auf einen Neuen? Aufs neue?
Die Deutung der Ereignisse des jüngsten Tages macht Sinn. So kann man es verstehen. Da wir uns eine kosmologische Katastrophe in der die Sterne vom Himmel fallen, nicht vorstellen konnten, ging der ganze Text von der Wiederkunft den Bach des Unvorstellbaren runter.
So war's doch. Oder?
Und nun? Schnell weiterlesen. ...

Sechstens
Und nun zu seinen Worten
dass der Menschensohn
kommen werde
in den Wolken
des Himmels.

Das heißt:

Was den Wegen und Wünschen
der Menschen
zuwider läuft
wird
Wolken genannt.

So gesehen
bedeutet Wolken:

die Aufhebung der Gesetze
die Ablösung
der früheren Sendung
das Abschaffen der Riten
und Bräuche
der Vorrang der einfachen Gläubigen
vor dem Gelehrten.

Es gibt auch noch einen
anderen Sinn.

Das Erscheinen der
unsterblichen Schönheit
in der Gestalt
eines einfachen
sterblichen Menschen.

Beschränkungen
wie
Essen und Trinken
Armut und Reichtum
Ruhm und Erniedrigung
Schlafen und Wachen
und vieles mehr
können als
Wolken
bezeichnet werden.

So wie die Wolken
das Auge daran hindern
die Sonne zu schauen
hindert dieses Geschehen
die Menschen
das Licht
der göttlichen Sonne

zu erkennen.

Denn sie fragen sich:
Wie kann ein
solcher Mensch
von Gott
herabgesandt sein?
Wie kann ein
Solcher
seine Überlegenheit
über alle Menschen behaupten
und sogar den Anspruch
erheben
selbst
das Ziel aller Schöpfung
zu sein?
Und ist doch
so trivialen Dingen
wie Hunger und Durst
unterworfen.

Die finsterste Wolke
aber, die sich
zwischen
das Auge menschlichen Begreifens
und die göttliche Sonne
schiebt
ist der Umbruch
zu dem es in jeder Sendung kommt.
Plötzlich
müssen die Menschen
mit ansehen
dass einer aus ihrer Mitte
der alle menschlichen Grenzen
mit ihnen teilt

einer von ihnen
sich erhebt
um alle festgelegten Grundsätze
des Glaubens
abzuschaffen.

Gerade jetzt
sollen wir uns
darum
mit Gottes Hilfe
aufs äußerste bemühen
dass solche dunklen Wolken
sich nicht
wie ein Schleier um uns legen
und uns daran
hindern
die Schönheit
seines leuchtenden Antlitzes
zu schauen.
Dass wir ihn doch
durch sein eigenes
Selbst
erkennen.

Rauch bezeichnet
schwerwiegende Unstimmigkeit:
der Verlust
anerkannter Maßstäbe
der völlige Untergang
engstirniger Vertreter und Verfechter.
Welcher Rauch
wäre erstickender
als der
welcher gegenwärtig
die Völker der Welt

einhüllt
der ihnen zur Qual
geworden ist
und dem sie
trotz heftigen Bemühens
nicht
entrinnen können.

Aufs neue
wird
ihnen
verkündet
dass diese wunderbare Sache
Gottes
der ganzen Menschheit
kundgemacht
wurde.
Jeden Tag
nimmt
die Offenbarung
des Allerhöchsten
an Größe und Kraft
zu.
Doch je mehr sie
davon hören
desto wilder lodert
in ihren Herzen
der Unverstand.

Es wird nicht mehr lange dauern
und du wirst sehen
wie die göttliche
Souveränität
in allen Regionen
entrollt wird.

Überall
werden die Zeichen
seiner triumphierenden
Macht und Herrschaft
zu sehen
sein.
Es wird
nicht mehr lange
dauern.

Ich muss Dir noch was von den Störchen erzählen. Ich habe mir Zeit genommen, sie zu beobachten und etwas Drolliges gesehen. Sie sind aufgestanden, die Eier im Nest zu beäugen. Sie haben richtig ein Auge darauf geworfen. Dann haben sie sogar den Kopf gesenkt, so als wollten sie ihr Ohr an das Ei legen, um zu hören, ob sich drinnen was bewegt. Das sah allerliebst aus. Ich weiß ja nicht, ob ich da etwas hineinsehe, was gar nicht ist. Es ist mir aber auch egal. Ich bin kein Zoologe und schreibe nicht über das Verhalten von Störchen. Ich beobachte einfach nur. Und das, was ich sehe, passt so gut zu meiner augenblicklichen Lage, dass ich es einfach festhalten möchte:
Sie legen ein Ohr ans Ei, um das Leben wachsen zu hören.
Bald werden alle sehen können, was bislang nur für die Zwei zu hören ist. Es wird nicht mehr lange dauern.
Dein Gabriel

achtzehn

Irgendwann spät abends ....

Hi Gabriel,
wie geht's Dir? Und Deinen Störchen? Und unserem Buch?
Damit sind wir übrigens gleich beim Thema!
Ich weiß echt nicht, ob ich das Buch unser Buch nennen darf. Dein letzter Brief hat mich mehr beunruhigt, als mir lieb ist. Wenn Jesus nur einer unter vielen ist, was bleibt dann noch von ihm übrig? Da is' halt noch ein Prophet und noch einer und jetzt halt wieder einer. Was soll's? Die großen Worte, die Du darin findest, sehe ich nicht, denn ich sehe den einmaligen Vorgang, dass Gott sich in seinem Sohn offenbart, seiner Einzigartigkeit beraubt. Dadurch wird alles billiger, aber nicht unbedingt besser.
So empfinde ich das wenigstens. Darum mein Erschrecken. Einmal über Deinen Weg, lauf mir nicht davon, aber genauso auch über die Tiefe meiner Ängste.
Das hätte ich nicht gedacht, denn eigentlich soll doch die Vernunft die Oberhand behalten. Finde ich. Und da ist das, was Du mir schickst, Abschnitt für Abschnitt in sich logisch, klar und konsequent. Müsste mir gefallen. Herrje ich habe mich doch für so vernünftig gehalten. Du aber siehst mich anders. Mit Deinen Augen eben.
Lese weiter, schick mir weiter Texte, Lieber Du.
Aber hör auch mein Zögern. Und noch mal: lauf mir nicht davon. Ich brauche Zeit. Hab Dich lieb.
Deine Maria

neunzehn

Bad S. 26.5. ....

Liebe Maria,
stell Dir vor, was diese Störche gemacht haben! Ich bin noch ganz durcheinander. Die haben ein Ei aus dem Nest geworfen. Es ist am Kirchendach zerbrochen und ausgelaufen. Warum tun sie das?
„Die können doch nicht einfach ein Ei rausschmeißen. Da ist doch Leben drin!“ Eine junge Frau auf dem Marktplatz, die die ganze Bescherung gesehen hat, macht ihrem Herzen lautstark Luft.
Ich bin irritiert und laufe durch die Stadt wie Falschgeld, auf der Suche nach einer Antwort. Zugleich aber frage ich mich, warum bin ich so? Wenn ich mich einmal neben mich stelle und beobachte, muss ich sagen, das ist doch entschieden sehr verwunderlich, dass ich so reineweg fertig bin.
Was ist dabei mein Thema?
Ich versuche das ganze auseinander zu buchstabieren.
Ich habe gelesen, dass Störche so etwas machen. Der Grund dafür ist ein ganz einfacher: Das Ei ist nicht lebensfähig.
Entweder liegt es am Ei – und sie haben es beim „Hören nach Innen“ herausgefunden – oder sie haben festgestellt, dass die Nahrungsreserve nicht langt, um vier Kinder groß zu ziehen. Also entschließen sie sich, das, was keine Zukunft hat, aufzugeben, damit die andern sich entfalten können. Auch wenn es schmerzt.
Soweit so gut. So ist die Natur nun mal. Es geht ums Überleben.
Und was ist mein Anteil daran?

Erster Versuch:

Was keine Zukunft mehr hat, wird aus dem Nest geworfen. Auch wenn es schmerzt. In unserer Diagnose waren wir uns schon vor Monaten einig: So wie es jetzt ist, hat es keine Zukunft mehr, das Leben in der Kirche. Aber in der Konsequenz? Raus damit? Aufgeben? Opfern? Damit das Neue sich entfalten kann?
Genau davor stehe ich. Und kann's nicht fertig bringen.

Zweiter Versuch:

Denke neu.
Und dann lass es sich entwickeln.
Das Neue ist geboren, aber noch verborgen.
Nun heißt es Geduld haben und es im Dunkeln hinter Schalen
wachsen lassen.
Wohl bebrütet.
Dann wird der Tag kommen, an dem eine Entscheidung von dir verlangt wird: Trenne dich von dem, was nicht mehr leben kann.
Es wird an der Kirche zerbrechen und auslaufen.
Ein Auslaufmodell.
Dann aber schau nicht hinauf zum Dach.
Schau in das Nest und begrüße mit Wärme und Freude das Neue.

Dritter Versuch:

Gabriel, trau dich – Dein Nest braucht Platz.
Schmeiß es raus – Dein Herz braucht Raum.
Lass es fallen – Dein Geist braucht Weite.

Und dann
Fahre zum Kloster – Fahre sogleich
Und lies weiter – Jetzt ist die Zeit.

Siebtens
Und er wird senden
seine Engel.

Das heißt:

Engel
sind jene
die sich die Eigenschaften
der erhabensten
Wesen
angezogen haben.
Belebt durch die Liebe Gottes
und die Kraft des Geistes
haben sie
menschliche Grenzen
hinter sich
gelassen
und werden nun
geschmückt mit den edlen Zügen
des Heiligen
Engel
genannt.

Wie oft
geschieht es
dass sie
als Ungläubige
verdammt
werden.

Obwohl gerade
durch ihr Wort
der Glaube
erkannt
und gestiftet wird.

Es folgt nun die Quintessenz des Ganzen – Zusammenfassung und Ergebnis

Die Christen
haben den übertragenen Sinn
dieser Texte
nie erfasst.
Die Zeichen
die sie erwarteten
sind nicht
eingetreten.
Folglich lehnen
ihre geistigen Führer
bis heute
die Manifestationen der Heiligkeit
ab
die seit Jesus
erschienen sind.
Sie haben sich damit
selbst
der Gnade
beraubt.

Mal ehrlich:
würde Jesus
von Engeln begleitet
aus dem sichtbaren Himmel
auf Wolken
herabkommen

wer würde da noch
wagen
nicht zu glauben?
Wäre das denn
so etwas Besonderes?
Sie erwarten
wieder
wie damals
buchstäbliche Erfüllung
der Schrift.
Der verborgene Sinn
der Worte
ist ihnen dabei
entgangen.

Verstrickt
in ihre kleinlichen Wünsche
suchen sie
nach vergänglichen
nichtigen
Zielen.
So fanden sie heraus
dass die göttlichen
Sonnen
nicht dem Maßstab
ihres Wissens und Verstehens
entsprachen.
Sie standen vielmehr
im Widerspruch
zu ihren
selbstkonstruierten
Systemen.
Da sie Gottes Wort
der Einheit
nur wörtlich interpretierten

und nach ihrem
eigenen
mangelhaften Verständnis
erklärten
haben sie sich
und die Gläubigen
der mildtätigen Gnade
Gottes beraubt.

Aber vor allem
bedenke dies:
Warum
sollte
der Gnadenstrom
des gütigen
Gottes
abreißen?
Wie könnte das Meer
seiner Barmherzigkeit
jemals
zur Ruhe kommen?
Wir nehmen Zuflucht bei Gott selbst
vor dem
was sich seine Geschöpfe
über ihn ausgedacht haben.

Jetzt
bricht das Licht
von Gottes unvergänglichem
Morgen
an.
Der Glanz seiner Worte
erleuchtet
die ganze Menschheit.
Jetzt ist es

unsere Aufgabe
bereit
zu sein.
Dann kann es
geschehen
dass dir
die Grenzenlosigkeit
göttlicher Erkenntnis begegnet
und die Wahrheit
so klar
vor dir steht
dass du keine Beweise
oder Zeichen
mehr nötig hast.

Und nun bitten wir
das Volk Gottes
alle Gelehrten und Weisen
und auch die Geistlichen
nicht die Ermahnungen
leichtfertig abzutun
die in ihrem
heiligen Buch
offenbart sind.
Lasst sie ihren Blick
auf das
Wesentliche richten
damit sie dann
wenn Er
die Quintessenz der Wahrheit
erscheint
der die innerste
Wirklichkeit
aller Dinge ist
und die Quelle

allen Lichts
Ihn nicht verkennen
weil sie sich
engstirnig
an die Buchstaben
ihrer Offenbarung
klammern.

Denn wenn Er kommt
hat Er wahrlich die Macht
mit einem einzigen Buchstaben
den Lebensodem
Seines ganzen Volkes
zu tilgen
und
mit einem weiteren
Buchstaben
ihnen neues
unsterbliches Leben
zu verleihen.
Dann werden sie sich
erheben
aus den Gräbern
ihrer eitlen
Wünsche und Ideen.

Seid wachsam und bedenkt
dass alles was es gibt
im Glauben
an Ihn
Seine Vollendung findet.
Alles vollendet
sich
im Erreichen Seines Tages
und in der Erkenntnis

Seiner
göttlichen
Gegenwart.
Fromm ist nicht
wer sein Gesicht
nach Osten oder Westen wendet
sondern
wer an Gott glaubt
und den jüngsten Tag.

So höre auf die Wahrheit
zu der wir dich
ermahnen
damit du
unter dem Schatten
Schutz suchst
der am Tag Gottes
ausgebreitet
sein wird.

Und ich schließe mich dieser Bitte an. Für mich, Gabriel aus Bad S und für Dich, Maria aus M, Schatz meines Herzens und Liebe Du. Der erste Teil des Buches ist zuende. Was danach kommt, vermag ich nicht zu ahnen.
Für heute genug –
Dein Gabriel

Mittelstück

Aus dem Tagebuch des Gabriel Archangelus

eins

Donnerstag, gegen 21:00 Uhr

Es ist Donnerstag Abend. Ich sitze versteckt hinter einem Vorhang im Beichtstuhl der Kirche von Kloster S. und warte darauf, dass es dunkel wird. Ich werde einige Stunden dort verweilen müssen, ehe sich mein Plan ausführen lässt und so nutze ich die Zeit, um die Ereignisse der letzten Tage festzuhalten, die mich schließlich hier hergeführt haben. Im Dämmerlicht mit einem Blatt Papier auf den Knien fange ich an zu notieren.

Es begann alles am Montag morgen.

zwei

Montag zuvor, Morgendämmerung

Ich bin noch nicht richtig wach und merke schon, dass etwas Wichtiges meinen Geist beschäftigt. Ein Gedanke drängt aus dem Nebel des Halbschlafes an die Oberfläche des Bewusstseins und nimmt nach und nach Konturen an.

Es dauert zu lange. Es muss schneller gehen. Schneller, direkter, sofort.

Ich wache auf. Das Wort SOFORT hat mich aufschrecken lassen.

Sofort! Das Ganze auf einmal! Aber wie?

Seit drei Monaten studieren wir nun das Buch der Gewissheit. Unendlich langsam. Nicht mal die Hälfte. Drei Monate. Abschnitt für Abschnitt. Und haben noch nicht eine einzige Zeile im Original gemeinsam gelesen. So kann das nicht weiter gehen. Es muss einen schnelleren, direkteren Weg geben.

drei

Montag zuvor, Vormittag

Es ist wie eine unheilvolle Sucht. Hat einmal ein Gedanke von mir Besitz ergriffen, lässt er mich nicht mehr los. Ich kann machen was ich will. Es entspinnt sich ein innerer Dialog des Für und Wider. Wobei das „Wider" die Vernunft verkörpert, das „Für" die Idee selbst. Ich weiß schon vorher wie es ausgeht. Der Gedanke gibt erst Ruhe, wenn ich ihm folge. So ist das immer. Auch heute.

Der Gedanke – ein völlig verrückter – in das Kloster einbrechen. Das Buch klauen. Nachhause mitnehmen. In Windeseile kopieren. Dann unbemerkt zurückbringen und wieder einstellen. Keiner wird etwas merken. Keiner hat einen Schaden. Und wir haben endlich den ganzen Text. Auf einmal und sofort.

vier

Montag zuvor, am Abend spät

Den ganzen Tag über war ich nur mit halbem Herzen bei der Arbeit. Immer wieder wanderten meine Gedanken zum Kloster S. Und immer wieder verbot mir die Vernunft, mich weiter damit zu beschäftigen. Vielleicht erweist sich ja das Ganze als undurchführbar. Ich will mir selbst beweisen, dass es nicht geht. So stelle ich mir vier Fragen:

1. Wie komme ich in's Kloster?
2. Wie gelange ich unbemerkt in die Bibliothek?
3. Wie komme ich wieder raus?
4. Wie kann das Buch zurückgebracht werden?

Jetzt gehe ich systematisch vor. Wenn ich nur auf eine einzige der vier Fragen keine Antwort finde, ist der Plan gestorben. Punktum. Mit diesem Vorsatz schließt mein Gewissen mit mir Waffenstillstand. Endlich.

fünf

Dienstag zuvor, um die Mittagszeit

Wie komme ich ins Kloster? Die erste Frage.

Von Maria weiß ich, dass es in fast jedem Kloster so etwas wie das „Chörchen" gibt. Sie kennt das aus der Zeit, als sie selbst noch im Orden war. Eine Verbindung zwischen der Orgelempore und dem Kloster. Das ermöglicht den alten und gebrechlichen Schwestern ohne große Mühe in die Kirche zu gelangen. Es ist nur eine Tür, die die Kirche vom Konvent trennt! Die Kirche ist offen. Tagsüber. Und eine Tür wird ja wohl zu öffnen sein. Aber ich darf keine Spuren hinterlassen. Ich habe keinerlei Erfahrung im Öffnen von Türen. Das macht die Sache kompliziert.

Halt! Hat nicht Maria erzählt, alle Klausurtüren hätten die gleichen Schlösser? Einen Klausurschlüssel habe ich doch von ihr bekommen. Aus reiner Neugier. Und behalten. Aus reiner Nostalgie.

Diese Zeit liegt schon weit hinter uns, aber dennoch ...

Also der Schlüssel. Wo mag er sein? Ich wühle in Kisten und – werde fündig. Ein einfacher Vierkantschlüssel, der Schaft in Form eines Kreuzes, an einem Lederbändchen. Das ist mein Zugang. Ich muss nur noch überprüfen, ob es auch im Kloster S. ein Chörchen gibt und die Klausur mit einem Vierkantschlüssel betreten werden kann. Frage eins – beantwortet. Vorläufig.

sechs

Dienstag zuvor, Nacht

Frage eins – beantwortet. Endgültig. Es geht.
Frage zwei: Wie komme ich unbemerkt in die Bibliothek? Es muss nachts geschehen. Zwischen der letzten und der ersten Gebetszeit. Ich schätze mal zwischen 22:00 Uhr und 5:00 Uhr morgens.
Also um 2:00 Uhr Idealerweise. Wie mache ich das? Ich besuche die Kirche. Ich bleibe dort und verstecke mich. Wo? Ich lasse mich einschließen und um 2:00 Uhr betrete ich über die Empore das Kloster. Den Weg zur Bibliothek muss ich suchen. Das ist ein Risiko. Zugegeben. Aber wenn ich leise bin und fix? Und sollte mir wirklich jemand über den Weg laufen – es gibt genug Nischen und Türen hinter denen man schnell verschwinden kann. Wenn es sein muss. So kann es gelingen. Ja.
Frage zwei – beantwortet.
Gabriel – wo geht es hin? Mir schwindelt vor mir selbst. Weiter. Der Zug rollt. Ist nicht zu stoppen. Ich schlafe unruhig. Die Nacht ist kurz.

sieben

Mittwoch zuvor, zur Morgenzeit

Mein Geist kommt nicht zur Ruhe.

Frage drei: Wie komme ich wieder raus? Ganz einfach. Zurück zum Chörchen. Durch die Tür in die Kirche. Ins Versteck und dann warten bis zum Morgen. Zur Laudes wird die Kirche bestimmt geöffnet und nach dem Morgenlob der Nonnen kann ich entkommen. Mit meiner Beute. Klasse.

acht

Mittwoch zuvor, abends

Frage vier ist die schwierigste. Fast wäre mein Plan daran gescheitert. Die abwegigsten Ideen kamen mir in den Sinn. Das Buch einfach in die Kirche legen, an den Schriftenstand. Ein Kind aus der Stadt damit beauftragen es zurückzubringen. Einen Brief an die Schwestern schreiben, das Buch als Paket mit der Post schicken und dann auf Nimmerwiedersehen aus Bad S. verschwinden.

All das war es nicht. Ich musste gründlicher, viel gründlicher nachdenken. Und tiefer ansetzen. Warum veranstalte ich das Ganze eigentlich? Warum gehe ich nicht einfach hin zur Schwester Oberin und bitte um die Erlaubnis, einmal ausnahmsweise ein Buch auszuleihen. Aus einem einzigen Grund nicht!

Ich bin der festen Überzeugung, dass das Buch der Gewissheit überhaupt nicht in diese Bibliothek gehört. Es ist hier verborgen und ich muss alles tun, was in meiner Kraft steht, um dieses Geheimnis zu hüten. Ich muss die Schwestern ablenken, wenn ich das Buch zurückbringe.

Ich muss ihre Aufmerksamkeit auf etwas anderes lenken. Auf meine Person! Vom Buch weg auf mich.

neun

Donnerstag, im Morgengrauen

Ich glaube, ich hab's. Am Freitag ist in Bad S. ein historisches Kostümfest mit feierlichem Umzug. Viele gehen in mittelalterlichen Gewändern durch die Stadt. Wenn ich mir nun ein solches Gewand mit weitem Faltenwurf besorge, kann ich das Buch darunter verstecken. Die Nonne wird sich nicht mehr einkriegen vor Staunen, wenn ich so erscheine. Aber es wird ihr plausibel vorkommen. Alle machen das heute. Die Gelegenheit ist günstig, den Text dann unbemerkt hervorzutun und mich zum Schein darin zu vertiefen. Nur kurz. Um dann verkleidet wieder zu verschwinden, eine in sich hinein kichernde Schwester zurücklassend.

Jau. So geht's. Hamdulillah!

Alle vier Fragen beantwortet. Es bleibt nur wenig Zeit, denn das Fest ist schon am Freitag. Also los.

Viel Zeit zum Skrupel kriegen war da nicht.

Und so sitze ich jetzt im Beichtstuhl, beobachte die Dämmerung und warte auf die Nacht.

zehn

Irgendwann in der Nacht

Auf einmal – die Kerzen fangen an zu brennen. Der Geruch von Weihrauch liegt in der Luft, und Orgelklänge begleiten meine Schritte.

„Introibo ad altare Dei.“ Mein Gedanke über viele Jahre hinweg am Beginn eines jeden Gottesdienstes. Immer, wenn ich die Stufen betrete. „Zum Altare Gottes will ich treten.“ Und ich verneige mich tief vor dem Unbegreiflichen. Mein Gewand passt zur Umgebung – eine barocke „Bassgeige“ von mir nicht gerade geliebt. Aber es kommt nicht auf das Gewand an. Es kommt auf den an, der drinnen steckt. Gabriel – Priester des Herrn.
Dann aber wirbelt alles durcheinander. Gabriel begegnet Schwester Maria. Sei gegrüßt Schwester und Frau.
Gegrüßet seist du Maria. Schrille, störende Stimmen. Es darf nicht sein. Gott ist die Liebe. Aber nicht so! Nicht Pfarrer und Schwester. Es ist verboten. Aber es ist wahr und wahrhaftig.
Pause, in der nichts geschieht.
Dann:
Maria und Gabriel auf der Flucht. Gabriel und Maria und die Liebe in ihrer Mitte, der kleine Herrgott, fliehen. Raus. Nur raus. Die Kirche hat kein Leben mehr. Gott ist gegangen. Aber wohin? Maria sagt unverzagt: Hab nur Geduld. Hab nur Geduld und Zuversicht. Er wird uns eine neue Zukunft zeigen. Seine Zukunft.
Ein Schrei.
Aber wann? Ich kann nicht warten, ziellos, geistlos, hoffnungslos. Ich gehe. Ich gehe fort. Ich warte nicht länger. Leb wohl. Ave Maria. Dein Gabriel ist auf und davon. Aus Mangel an Geduld. Ich schreibe Dir. Warte auf meine Briefe, Liebe Du.

Sieh auf die Störche.
Blicke auf.
Guck hin.

Ein erneuter Schrei. Habe ich ihn ausgestoßen? Wo bin ich? Was mache ich hier? Allmählich komme ich wieder zu mir. Ach so! Ich war eingeschlafen und im Halbschlaf hatten mir die Umgebung, meine Erinnerung an die Zeit als Pfarrer und die Phantasie einen Streich gespielt. Nichts ist passiert. Ich bin immer noch im Beichtstuhl und warte auf meine Stunde. Meine Stunde? Um Gottes willen. Wie viel Uhr ist es? Vier Uhr. So spät! Noch nicht zu spät. Ich muss los. Sofort.

elf

viele Stunden später, zuhause

Wie schnell und gründlich doch ein Rausch verfliegen kann und Träume sich in Luft auflösen, hat uns die Realität erst einmal eingeholt und unsere Füße wieder auf den Boden der Tatsachen gestellt.

Im Nachhinein betrachtet war das ganze Unternehmen ziemlich schwachsinnig. Man möge mir das starke Wort verzeihen. Ich liege zuhause und fühle mich verpflichtet nun auch das klägliche Ende meines Abenteuers festzuhalten. Zunächst ging alles sehr gut. Nachdem ich mich von meinem Schrecken erholt und meinen Traum weg gewischt hatte, machte ich mich zügig auf den Weg. Der Schlüssel passte. Die Klausurtür ließ sich fast geräuschlos öffnen. Im fahlen Licht einer schwachen Notbeleuchtung lagen die Gänge des Klosters vor mir.

Was ich nicht richtig eingeschätzt hatte, waren die labyrinthartige Vielzahl der Flure und die Stärke meiner Phantasie. Es sah alles so ganz anders aus als am Tag und ich hatte große Mühe, mich zurecht zu finden. Ehrlich gesagt, ich wusste überhaupt nicht in welchem Teil des Gebäudes ich mich befand, geschweige denn, wo diese verflixte Bibliothek zu finden war. Hinzu kam meine überhitzte Phantasie, die mir allerhand vorgaukelte. Hinter jeder Biegung malte flackernder Kerzenschein Schatten auf die Flure und die Silhouetten der Heiligenfiguren auf ihren Postamenten erschreckten mich jedes Mal zu Tode. Es ist schon eine ganz eigene Sache, nachts alleine in einem Kloster durch die Gänge zu schleichen. Ich brauchte auf jeden Fall mehr Zeit als gedacht und verlor nach und nach jede Orientierung.

Meine Anspannung wurde größer und größer, als ich plötzlich Schritte hörte. Ein Blick auf die Uhr – halb fünf. So spät schon. Bestimmt die Sakristanin auf dem Weg zur Kirche. Die Schritte kamen auf mich zu. Wohin so schnell? Links hinter mir gewahrte ich eine Tür. Tür auf. Ein Schritt nach hinten. Tür zu. Gott sei Dank. Noch mal gut gegangen. Ein weiterer Schritt. Ich fasse keinen Boden. Wild rudern meine Arme. Hilfe! Ich falle. Ins Bodenlose. Ich falle und falle und – Aus.

Als ich aufwache ist lichter Tag. Zerschlagen liege ich am Boden und schaue mich verdutzt um. Was war geschehen? Im Tageslicht löst sich das Geheimnis schnell. Hinter der Tür begann nicht ein Zimmer, wie ich vermutet hatte, sondern es führte eine Treppe nach unten. Die war ich runter gefallen. Und da lag ich nun mit Prellungen an allen Ecken und Enden, ziemlich kleinlaut.

Wie ich nachhause gekommen bin? Ich erspare mir die Einzelheiten. Vom Keller aus führte ein Weg nach draußen, von da in den Garten, um schließlich den Berg hinunter nach Hause zu humpeln. Da liege ich, versuche wieder zu mir selbst zu kommen und höre – wie früher so oft – die Frage meines Vaters: „Musste das sein?“

Aus den Briefen der Maria Dulcedo

zwölf

Hi Gabriel,
nicht dass ich schadenfroh wäre. Ich frage mich nur, warum um alles in der Welt erzählst Du nicht, was Dich beschäftigt? Ich weiß doch, dass Du ungeduldig bist und nicht warten kannst. Ich weiß auch, wie viel Dich die Ungeduld schon gekostet hat. Ich möchte gerne Teil haben an Deinen Sorgen, Wünschen, Plänen. Und dazu gehören nun mal auch Deine verrückten Träume.
Du bist ein verrückter Träumer. Du warst es immer schon. Seit wir uns kennen weiß ich das. Von allem Anfang an. Und es macht mir nichts aus. Im Gegenteil, ich liebe es. Also lass mich nicht draußen vor.
Bitte.
Davon mal abgesehen habe ich nur einen Wunsch an Dich: Gönne Dir Ruhe. Prellungen sind schmerzhaft und langwierig und auch mit einer noch so kleinen Gehirnerschütterung ist nicht zu spaßen. Alles braucht seine Zeit. Nimm sie Dir.
Vielleicht hat das Ganze ja auch eine gute Seite. Sieh es einmal so: Du kommst zur Ruhe nach den vielen geistigen Aufregungen und Erregungen der letzten Monate. Wir können noch einmal gründlich alles bedenken. Deine überstürzte Flucht. Mich zurücklassend, mit der bangen Frage, was wird? Deine Ungeduld, wir würden nie, nie ein neues Leben finden und einen neuen Geist. Dann Dein überraschender Fund. Und was für einer. Lass es uns noch einmal bedenken. Das tut auch mir gut.
Ich werde mir Deine Briefe vornehmen und darin die Texte hintereinander lesen. Ohne die Aufregung, die

beim ersten mal damit verbunden war. Das lohnt sich. Du hast doch bestimmt auch Deine Notizen aufbewahrt. Lass uns Deine Mitschriften noch einmal gemeinsam im Zusammenhang studieren. Du dort, ich hier. In Gedanken aber beieinander und im Herzen eng verbunden. Lieber Du. Dass es Dir bald wieder gut geht, wünscht Dir Deine Maria.

dreizehn

Hi Gabriel,
vielen Dank für Deinen Brief, der mich heute morgen pünktlich erreichte und mir viel Auftrieb gab. Scheint es doch so zu sein, dass Du bald wieder auf den Beinen bist. Ich hatte mir schon überlegt, zu Dir zu fahren. Aber im Moment ist das kaum möglich. Ich kann nicht noch einmal einfach verschwinden. Dann bin ich meinen Job endgültig los und was das für unsere Finanzen heißt, weißt Du so gut wie ich. So aber scheinst Du ja ganz gut zurecht zu kommen, auch ohne meine Pflege.
Schön, dass Du auch die Zeit zum Studieren der Texte nutzen willst. Ich habe damit begonnen und Du kannst Dir kaum vorstellen, was mir dabei alles durch Kopf und Herz geht. Ich will es versuchen zu beschreiben, auch wenn es mir schwer fällt, die richtigen Worte dafür zu finden. Du wirst mich schon verstehen, wie Du es immer tust. Du Lieber Du.
Maria, sagte ich mir, Maria lass einmal alle Kleinkrämerei hinter dir. Denke groß! Denke ganz groß! Du kannst diesen Ansatz gar nicht groß genug denken. Es geht nicht um eine Reform oder die Absetzung des Papstes oder die Ordination der Frau oder was sonst „fortschrittliche Geister“ zu denken vermögen.

Es geht um etwas absolut Neues! Ein völliger Neuanfang. Maria – denke groß!
Ich habe mich richtig verstanden gefühlt, als Du neulich das Buch der Gewissheit mit Gewissheit in die Ecke schmeißen wolltest. Wegen der Nähe zum Islam. Wir sind Europäer. In unserer Geschichte, unserer Erziehung, unserem Denken. Und Europa ist entstanden im Kampf gegen den Islam. Das können wir nicht einfach abstreifen. Uns dem Islam zu nähern, das heißt zum Urfeind überlaufen. Und das zu einer Zeit, da der Feind wieder aufrüstet und Angst und Schrecken verbreitet.
Maria denke groß. Es geht um etwas Neues. Es geht um etwas so fundamental Neues, dass die alten Grenzen von Ost und West und Nord und Süd nicht mehr gelten. Es geht darum zu entdecken, dass der Kampf der Christen gegen die Moslems ein tragischer Irrtum war. Wenn aus Mose Jesus folgte und aus Jesus Muhammad, dann sind alle drei wahr, dann haben wir uns mit Muhammad genau so verhalten wie die Pharisäer damals mit Jesus. Und darauf Europa aufgebaut und unsere Kultur. So sperrig das auch klingt, so sehr sich meine Haare sträuben – denke neu und denke groß Maria, sagte ich mir.
Wir können das Rad der Geschichte nicht zurückdrehen, aber wir können anfangen uns mit Achtung zu begegnen. Uns mit Freundlichkeit anzusehen. Wir können anfangen damit, Gemeinsamkeiten zu entdecken und vielleicht gelingt es uns ja, eines Tages das zu finden, was uns verrät, dass wir eigentlich hätten Freunde werden sollen. Die Geschichte würde einen gewaltigen Sprung machen und es wäre ein Freudensprung.
Was meinst Du dazu, Gabriel? Siehst Du, was Deine Texte bei mir auslösen?
Hab Dich lieb, Maria.

vierzehn

Hi Gabriel,
juhu, unsere Energien fließen wieder. Es ist einfach schön, so mit Dir im Dialog zu sein. Du meinst, ich sollte noch größer denken? In den Texten wäre noch Größeres zu finden und ich soll danach Ausschau halten?
Auf der einen Seite stimmst Du mir zu und versprichst mir, Schritt für Schritt meinem Gedankenweg zu folgen. Auf der anderen Seite forderst Du mich auf, noch darüber hinaus zu gehen. Das verstehe ich nicht. Aber ich weiß, immer dann, wenn einer von uns den andern nicht versteht in seinen Erwartungen an ihn, steht ein Quantensprung bevor. Man darf gespannt sein. Ich für mich begnüge mich zunächst damit, die Welt mit neuen Augen zu betrachten. Mit den Augen der Freundlichkeit, des Wohlwollens und der Aussöhnung. Dem alten Gegner gegenüber. Und ich entdecke jeden Tag Neues, Verwunderliches, Großartiges. Ich hatte ja keine Ahnung. Wir haben uns auf unseren Vorurteilen ganz schön ausgeruht und unser christliches Abendland verteidigt.
Darüber hinaus bin ich total gespannt, was denn noch passiert. Nie wird es langweilig mit Dir.
Lieber Du, Deine Maria.

P.S. Natürlich hast Du recht, mich darauf hinzuweisen, dass es nicht Deine Texte sind, die Du mir geschickt hast, sondern „nur“ die Erinnerungen an ein großes Buch.

fünfzehn

Hi Gabriel,
Er ist passiert. Ich meine der Quantensprung. Du hattest recht. Auch wenn es nur eine Ahnung war. Ich weiß es jetzt: Wir müssen noch größer denken.
Also: Du weißt, dass ich zur Zeit in einem Zeitungsarchiv arbeite. Gestern musste ich Überstunden machen. Wir erstellen eine ziemlich umfangreiche Recherche. Am Ende war es sehr spät geworden und ich alleine im Büro übrig. Ich weiß auch nicht wie es kam, auf jeden Fall habe ich das Wort „Baha'u'llah" als Suchbegriff eingegeben.
Passiert ja doch nix.
Denkste! Ich bin fündig geworden. Eine Zeitung aus dem süddeutschen Raum bringt 1913 ein Zitat dieses Baha'u'llah. Die näheren Umstände sind mir noch nicht bekannt. Dazu war keine Zeit mehr. Aber im Moment ist das auch völlig egal. Es ist der Text, der mich gefangen nimmt. Ich schreibe ihn Dir wortwörtlich ab. Jetzt verstehe ich Deine Faszination, denn ich spüre am eigenen Leib die Kraft dieser Worte.

> „Hütet euch, o ihr, die ihr an die Einheit Gottes glaubt, dass ihr nicht versucht werdet, Unterschiede zwischen den Manifestationen Seiner Sache zu machen oder die Zeichen herabzusetzen, die ihre Offenbarung begleitet und verkündet haben. Dies ist in der Tat die wahre Bedeutung göttlicher Einheit. Seid überdies versichert, dass die Werke und Taten aller und jeder dieser Manifestationen Gottes, ja alles, was immer zu ihnen gehört und was immer sie in der Zukunft verkünden mögen, von Gott bestimmt und

eine Widerspiegelung Seines Willens und Seiner Absicht sind. Wer immer den geringsten Unterschied macht zwischen ihren Personen, ihren Worten, ihren Botschaften, ihren Taten und ihrer Lebensweise, hat wahrlich nicht an Gott geglaubt, hat Seine Zeichen zurückgewiesen und die Sache Seiner Boten verraten."

Du erlebst mich zum ersten mal – sprachlos. Und das will was heißen, meine ich. Deine Maria.

sechzehn

Hi Gabriel,
gell da staunst Du nicht schlecht? Ich kann auch Texte finden. Es hat mir einen Heidenspaß gemacht, Dich damit zu überraschen. Ist es nicht wunderbar, wie sich eins zum andern fügt? Der liebe Gott tut nichts als fügen. – Mein Leib-und-Magen-Spruch – aber manchmal stimmt er halt einfach.
Überrascht war ich allerdings, dass die Worte Dich relativ wenig berühren. Siehst Du darin nicht den Beginn einer neuen Ära? Ich glaube, mein Lieb, Du bist noch ganz beeindruckt von den Auseinandersetzungen mit Muhammad und der neuen Art zu sehen, zu der wir gefunden haben. Du schreibst, Du könntest Dir nichts Größeres denken, als festzustellen, dass Jesus und Muhammad nicht Gegner waren, sondern Freunde, weil sie das gleiche wollten und vom gleichen Gott kamen, nur zu anderer Zeit.
Ach ist das schön, wenn ich einmal einen Schritt voraus bin. Darf ich Dir meine Gedanken sagen? Ich habe sie aus dem Zitat abgeleitet.

Alle großen Propheten sind für die Menschheit gleich viel wert. Nicht nur Christus und Muhammad.
Sie sind zu verschiedenen Zeiten aufgetreten, mit verschiedenen Botschaften und unter unterschiedlichen Namen.
Es steht aber ein einziger Gott mit einem einzigen großen Plan hinter allem.
Der Glaube an die Einheit Gottes, also an den einen und einzigen Gott, beinhaltet auch den Glauben an die Einheit seiner Boten. Sie sind alle eins, verbunden in dem einen unbegreiflichen Gott. Sind sie aber eins, gehören sie zusammen und sind nicht Konkurrenten oder gar Feinde. Dazu haben die Menschen in ihrem Unverstand sie gemacht. Großes Leid entstand aus diesem Wahn. Bis heute. Sie aber ergänzen einander in Wirklichkeit.
Was sagst Du dazu?
Ich fiebere Deiner Antwort entgegen. Mir kommt es so vor, als würden wir eine Nebelwand durchschreiten und dahinter ganz bald Sonnenschein entdecken.
Deine Maria.

siebzehn

Liebe Maria,

... um Gottes Willen! Bleib nicht stehen. Geh einen Schritt weiter. Tu ihn, den nächsten Schritt. Einer fehlt noch. Ich brauche Dich. ...

Gabriel

achtzehn

Hi Gabriel,
ich weiß schon worauf Du abzielst. Du spekulierst auf dieses „aufs neue“ und das „heute“. Und Du willst, dass ich es zuerst ausspreche. Aber ich trau mich noch nicht. Meine Gedanken bewegen sich Schritt für Schritt und ich möchte, dass es so bleibt. Okay?
Ich habe inzwischen alle Texte von Dir in einem Stück gelesen und nähere mich dem Kern. Anders kann ich das nicht. Sonst ist es nicht echt. Sonst wäre es nicht von mir. Und was wäre es dann für uns wert?
Aus der Einheit Gottes und der Einheit der Gottesboten folgt doch eigentlich logischerweise ein nächster Gedanke: Die Einheit aller Religionen. Oder sehe ich da irgend etwas falsch?
Stell Dir das einmal vor. Stell Dir doch nur für einen Augenblick vor, es wäre möglich. Brandherde, die sich mit atemberaubender Geschwindigkeit zur Bedrohung für die ganze Erde ausgeweitet haben, würden einfach ausgehen! Weil ihnen die Nahrung entzogen worden ist.
Aber wie soll das gehen?
Das kann nicht gelingen. Kein Mensch kann so etwas bewerkstelligen. Kein Mensch. Dem stehen jahrtausendealte Traditionen und Vorurteile gegenüber. Niemand kann die überwinden.
Es gibt Bemühungen um gegenseitige Toleranz und Anerkennung. Sie sind alle nicht sehr erfolgreich, wenn auch mit viel Engagement und Mut begonnen. Aber das, was ich in den Texten gelesen habe, ist etwas gänzlich anderes. Dort wird gesprochen von einer gottgewollten und von Gott geplanten Einheit der Religion. Die gesamte Menschheit soll zusammenwachsen und endlich lernen neben Einem Gott auch Eine gemeinsame Religion zu finden. Die Vorraussetzungen dafür werden in den Wor-

ten, die Du mir geschickt hast, gelegt: Alle Glaubensbekenntnisse der Menschheit entstammen der gleichen Quelle. Daher sind sie alle wahr.

Und jetzt?

Jetzt kommt es.

Jetzt kommt es nur noch darauf an, dass wir uns alle zusammentun.

Und genau das können wir nicht. Das übersteigt alle unsere Fähigkeiten.

Ich habe darüber nachgedacht. Viel nachgedacht.

Quantensprünge dieser Art fanden immer auf dieselbe Weise statt: Durch einen neuen Offenbarer. Denke doch einmal an Jesus. Wie er das Denken der römischen Welt durcheinandergewirbelt hat. Wie er das Selbstverständnis dieser Epoche durch seine Vorstellungen und Einsichten völlig auf den Kopf stellte. Die Welt tat einen gewaltigen Sprung durch seinen göttlichen Impuls, durch seine neue Offenbarung. Hätte er einfach den Erwartungen der Pharisäer entsprochen, wäre er der Messias der herrschenden Kaste gewesen und hätte er ihr Regime und ihre Machtverhältnisse bestätigt und glorifiziert, er wäre nicht nur dem Kreuz entgangen, er wäre mit Freuden auf den Thron Davids gesetzt worden. Von allen. – Und hätte nichts, aber auch gar nichts bewirkt.

Jetzt denke an Muhammad. Spinne einfach diesen Gedanken weiter. Wäre durch ihn Rom bestätigt worden und die Macht der Kirche ins unermessliche gesteigert unter allen Völkern des Erdkreises, hätte er den Papst und die Kardinäle zu himmlischen Fürsten erhoben, wie hätte man ihm zugejubelt, als dem, der kommen soll. Und er hätte nichts verändert.

So aber ...

So aber bringen die Offenbarer Gottes alles durcheinander. Sie bringen völlig Unerwartetes, völlig Neues, völlig Unvorstellbares, völlig Undenkbares. Und jeder von ih-

nen beansprucht, dass Gott mit seiner Botschaft die Menschen prüft. Nicht wir sind die Prüfenden. Wir sind die Geprüften. So geschieht ein Quantensprung.
So und nicht anders. Das habe ich aus dem gelernt, was Du aufgeschrieben hast aus diesem unglaublichen Buch.
Also: Gott kommt mit einer neuen Botschaft. Von der einen Religion für alle Menschen. Mit einem neuen Offenbarer. „Aufs neue“. Und ich habe in Deinen Texten gelesen: Das geschieht „heute“.
Was hast Du da nur entdeckt? Fragt sich Deine Maria.

neunzehn

Hi Gabriel,
ich schicke Dir diesen Brief gleich hinterher, denn es sind nur ein paar Stunden vergangen, seit ich den letzten aufgegeben habe. Aber Du sollst unbedingt sofort erfahren, was passiert ist. Auf dem Weg vom Postamt zurück nachhause hatte ich keine Ruhe. Ich wollte jetzt alles, nur nicht allein sein. Nur nicht weiter nachdenken müssen. Ich wollte mich ablenken, einfach ausklinken und was ganz anderes tun. Du kennst mich und wirst gleich erraten, was ich in solchen Situationen mache. Richtig. Ich arbeite. Also ab in die Redaktion. Aber da war niemand. Weiß der Geier, wohin die alle ausgeflogen sind. Wenn ich nun schon mal da bin, kann ich doch auch weiter recherchieren. Es war 1913 und im süddeutschen Raum.
Nun, viel habe ich nicht gefunden, aber das Wenige hilft uns weiter. 1913 muss ein „Abdu'l-Baha“ in Stuttgart zu Besuch gewesen sein und einen nachhaltigen Eindruck hinterlassen haben. Und jetzt kommt es. Ich zitiere: „Abdu'l-Baha besuchte England, Frankreich, die Schweiz, Deutschland und Amerika. Und überall verkündete Er,

dass wiederum die Himmel sich aufgetan hätten und eine neue Offenbarung gekommen sei zum Segen der Menschenkinder." Ist das nicht geradezu unglaublich. Wenn das so ist, warum wissen wir nichts davon? Was ist geschehen? Haben die beiden Weltkriege alles weggefegt? Oder müssen wir doch noch auf einen anderen warten? Die Frage des Johannes!

Es gibt einen Weg weiter zu kommen. Das Buch der Gewissheit hat noch einen zweiten Teil. Also mache Dich auf. Da wartet Arbeit auf Dich. Heb die müden Beine, schwing Dich auf Dein Rad und fahr los. Ich warte auf Antwort, ob das Buch der Gewissheit seinem Titel gerecht wird und uns Gewissheit verschafft. Ich warte ganz toll.

Deine Maria

Rechter Flügel

eins

Bad S. 02.06. ....

Liebe Maria,
blaue Flecken an Armen und Beinen und sonst wo heilen. Blaue Flecken an der Seele dauern länger. Sie brauchen auch intensivere Pflege.
Da hast Du Großes geleistet an mir. Unglaublich, was in diesen Tagen zwischen uns passiert ist.
Gestern war ich zum ersten mal wieder in der Stadt. Mein Weg führte mich zur Kirche, also besser gesagt zum Kirchendach, zum Storchennest. Auch da ist in der Zwischenzeit viel passiert. Die Eier sind ausgebrütet. Was lange verborgen war, ist nun offenbar geworden: Es sind drei Kinder geboren und kauern im Nest. Manchmal heben sie ihre kleinen Köpfe über den Nestrand, gucken nach unten, sehen die Menschen, wie sie umherwuseln ohne Sinn und Plan. Dann legen sie die Köpfe in den Nacken und klappern, dass man es bis zu uns herunter hört. Mir klingt es wie höhnisches Gelächter in den Ohren. Aber ich habe mir sagen lassen, das sei angeboren und völlig normal.
Okay. Lassen wir es einmal so stehen.
Ich will nicht mehr planlos durch die Welt laufen. Ich will es jetzt wissen, hat Gott sich uns nun erneut zugewandt? Ist ein neuer Prophet erschienen oder wie immer man das nennen soll, in unserer Zeit? Hat Gott seinen Plan mit uns aufs neue in einem Menschen sichtbar werden lassen? So jetzt ist es heraus. So klar habe ich das noch nie gesehen. Das ist meine Geburt. Und die hast Du in mir be-

wirkt. Habe ich ein Buch gefunden, so hast Du es zum Leben gebracht.
So ist das.
Jetzt gehe ich wieder zum Kloster. Fällt mir nicht gerade leicht, weil ich mich doch so saudumm benommen habe. Und weil mein Gewissen mir ständig einredet, alle würden mir das ansehen. Die Nonnen zu allererst. Was soll's. Ich ziehe los.
Ich habe mir auch Gedanken darüber gemacht, wie es weiter gehen soll. Meine Ungeduld soll uns nicht länger im Weg stehen. Ich will das nicht. Ich will sie bezähmen und mich in Geduld üben. Lach nicht, das meine ich ernst. Du wirst schon sehen.
Ich werde nach wie vor Stückchen für Stückchen im Text studieren und zuhause dann das Gelesene aufschreiben. Aber ich will nicht mehr zum Briefkasten rennen und dann alles sofort an Dich wegschicken. Ich habe vor, die Texte zu sammeln, vielleicht auch noch mal überarbeiten und das Ganze dann abschnittsweise in größeren Sinneinheiten Dir weiter zu geben.
Das Neue braucht Beständigkeit. Nur so kann es wachsen. Im Storchennest, wie in uns. Herumhampeln ist einfach nicht mehr angesagt.
Einverstanden? Dein Gabriel

zwei

Bad S. 06.06. ...

Liebe Maria,
den Storchenkindern geht es prächtig, sagen die Leute. Und die haben viel mehr Erfahrung damit. Für mich ist ja alles neu und aufregend. Nun muss man ganz fest die Daumen drücken, dass das Wetter schön bleibt. Denn

Unwetter können die kleinen Wesen noch nicht verkraften. Es wäre schon öfter passiert, dass die Jungen, kaum auf der Welt, einem Gewitter zum Opfer gefallen sind.
Ein Gewitter gab es nicht, als ich zum ersten mal wieder zum Kloster ging. Ich will Dir kurz davon erzählen. Es war eigentlich völlig unspektakulär. Ich habe die Schwester so lange angestarrt, bis die Arme ganz rot wurde. Mein Gott, was sie wohl gedacht hat, dabei wollte ich doch nur in ihrem Gesicht lesen, ob es irgendwelche Spuren meines nächtlichen Ausflugs darin gäbe. Nichts dergleichen. Hoffentlich habe ich ihr Gemüt nicht allzu sehr verwirrt.
Auf jeden Fall kann ich nun wieder regelmäßig lesen. Eine Wohltat!
Du hast mir geschrieben, ich sollte doch eine Gliederung oder ein Inhaltsverzeichnis anfertigen. Da das Buch weder Überschriften noch Kapitel hat, muss ich mir selbst etwas ausdenken. Ich will es versuchen.
Hier kommt die erste Lieferung:

Der zweite Teil des Buches der Gewissheit beginnt mit einem Titel.

Die Überschrift

Es ist so.
Die Hoheitsgewalt über alles
im Himmel und auf Erden
gehört dem Offenbarer Gottes
und zwar
unabhängig davon
ob es irgendjemanden gibt
der seinen Worten folgt.
Es ist so.
Und wenn er keine Macht hätte in der Welt

es wäre egal.
Er ist unabhängig davon.
Er ist die Sonne der Wahrheit.

Nun wird das Thema vorgestellt und kurz umrissen:

Das Thema

Es soll nun im Folgenden dargelegt werden
wie die Offenbarer
das Licht göttlicher Einheit
in der Welt
sichtbar werden lassen.
Sie sind Spiegel des Göttlichen.
In ihnen spiegelt sich Sein Licht wider.
Als solche sind sie mit allbezwingender Macht versehen
und unbesiegbarer Souveränität bekleidet.
So kommen sie
zu den unterschiedlichsten Epochen
aus der unsichtbaren Wohnstätte der Herrlichkeit
in diese Welt
um die Menschen zu erziehen
und aller Welt
Gnade zu erweisen
jedem Ding.
Wenn diese verborgenen Edelsteine
offenbar werden
und in ihrer Schönheit hervortreten
begründen sie sich ausschließlich
aus sich selbst
denn Gott tut
was immer Er will
und befiehlt was immer Ihm gefällt.
Es ist so.

Das erste Kapitel unterteilt sich in 4 Abschnitte.

Erstes Kapitel:
Von den Spiegeln des Göttlichen
Erster Abschnitt:
Die Unerforschlichkeit Gottes und was daraus folgt

Gott ist in seinem Wesen unbegreiflich.
Grenzenlos erhaben ist Er
über Merkmale wie leibliche Existenz
Aufstieg und Abstieg
Nähe und Ferne
wie sie bei den Menschen üblich sind.
Jeder der mit verständigem Herzen darüber
nachdenkt
wird es verstehen.
Weit entfernt sind die Menschen davon
dass sie jemals angemessen
Sein Lob verkünden könnten
oder gar Sein unergründliches Mysterium erfassen.
Gott war verhüllt von Ewigkeit
und wird den Menschen in Ewigkeit
verborgen bleiben.
Niemand erfasst Ihn. Er aber erfasst alle.
Kein Band kann Ihn an seine Geschöpfe binden.
Hoch erhaben steht Er über jeder Bindung.
So kann es auch keine unmittelbare Verbindung
zwischen Ihm und den Menschen geben.
Denn durch Sein Wort wurde alles
ins Dasein gerufen
und allein durch Seinen Wunsch
ist alles geworden.
Alles.
Er ist der Urwille selbst.

Gnädiger Gott
wie könnte da eine Verwandtschaft gedacht werden
zwischen Seinem Wort und denen
die aus diesem Wort
geworden sind.

Zu allen Zeiten
haben die Propheten Gottes
und die Wissenden und Weisen
ihr Unvermögen erkannt
Ihn zu begreifen.
Er ist das reinste Wesen der Wahrheit.
Freimütig haben sie ihre Unfähigkeit eingestanden
Ihn zu erfassen.
Er ist die innerste Wirklichkeit von allem.
Von jedem Ding und jeder Kreatur.

Ein solches Tor der Erkenntnis
ist für alle Wesen verschlossen.
Punktum.

Gott ist auch die Quelle unendlicher Gnade
und so hat Er
leuchtende Edelsteine aus dem Reich des Geistes
in der Gestalt des menschlichen Leibes
erscheinen lassen
und allen Menschen bekannt gemacht
damit sie der Welt das Geheimnis Gottes schenken
und der ganzen Schöpfung erzählen
von Seinem reinen, unsterblichen Wesen.

Diese geheiligten Spiegel
sind alle
auf Erden die Vertreter
Dessen

der innerster Kern
reinstes Wesen
letztes Ziel
des Weltalls
ist.
Von Ihm haben sie
ihr Wissen.
Von Ihm geht ihre Macht aus.
Von Ihm leitet sich ihre Souveränität ab.
Ihre Schönheit
ist alleine ein Widerspiegelung Seines Bildes.
Ihre Offenbarung ist alleine ein Zeichen Seiner Herrlichkeit.
Durch sie wird eine Güte vermittelt
die unendlich ist.
Durch sie wird ein Licht angezündet
das nie mehr ausgehen kann.
So ist es.
Das ist die Bedeutung des alten Satzes:
Ich bin Er
Er selbst
und
Er ist ich
ich
selbst.

Kein Unterschied ist zwischen Dir und ihnen
außer
dass sie Deine Diener
und von Dir erschaffen sind.

Die Klarheit der Gedanken und das Bild vom Spiegel begeistern mich. Das kann mein Verstand annehmen oh-

ne sich zu verbiegen. So macht es Sinn von Gott zu reden. Einfach großartig.
Einfach und großartig. Es ist einfach. Ich kann es verstehen. Es ist klar. Und es ist groß. Mehr brauche ich nicht. Gerade auch die letzten Sätze, von denen gesagt wird, sie seien sehr alt.
Obwohl, unsere Professoren wären damit wahrscheinlich nicht einverstanden. Wegen des „Gezeugt nicht geschaffen". Hast Du das jemals verstanden? Aber weiter heißt es ja im Glaubensbekenntnis „Eines Wesens mit dem Vater" und das stimmt dann wieder. Darauf kommt es doch an: Kein Unterschied ist zwischen dir und ihnen. Wer mich sieht, sieht den Vater. Der Vater und ich sind eins. Der Vater ist größer als ich. Worte Jesu, die mir einfallen und die ich mit dem Gelesenen vergleiche.
Und siehe, es passt.
Es passt viel besser als die verschraubten Formulierungen der alten Theologie. Worte von Menschen, die nix verstehen von dem, was sie reden. Doch ich merke, ich greife vor.

Zweiter Abschnitt
Gott offenbart sich in allen Dingen

In einem Tropfen
findet man ein Meer von Weisheit
in einem Atom
ein ganzes Universum von Licht.
Um wie viel mehr gilt das für die Menschen.
Sie sind von Gott mit besonderen Gaben ausgezeichnet.
In ihnen sind die Namen und Eigenschaften Gottes
in einem Maße angelegt
das von niemandem übertroffen wird.
Das drücken auch Sätze aus

die schon früher offenbart wurden:

In euch selbst
wollt ihr da nicht
die Zeichen Gottes erkennen?

Seid nicht wie jene
die Gott vergessen haben
und dadurch ihr eigenes Selbst verloren.

Wer sich selbst erkennt
hat Gott erkannt.

Ehrlich.
Es ist so.

In ihrem Wesenskern
bezeugen alle Dinge die Namen Gottes.
Jedes Ding
drückt auf seine Weise
etwas von Gott aus
so wie es das eben vermag.
Was ich auch anschaue
ich finde
Gott in ihm
Gott vor ihm
Gott hinter ihm.
Und nichts finde ich
ohne ihn.
So.

Das edelste Geschöpf ist der Mensch
vollkommen gedacht und gestaltet.
In ihm drückt sich die Offenbarung Gottes
in so umfassender Weise aus

wie nirgendwo sonst.
Das ist seine Schönheit.
Von allen Menschen aber die vollkommensten
sind die Manifestationen der Sonne der Wahrheit.
Es gibt nichts auf Erden
was vollendeter wäre.
So ist es.

Dritter Abschnitt
Die Ersten Spiegel

Wenn alle Kreatur und jedes Ding
Gott widerspiegeln
dann sind Sie die Ersten Spiegel
die Brennpunkte der Herrlichkeit
sozusagen.
Sie sind ihrem Wesen nach nichts als ein Ausdruck von Ihm
dem ganz und gar Unsichtbaren
und strahlen Sein Licht in reinster Form wider.
Indem diese Edelsteine göttlicher Tugenden erscheinen
werden alle Namen und Eigenschaften Gottes enthüllt.
Wie etwa
Erkenntnis und Kraft
Souveränität und Herrschaft
Barmherzigkeit und Weisheit
Herrlichkeit
Freigiebigkeit und Gnade.
Die Merkmale Gottes
waren niemals bestimmten Propheten verliehen
und anderen etwa nicht.
Alle Seine erwählten Boten
sind ausnahmslos Träger Seiner Namen

und verkörpern Seine Eigenschaften.
Es ist so.
Sie unterscheiden sich nur
in der Stärke ihrer Botschaft
ihr Licht hat unterschiedliche Leuchtkraft
und leuchtet unterschiedlich weit.
Wenn nun eine bestimmte Eigenschaft Gottes
im Auftreten eines bestimmten Boten
nach außen hin nicht sichtbar wurde
weil sie zum Beispiel nicht im Zentrum
seiner Sendung stand
so heißt das doch noch lange nicht
dass er diese Eigenschaft nicht dennoch besessen hätte.
Jeder der Wesen der Loslösung
ist für sich
eine Schatzkammer der Namen Gottes
und die Morgenröte seiner Attribute.
Denn Gott ließ in Ihnen
sich selbst
sehen.

Diese mit so viel Schönheit
erleuchteten Menschen
sind alle
mit allen Zügen Gottes versehen
auch mit Herrschaft und Macht
selbst wenn ihnen nach außen hin
jede irdische Majestät
fehlt.

Ich muss hier einfach unterbrechen. Zuviel geht mir durch den Kopf. Entdecke ich doch auf einmal in mir so etwas wie Ehrfurcht. Das bin ich nicht gewohnt! Ich bin

eher der Freche, Respektlose. – Ich sehe förmlich Deine Zustimmung – Und jetzt?
Es ist ein altes Gefühl aus meiner Studienzeit in T – gar nicht so weit weg von hier – das mich auf mal wieder einholt. Ganz neu. Das Staunen darüber, dass der unbegreiflich große Gott sich mit dem kleinen Stamm Israel einlässt, der irgendwann einmal irgendwo in der Wüste umeinand gelaufen ist. Und was daraus geworden ist. Wie der gleiche Gott mit Jesus die Enge jüdischer Gesetze gesprengt hat und mit seiner Rede von der Liebe die ganze damalige antike Welt eroberte. Konnte der depperte Nero machen was er wollte. Seine Truppen waren dem einfach nicht gewachsen. Ein ganzes Weltreich ging daran zugrunde.
Und jetzt, das heißt zu unserer Zeit, zu Deiner und meiner Zeit werden wir Zeugen einer erneuten Horizonterweiterung. Wobei ich immer noch nicht weiß, was eigentlich geschehen ist. Ich rede immer noch – nur von Gedanken. Nur von Worten. Nur von einem Buch. Ich rede nur von dem, was Du und ich erleben. Nur das.
Und auf einmal sehen wir, indem wir miteinander reden, was wir da lesen, auf einmal sehen wir hinter den kleinen biblischen Geschichten, die keiner mehr hören will, eine ungeahnte Weite, eine ganz neue, globale, weltumspannende Dimension. Ein ungeheurer Plan, in dem Jesus ein Baustein ist, einer von vielen.
Und wir, wir zwei im Austausch miteinander im Lesen dieses Buches, sehen diesen Plan auf einmal in seiner Größe. Da gibt es eine völkerübergreifende, nie gedachte Einheit. So als würde nun die Menschheit mit ihren krassen Unterschieden und ihren Ungerechtigkeiten, mit ihrer religiösen Feindseligkeit und ihren Glaubenskriegen zusammengeführt. So, als wäre das alles geplant. Wahrscheinlich ist es das auch. Vielleicht sind wir ja nun endlich reif geworden zu so großer Größe.

Größe aus einem Buch. Nicht sehr alt. Und versteckt in einem Kloster. Nicht sehr weit weg. Wartet darauf, gefunden zu werden. Da soll man nicht staunen. Selbst wenn man Gabriel heißt.

Und nun ist es so
dass die Völker der Welt
erschöpft und niedergeschlagen sind.
Sie haben sich
in ihrem Eigensinn verrannt
und finden keinen Ausweg mehr.
Sie haben es versäumt
bei den kristallklaren Quellen
nach der inneren Bedeutung der Worte Gottes
zu suchen.
Dort hätten sie alles gefunden.

Ende des Ersten Kapitels und Ausblick

Diese Schrift
legt Zeugnis davon ab
was nun
aufs neue
in dieser wunderbaren Sendung
geschehen ist.
Unzählige Mengen vollendeter
heiliger Worte
sind aus dem Himmel
der Macht und der Gnade
herabgekommen.
Niemand hat sich ihnen zugewandt.
Alle klammern sich krampfhaft
an Worte von Menschen
die nichts aber auch gar nichts

von dem verstehen
was sie reden.
Es ist so.

Was soll ich noch sagen, reden wovon sie nichts, aber auch gar nichts verstehen. Kommt mir so vor, als würde die Theologie aus Jahrhunderten von ihrem Staub befreit und mit einigen wenigen Sätzen zu einer Klarheit gebracht, die wir noch gar nicht begriffen haben.
Da staunt Dein Gabriel

drei

Bad S. 10.06. ...

Liebe Maria,
ach ja. Weißt Du was? Die Störche geben mir zu denken. Sieh mal, da sind die Jungen. Ewig hungrig, schreien sie nach Leckerli. Und die Eltern? Unermüdlich schleppen sie alles herbei, was nötig ist, damit die kleinen Kerle wachsen können und sich entwickeln. – Übrigens, da ist bestimmt auch eine „Kerlin" dabei. Du kannst ganz beruhigt sein. Mindestens eine. –
Sie tun das einfach. Fragen nicht nach dem Woher und Wohin, nach dem Warum und dem Sinn und ob sie dabei selbst nicht etwa zu kurz kommen. Sie tun das, was dem Leben dient und das Wachstum fördert. Konsequent und unbeirrt. Das ist ihr Job.
Und wir? Storch müsste man sein!
Warum tun wir nicht einfach, konsequent und unbeirrt, was unserer Welt auf die Beine hilft? Warum gibt es bei uns so viele Irrtümer und Ablenkungen, Ausflüchte, Entschuldigungen und Erklärungen, Gedankenlosigkeit und manchmal einfach nur Faulheit? Weißt Du warum? Weißt

Du, warum ich mich immer wieder vom Tagesgeschäft so beanspruchen lasse, dass für das, was wirklich zählt, keine Zeit mehr bleibt und keine Kraft? Weißt Du, warum ich mich mit Zahlen und Paragrafen mehr beschäftige, als mit dem, was uns so wichtig geworden ist?
Weil es Fragen sind, die unsere ganze Existenz meinen. Weil es Sätze sind, die uns treffen. Weil es Gedanken sind, die uns retten können. Weil wir ahnen, dass hinter dem – alles verborgen ist und wir Gewissheit finden können. Weil das so ist, möchte ich Storch sein und einfach konsequent tun, was dem Leben dient und das Wachstum fördert.
Dann fang doch endlich an, hör ich Dich sagen, anstatt zu lamentieren. Du hast ja recht. Aber ich bin kein Storch, nicht mal ein Frosch und darum mache ich mir Gedanken. Mit wem sollte ich sie teilen, wenn nicht mit Dir?
Doch sei's genug davon. Mir fiel's halt auf.
Jetzt aber geht es weiter in der Schrift, die mir immer vertrauter und zugleich auch immer wichtiger wird. Es beginnt ein neues Kapitel.

Zweites Kapitel:
Vom Selbstbestimmungsrecht der Offenbarer Gottes

Es ist so.
Die Autorität des Messias
oft genug in den Schriften erwähnt
ist eine Realität.
Daran ist nicht zu zweifeln.
Sie ist jedoch nicht so
wie die Menschen sich das vorstellen
sondern es ist eine Autorität
die mit Herrschaft im üblichen Sinn
nichts zu tun hat.

Es ist nur so
er allein bestimmt die Richtung
und ist niemandem Rechenschaft schuldig.

Die Propheten haben immer
die Eigenmächtigkeit und Unabhängigkeit
derer betont
die nach ihnen als Offenbarer kommen werden.
Das kann man nachlesen.
Diese Souveränität ist ein Attribut Gottes.
Die Offenbarer sind alle
mit dieser Eigenschaft
und mit all den anderen
Eigenschaften Gottes
ausgestattet.
Denn sie sind ja
die Verkörperung der Namen Gottes
die Offenbarer seiner Geheimnisse
und machen Ihn
den Unsichtbaren
für uns sichtbar.
So ist das.

Niemandem
Rechenschaft schuldig zu sein
oder auch nur eine Erklärung
das ist die höchste Form der Herrschaft.
Sie geht von jeder Manifestation aus.
Sie strahlt in jeder Sendung
als Sonne der Wahrheit.
Es ist die geistige Überlegenheit
über alles
und zwar im Himmel und auf der Erde.
Er
die Manifestation Gottes

trägt sie in sich.
Das ist Überlegenheit
im höchsten Maße.
Nach und nach wird sie enthüllt
so wie die Menschen es fassen können
und es wächst ihre geistige Bereitschaft
Seine Souveränität
anzunehmen
und in der Welt zuzulassen.
So war es jedes Mal.

Du, Maria, weißt Du noch, damals im Kupferbau, dem Theologentreff, wie der Professor das Wort „wahrlich" aus der Bergpredigt neu übersetzte?
„Den Alten wurde gesagt" – meinte er – das bezieht sich auf das Gesetz des Mose und damit auf das unverrückbare Fundament jüdischen Glaubens. Und Jesus setzt dem entgegen: „Ich aber sage euch". Mit welcher Begründung? Durch welche Autorität gerechtfertigt? Mit welchem Zitat aus der Schrift belegt?
Mit keinem. Mit nichts. Mit nichts, als nur seiner eigenen Person. Ohne Rückendeckung. Völlig frei. „Ich aber sage euch." Basta!
Das ist göttliche Souveränität.
Wir gingen damals tief beeindruckt heim. Weißt Du noch?
Das fällt mir ein, während ich Dir das schreibe.
Weiter im Text ...

Erster Abschnitt
Souveränität – in der Geschichte

So ist heute
die Autorität Muhammads

in vielen Teilen der Welt
unbestritten.
Bist Du Dir aber bewusst
wie es am Anfang war?
Wo sie nur konnten
haben die Geistlichen und ihre Helfershelfer
Ihn verfolgt.

Ein reines
geistiges Wesen
verfolgt von Geistlichen.
Paradox!
Sie glaubten sogar
mit jedem Unrecht
das sie
diesem heiligen Sein
zufügten
etwas für
die eigene Heiligkeit
zu tun.

Furchtbar
dass gerade die Geistlichen
zur Verfolgung anstiften
Ihn öffentlich zum Sünder stempeln
aus ihrer Mitte ausschließen
und Ihn einen Schurken nennen.
So war das.
Heute freilich
ist das alles ganz anders.
Heute ist Er anerkannt.
Mächtige Herrscher beugen ihr Knie
vor Seinem Namen.
Unzählige Menschen
suchen in Seinem Namen Schutz

und rühmen sich
des Glaubens an Ihn.
Es ist so.
Nach und nach
wird seine Souveränität
enthüllt
wie die Menschen es fassen können
und nach und nach
wächst ihre geistige Bereitschaft
ihn anzunehmen
und die Welt gestalten zu lassen.

Zweiter Abschnitt
Souveränität – in der Wirkung

Auch das Folgende
ist ein Beweis uneingeschränkter
Souveränität.
Betrachte einmal
die Wirkung Seines Wortes.
Nimm einen einzigen Vers
und du wirst erleben
wie sich daran die Geister scheiden.
Mit einem Satz
trennt Er
Licht von Finsternis
Gerechtigkeit von Unrecht
Glaube von Gottlosigkeit.
Wer sonst
könnte mit einem Wort
Solches bewirken?
Ein Segen für die Gerechten
die hören und folgen
ein Unglück für die Ungerechten

die hören und sich auflehnen.
Scharf wie das Schwert Gottes
trennt dieses Wort
und scheidet
Vater vom Sohn.

Auf der anderen Seite
ein Wort
das alles verbindet.
Das alles verschmelzen lässt
was sich feindlich gegenüber stand.
Die bindende Kraft Seiner Worte
ist stark.
Sie eint die Herzen derer
die an Ihn glauben
über alle Gräben und Schluchten hinweg.
Das erleben Menschen
die in allem an Ihn sich halten
und durch Seine Gnade
beseelt werden.
Ganze Völker verschiedenen Glaubens
die seit undenklichen Zeiten
im Streit leben
Menschen von gegensätzlichster
Mentalität
werden neu belebt
vom Duft der göttlichen Frühlingszeit.
Sie schöpfen neuen belebenden
Atem aus dem Garten Gottes
und werden in das Gewandt der Einheit
und des Friedens gekleidet.
Weil sie
mit einem einzigen Wort
von Ihm
aus dem alles versöhnenden Kelch

Seiner Einzigkeit
getrunken haben.

Das ist der Sinn des berühmten Verses
von Jesaja:
Wolf und Lamm weiden zusammen.

Es ist so.
Und so ist es immer wieder.
Jedes Mal aufs Neue.

Uff. Ich habe schon lange nichts mehr gelesen, was mich so beschäftigt. Ich merke richtig, wie ich eintauche in die Dynamik der Gedanken und mich mitnehmen lasse von der Kraft der Worte. Ich stehe längst nicht mehr draußen vor und überprüfe und wäge kritisch ab. Mein Horizont, meine „Denke" verändert sich. Nicht ich bewege den Text, er bewegt mich. Nicht ich erzähle ihn Dir, er erzählt uns unser Leben neu. Unsere Geschichte wird zum Teil seiner Geschichte.
Weißt Du was ich jetzt möchte? Mich mit Dir treffen. Irgendwo zwischen hier und dort. Und dann mit Dir am schönsten Frühsommertag des Jahres, in der schönsten Gegend, die diese Schöpfung zu bieten hat, einen langen Spaziergang machen. So wie wir es schon oft gemacht haben. Und dann die ganze Welt bewegen. Uns die Eindrücke der Texte sagen und uns von den Wundern der Natur inspirieren und forttragen lassen. Das ist so einmalig. Und geht nur mit Dir. Ich mit meinen Texten und meinem Grübeln und Du mit dem Blick für die großen Wunder hinter den kleinen Dingen. Ein Gras, eine Blume, ein verkrüppelter Baum, eine Wolkenformation, das Netz einer Spinne, eine abgestorbene Wurzel. All das

siehst Du und in dem Du es mir zeigst, bekommen unsere Gedanken eine neue Dimension und eine neue Tiefe. Dann will ich auch gerne bereitwillig in meine Studierstube in der Klosterbibliothek zurückkehren. Versprochen. Ich brauche den lebendigen Austausch mit Dir. Nur so geht's weiter. Und weiter gehen soll's. Darum bitte, lass uns wieder mal gemeinsam unterwegs sein. Ein Stück.
Dein Gabriel.

vier

Lieber Gabriel,
meine Sehnsucht nach Dir ist heute Abend besonders groß. Womit ich gestern noch gestrunzt habe, ist heute negativ eingetroffen. Da ist plötzlich ein großes Loch. Du fehlst mir sehr.
Also krame ich zum ich weiß nicht wievielten Mal Deine Briefe vor und lese in den Texten, die mir inzwischen so vertraut sind und in denen Du mir so nahe bist. Diese Nähe ist einfach wohltuend für mich. Du mein Lieber, es ist doch wohl nicht so ganz selbstverständlich, was wir füreinander sein dürfen. Die Zeit mit Dir in Bad S. in der letzten Woche war wunderbar schön, ein großes Geschenk. Einerseits sehr vertraut, wenn Du und ich einander begegnen, beieinander sind, Zeit füreinander haben und doch immer wieder anders und ganz neu und immer wieder mit viel Phantasie und Kreativität. Weißt Du noch, unser langer Spaziergang? Und dann auf der Lichtung stellst Du Dich hin und singst: „Komm wir machen lauter Sachen, wo nur Doofe drüber lachen." Das ist ein albernes Lied, aber auch ein kleines bisschen schön.
Mir fällt auf, ich habe Dir schon lange nicht mehr so richtig geschrieben. Ich befürchte, dieser Brief bleibt nicht

kurz. Du möchtest bestimmt wissen, was meine Gedanken sind nach unserem Treffen und wie alles wird. Also ein kleiner Bericht, was mich in den letzten Tagen und besonders auch heute Abend bewegt.
Anfangen möchte ich mit den Störchen. Ja, diesmal schreibe ich von den Störchen, nicht Du. Ich habe nachgedacht, wie es wohl den kleinen Kerlchen in ihrem Nest gehen mag. Stell Dir vor, Du wirst geboren, zusammen mit zwei Geschwistern und liegst im Nest. Am Anfang ist es kuschelig und warm. Deine Eltern sorgen für alles und Du sorgst Dich um nichts. Aber Du wirst größer und von Tag zu Tag lebendiger und neugieriger. Die Welt um Dich herum, die am Anfang Dein ein und alles war, kommt Dir mit einem Mal sehr eng und begrenzt vor. Du möchtest sehen, was dahinter ist. Es muss doch mehr geben, als diese Enge. Es muss doch eine Welt jenseits des Nestrandes geben. So juckt es das Storchenkind in den Beinen und auch wenn seine Geschwister sagen, lass es, bleib was Du bist, bleib bei dem was Du kennst, es kommt der Tag, an dem Du Dich traust. Du stehst auf und spähst über den Nestrand. Stell Dir Deinen Schrecken vor, wenn Du erkennst, dass Du weit über den Dächern der Stadt bist und noch nicht fliegen kannst. Ob es Dir nicht gewaltig schwindelig wird, wenn Du Dich in solcher Höhe bewegst, ohne es gewusst, ohne es gewollt zu haben und Du nicht fliegen kannst. Sag nicht, der Storch ist zum Fliegen bestimmt. Du kannst es noch nicht. Also schwindelt Dir. Und Deine Lust, die Dich dazu trieb aufzustehen, droht Dich nun ins Nest zurück zu treiben. Das nennt man Angst.
Solche Gefühle packen mich, wenn ich sehe, was mit uns geschieht, mit uns in der Begegnung und mit uns im Lesen dieser unglaublichen Texte. Mir ist schwindlig und ich habe Angst davor aufzustehen. Aber ich will auch nicht mehr zurück ins Nest. Der Mensch ist zum Fliegen be-

stimmt, habe ich irgendwo gelesen und das gefällt mir. Also habe ich angefangen, etwas gegen den Schwindel zu tun. Denk nur, was ich gemacht habe: Ich habe alle Texte genommen, noch einmal mit ganz einfachen eigenen Worten zusammengefasst und unser Leben mit hineingepackt. Als Standortbestimmung, damit wir wissen, wer wir sind und wo wir stehen. Manchmal weiß ich das nämlich nicht mehr. Hier schreibe ich Dir also auf, Punkt für Punkt, was mich bewegt, wenn ich mit Dir am Nestrand stehe, in schwindelnder Höhe und mich Schritt für Schritt mehr hinauswage in das Buch der Gewissheit.

Standortbestimmung

1. Wer Gott finden will, der muss sich offen halten für die unmöglichsten Wege und dann auch bereit sein, sie zu gehen.
   Das ist die Voraussetzung von allem. Wer könnte es besser wissen, als wir. Es war ja (weiß Gott) nicht geplant, dass unser Leben so verläuft, wie es das jetzt tut. So war das aber zu allen Zeiten.
   Die Menschen warten sehnsüchtig auf ein Zeichen Gottes. Zeig uns, dass du uns nahe bist. Zeigt er sich aber dann, finden sie endlich seine Spuren in ihrem Leben, lehnen sie ihn ab, weil seine Wege nicht ihren Erwartungen entsprechen. Erinnerst Du Dich an unsere Zweifel und unser Erschrecken, als wir uns begegnet sind? So war das aber auch bei Noah, Hud, Salih, Abraham und Mose, um den Blick von unserer kleinen Welt weg in die große Heilsgeschichte zu lenken.
2. Man fragt sich nur, warum das so ist.
   Die Antwort aus dem Buch: Weil Gott die Menschen prüft und Licht vom Schatten trennen will und weil dieses Leben hier unsere große Aufgabe ist. Und so gab es auch immer einige Wenige, die sich nicht ab-

schrecken ließen von Gottes außergewöhnlichen Wegen, sondern hinter dem Neuen und Ungewohnten, oft genug Skandalösen, den Geist des Ewigen erkannten.

3. Betrachtet man die Geschichte einmal in größeren Zusammenhängen, sieht man in den einzelnen Ereignissen den roten Faden. Das ist das eigentlich Neue in dem, was wir gelesen haben. Das weckt in mir den Wunsch, auch in unserer Geschichte die Zusammenhänge, den roten Faden zu finden. Ob uns das gelingt? Zurück zum Buch.
   Alle Propheten haben gesagt, dass einer nach ihnen kommen wird und haben die Zeichen genannt, unter denen man ihn erkennen kann. Das stimmt. Ich habe nachgelesen. Auch Jesus hat so gesprochen. Aber komischer Weise haben unsere „Gelehrten" das so hingekriegt, dass wir es ganz anders verstanden haben und schwupp-di-wupp gibt es keine Nachfolger mehr. Aber wenn Jesus das gesagt hat, so wie alle vor ihm, und es in den Schriften zu finden ist, wenn wir es nur unvoreingenommen lesen, dann ist das Ganze wunderbar schön, zum Herzerfreuen. Denn es zeigt, dass Gott zu allen Zeiten den Menschen nahe war in seinen Propheten und seine Gnade nicht aufgehört hat auf uns herab zu kommen. Auch heute nicht, auch auf uns, weil seine Geschichte mit uns sich fortlaufend weiter entwickelt und immer wieder „upgedatet" wird. Kannst Du Dich auch so darüber freuen wie ich?
4. Abgelehnt und angefeindet wurden die Propheten, weil sie etwas Neues brachten und damit nicht ins System passten. Man sieht nur die Kirche und ihre Gesetze. Die haben sie den Menschen so eingeimpft, dass die gar nicht mehr in der Lage sind, vorurteilsfrei die Wohltaten Gottes zu erkennen. Als sei das System der Himmel und die von Menschen gemachten Verbote der Weg dorthin. Ich weiß, das ist Dein Lieblingsthe-

ma und ich habe viel dabei von Dir gelernt.
Die da oben haben sich immer für ihre Macht und gegen die Herrschaft Gottes entschieden. Obwohl ja keiner das Wort Gott mehr im Munde führt als sie.
Mit Jesus haben sie es doch genauso gemacht. Immer geht es um Macht gegen Leben. Auch er hat seinen Nachfolger angekündigt und wurde der Macht geopfert, lange nach seinem Tod. Auch seine Worte wurden nicht verstanden, teils aus Unwissenheit, teils aus Absicht. Das führte dazu, dass wir, genau so wie alle anderen vorher auch, den der nach Jesus kam, ablehnten und bekämpften oder zumindest einfach nicht erkannten.
Ab hier wird alles höchst brisant und gefährlich, wie wir beide am eigene Leib gespürt haben. Denn es geht um Mohammed und den Islam. Wir müssen umdenken unter dem Aspekt, dass Mohammed die Wahrheit Jesu bezeugte und seine Sendung fortgeführt hat. Was man als guter Christ nirgendwo nachlesen kann.

5. Also macht sich der Autor des Buches von Bagdad aus auf, diesen Irrtum aufzuklären, die Worte Jesu zu entschleiern und den Gang der Heilsgeschichte fortzuführen und zwar in doppelter Weise: In der Realität und in unseren Köpfen. Die Erklärungen der rätselhaften Worte Jesu begeistern mich von mal zu mal mehr, weil sie so einfach und verständlich sind und zugleich so viel Tiefe haben. Das bringt eine Saite in mir zum Klingen, weil das auch in unseren Begegnungen geschieht, die große Tiefe in den einfachen Worten und Gesten.
6. Das Wort Jesu „Die Zeichen des Menschensohnes werden am Himmel erscheinen." heißt: So wie mit Jesus, wird erneut der Wesenskern des Lebens, das Licht aus der Höhe in der Welt erscheinen und sein Erlösungswerk wird weitergeführt. Weil aber alle das Wort wörtlich genommen haben und ein Strahlenkreuz

wörtlich genommen haben und ein Strahlenkreuz am Firmament erwarteten, nicht unmaßgeblich beeinflusst von barocken Deckengemälden, haben sie die Zeichen nicht erkannt und das Wort hat für sie seine Bedeutung verloren. Das zielt auf Mohammed.
Und jetzt in unseren Tagen passiert das Gleiche wieder, heißt es im Buch und wieder gehen alle daran vorbei und erkennen nicht die große Gnade. Wo stehen wir in diesem Spiel? Wo wird unser Platz dabei sein? Wenn ich's doch wüsste. Wie gern möchte ich's mit Dir herausfinden.

7. Das Wort Jesu von der Trübsal der Endzeit, heißt: Wenn die Menschen die Orientierung verloren haben, weil sie keine Vorbilder mehr finden und ihre Ideale ins Leere laufen, wenn das Wort Gottes nur noch eine Worthülse ist, leer und sinnlos, wie alle menschlichen Worte, wenn man einfach nicht mehr weiß, wohin und zu wem man sich wenden soll ...
   Kennen wir das nicht furchtbar gut? Als wär's für uns geschrieben, als wär's ein Stück von uns. Dieser Schmerz oder in den Worten Jesu, die Trübsal der Endzeit, wird nun gesagt, ist der Beginn einer neuen Offenbarung. Es ist die Finsternis vor der Morgenröte einer neuen Frohen Botschaft. Wahnsinn!
8. Das Wort Jesu: „Sonne und Mond verlieren ihren Schein" und seine Rede vom Weltuntergang, wenn die Sterne vom Himmel fallen. Das ist schon geschehen, wird uns gesagt. Ein neuer Sonnenaufgang hat stattgefunden. Erneut hat Gott durch einen Propheten zu uns gesprochen, erneut hat sich seine Gnade ereignet. Und damit, so geht die Erklärung weiter, gehen der alte Himmel und die alte Erde unter. Ein ganzes Weltbild, ein Theologengebilde, ein Himmel der Gelehrsamkeit und des Besserwissens wird gespalten und bricht in sich zusammen. Und manch ein „Stern" fällt dabei

vom Himmel. So war das jedes Mal und so wird es auch jetzt sein.
Hat Jesus es etwa anders gemacht? Mit ihm ist der Gesetzeshimmel der Schriftgelehrten und das Weltreich der Römer zusammengebrochen. Und auf den Trümmern hat er das Reich der Caritas und der Nächstenliebe aufgebaut.
Das ist in fortschreitendem Maße jedes Mal die Aufgabe der Offenbarer Gottes. Sie bringen Weltreiche und Weltbilder zu Fall und richten eine neue Welt auf, kraft ihrer, nur ihnen eigenen Autorität und ihres vollkommenen Wissens. Das hat ihnen Gott ins Herz gelegt, denn sie sind seine Manifestationen, durch die er zu allen Zeiten seine Gnade erneuert. He Du, dann kann das ja durchaus wahr sein, was von dem Kind Jesus erzählt wird, dass er alle Gelehrten durch sein enormes Wissen und seine Weisheit beeindruckte. Und uns haben sie das als fromme Legende abgetan. Schön ist das. Ganz neu schmücken sie die Erde mit ihren Worten und den Himmel mit den Leuchten ihrer Gebote, damit die Menschen nach der großen Finsternis wieder Orientierung finden. Das bedeutet die Rede vom Ende der Welt und dem Untergang des Himmels. Auch das habe ich nachgelesen. Jesus hat vom Himmel gesprochen, nicht vom Firmament und wir haben gelernt, ein kosmologisches Ereignis zu erwarten und uns als Kinder gefragt, ob wir an diesem Tag wohl schulfrei hätten.
Also, so kann ich das alles viel besser verstehen. Wir erleben doch tagtäglich den Zusammenbruch des alten Himmels und warten sehnsüchtig auf das Aufgehen eines neuen. O Gott, Gabriel, welche Gedanken. Ich muss Luft holen und eine Pause einschieben. Spürst Du auch, wie groß das ist, zu dem wir da geführt werden? Wenn es doch nur wahr sein könnte. Ich gehe

erst einmal spazieren, leider ohne Dich, später schreibe ich weiter.

Später... Ich bin wieder da und es kann weiter gehen. Der Kopf ist frei und der Geist frisch.

9. Eine weitere Prüfung des Vertrauens haben die Menschen zu bestehen. Sie liegt in den Personen der Offenbarer selbst begründet. Sieh sie Dir nur an! Es ist geradezu verwegen, wen Gott auserwählt hat, ihn bei den Menschen zu repräsentieren.
Mose – ein Mörder.
Jesus – galt als vaterlos und war mit Maria, seiner Mutter, dem Gespött der Leute ausgesetzt. Und heute wäre es nicht anders. Käme einer, er würde für einen Spinner gehalten oder einen Lästerer und überall rausgeschmissen. Der Buchschreiber sagt: Wärt ihr offen für die Wahrheit, ihr würdet beim Lesen dieser Texte erkennen, dass am heutigen Tag ein neuer Mose, ein neuer Jesus gekommen ist.
Das hätte mir mal einer vor einem halben Jahr erzählen sollen, bevor wir das Buch gefunden haben! Was glaubst Du, wie schnell der wieder zur Tür draußen gewesen wäre.

10. Wenn Du Deinen Zweifeln zum Trotz einmal so weit gekommen bist, das anzuerkennen, wirst Du nur noch Freude erleben. Es ist so weit. Das Weltall ist schwanger und wartet sehnsüchtig darauf, dass das unsichtbare Wirken Gottes nun für alle und überall sichtbar wird. Es ist so weit. Nenne es Morgenröte oder Sonnaufgang, mir gefallen das Weltall, das schwanger ist und die nahe Geburtsstunde, die alles sichtbar macht, besonders gut.

11. Zwei Zeichen sind es, die das Kommen eines Offenbarers ankündigen, eins am sichtbaren Himmel und

eins am unsichtbaren, dem geistigen Himmel. Bei Jesus war es der Stern von Bethlehem, dem die Weisen aus dem Morgenland gefolgt sind. Am Himmel des Geistes war es Johannes der Täufer, der das Kommen der Manifestation Gottes in der Gestalt Jesu ankündigte. Jedes Mal tritt ein vollkommener Mensch auf, einer wie Johannes, der die Menschheit auf das Kommen des Menschensohnes vorbereitet.

12. Das Wort Jesu: „Sie werden den Menschensohn kommen sehen auf den Wolken des Himmels mit großer Macht und Herrlichkeit“ heißt:
Gottes Manifestation kommt aus dem Himmel Gottes, aber sie erscheint in der Gestalt eines Menschen. Das Bild von den Wolken beschreibt alles, was sich verschleiernd zwischen uns und die Sonne schiebt, also, was es den Menschen schwer macht, den Menschensohn als den von Gott Gesandten zu erkennen. Das können Hindernisse oder Wolken verschiedener Art sein: Das Neue, das er bringt, das Aufheben der alten Traditionen und Gesetze, der Bruch mit der Vergangenheit. Aber auch die Tatsache, dass Gottes Manifestation sich menschlichen Beschränkungen unterwirft, wie Hunger und Durst, Müdigkeit und Schwäche, Angst und Verfolgung. Sodass sich die Leute fragen, wie kann so einer von Gott sein?
Besonders gravierend aber ist dies: Die Menschen müssen mit ansehen, wie einer aus ihrer Mitte aufsteht und alle festgelegten Grundsätze des Glaubens abschafft.

13. Du wirst es sehen, heißt es weiter im Text, wie die Offenbarung jeden Tag an Größe und Kraft zunimmt. Es dauert nicht mehr lange, bis die Souveränität Gottes überall offenbar wird.

14. „Er wird seine Engel senden“, sagt Jesus und meint damit Wesen, die durch die Liebe und die Kraft

des Geistes alle Grenzen hinter sich gelassen haben. Das sind oft genug Menschen, die als Ungläubige verurteilt werden, obwohl gerade durch ihr Leben der Glaube erkannt wird.
Ist das nicht eine sagenhafte Definition von „Engel"? Ich kenne da einen, von dem kriege ich mindestens zweimal in der Woche einen Brief. Kennst Du den auch? Okay, wieder ernsthaft.

15. Den übertragenen Sinn dieser Sätze haben wir nie kapiert, sondern in all den Jahrhunderten eine buchstäbliche Erfüllung dessen erwartet, was doch nur Bilder sind. Davon blockiert, ist uns offensichtlich der eigentliche Sinn der Verheißung entgangen. Was daraus folgt, siehst Du heute: Der, der nach Jesus kam, wurde abgelehnt, weil er nicht ins selbstkonstruierte System passte und der Gnadenstrom der Zuwendung Gottes riss ab. In den Köpfen der Religionsverantwortlichen zumindest und damit leider auch in den Herzen derer, die ihren Lehren folgten. Als ob die Gnade Gottes jemals abreißen könnte!

16. Fromm ist nicht, wer den einen oder anderen Ritus richtig befolgt, fromm ist, wer an Gott glaubt und an den Jüngsten Tag. Und daran, dass er geschieht. Das ist eine Definition nach meinem Herzen und doch auch wieder so atemberaubend neu und uralt, dass ich mir nicht hätte vorstellen können, dem einmal gedanklich zu folgen. Aber heute... Gerne füge ich hier einen Satz ein, den Du so oft am Ende eines Abschnittes aufgeschrieben hast: Es ist so.

Nun fängt das an, was man „In die Tiefe gehen" nennt. Nachdem das Fundament gelegt ist, Vorurteile beseitigt sind und der Geist empfangsbereit gemacht wurde, nachdem das Staunen sich gelegt hat, hören und lesen wir jetzt, wie Der denn sein wird, der schon erschienen

ist. Ihn zu finden und zu erkennen könnte unsere Aufgabe werden. Denn wenn das alles stimmt und nicht nur intellektuelle Spielerei ist, dann muss darauf was folgen. Und das wird es auch, das garantier ich Dir. Wenn das alles stimmt, dann wird es uns verändern und wir werden wieder einmal aufbrechen. Aber noch ist es nicht so weit. Noch stehen wir davor wie die Kinder vor der Weihnachtstür und fragen uns, ist es denn wahr?
Kann es denn wahr sein?
Dein Satz: Es ist so. Meine Antwort: Wahnsinn!

Weiter im Text, es beginnt der zweite Teil.
17. Wer war Jesus und wer sind diese Offenbarer? Sind sie Gott oder Mensch oder beides? Wie kann man das verstehen und was bedeutet das für unsere Welt? Was heißt das für uns? Schwierige Fragen, die nach Oberseminar klingen und unverständliche metaphysische Erklärungsversuche erwarten lassen. Gar nichts von wahr. Ich finde einfache und klare Antworten. Es ist einfach unglaublich.
Der Offenbarer Gottes ist der Chef, salopp ausgedrückt. Er ist niemandem Rechenschaft schuldig. Er bestimmt die Richtung, in der sich die Welt und die Menschheit weiterentwickeln werden. Er muss seine Entscheidungen nicht rechtfertigen, schon gar nicht vor den Menschen und ist auch nicht darauf angewiesen, dass ihm irgend jemand folgt.
Mein lieber Mann, das ist starker Tobak. Das muss man erst mal verdauen, als eine Frau, die gerade damit begonnen hat, sich zu befreien und eine eigenständige Persönlichkeit zu werden. Es ist ein Spagat, gegen alte, eingefleischte Rollenverhalten, Selbstbewusstsein zu entwickeln und gleichzeitig eine Autorität so absolut über sich anzuerkennen. Der Weg kann nur über

Nachdenken, Hinterfragen und kritisches Überprüfen führen. Nur wenn ich meinen eigenen Weg zur Wahrheit finde, kann ich eine Autorität anerkennen, ohne dabei meine Freiheit zu verlieren. Und mein Weg muss allemal vor dem wachen Auge meines Verstandes und meines Herzens bestehen können. Darin sind wir uns sehr ähnlich. Du kennst meinen Stolz und ich kenne Deinen Freiheitsdrang. Ein Weg muss unser Weg werden, damit wir ihn gehen können.

18. Die Offenbarer Gottes sind wie Spiegel. Sie spiegeln den unsichtbaren Gott auf dieser Erde in vollkommener Weise wider. Wer sie sieht, sieht Gott.
Sie kommen von Gott und leben in menschlicher Gestalt in dieser Welt. Von ihm haben sie ihre Schönheit. Von ihm leitet sich ihre Macht und Souveränität ab. Ihr Licht ist Sein Licht. Denn Gott lässt in ihnen sich selbst sehen.
Der vollkommene Spiegel spiegelt verlustfrei das wieder, was er empfängt. Es genügt, das Spiegelbild zu sehen, um alles zu wissen, was es zu wissen gibt. Ich kann nur sagen, Du, das ist es. Besser kann man es nicht erklären, einfacher kann man es nicht beschreiben. Ich habe verstanden.
Sind die Offenbarer aber Spiegel Gottes, dann leitet sich ihre Autorität allein von dem ab, das sie empfangen, von Gott. Das wurde nie verstanden und brachte ihnen Verfolgungen ohne Ende ein. Paradoxer Weise vor allem von den Geistlichen. Menschen, die dem Geist Gottes dienen sollen, erkennen nicht seinen Geist in dem Spiegelbild einer Gestalt und bekämpfen göttliche Autorität als vermeintlich menschliche Anmaßung. Eine besondere Tragik.

19. Die Worte der Propheten sind Gottes Wort und haben ganz besondere Kraft. Sie trennen und versöhnen. Sie scheiden die Geister und provozieren Ent-

scheidungen. Bin ich einmal damit konfrontiert, muss ich Stellung beziehen, ja oder nein. Genauso versöhnen sie Menschen über alle kulturellen, geschichtlichen und ethnischen Gräben hinweg. In seinem Wort finden Menschen, die durch unversöhnlichen Hass seit Jahrhunderten aufeinander einschlagen, plötzlich zueinander. Es ist so, als würden wirklich Wolf und Lamm friedlich beieinander weiden, wie es bei Jesaja verheißen ist.
Das haben wir vergessen. Aber das war einmal so. Die Botschaft Jesu hat damals genau diese Versöhnung und diesen Frieden gebracht. Bevor die Mächtigen sich seiner Worte bedienten, um neue Reiche der Macht und der Unterdrückung damit zu begründen und zugleich den Niedergang der Frohen Botschaft einläuteten.
Wenn es doch heute wieder ein neues Wort mit ebenso großer versöhnender Kraft gäbe und das Morden beenden würde. Wir brauchen es mehr denn je, denn die Sonne der Wahrheit hat ihren Glanz verloren und Juden, Christen und Muslime schlagen aufeinander ein.
Das Weltall ist schwanger ...

Das war es, mehr haben wir nicht. Wie es denn weiter geht? Ach ja, ich weiß, Fortsetzung folgt. Da kann ich mich auf Dich verlassen, Du wirst weiter lesen und schreiben und wir werden weiter spüren und denken, was es denn ist.

So, jetzt ist es weiß Gott genug mit der Nachdenkerei und ich bin ganz gespannt, was Du dazu sagst. Vergiss bitte nicht bei aller Liebe zu mir, bei Ihm anzuklopfen, dass Er uns den Weg zeigt und uns Menschen schickt, die uns Türen öffnen, damit wir, Du und ich, den Weg gehen können, den Er für uns vorgesehen hat. Das möchte ich mit Dir tun und dabei sehr glücklich sein. Deine Maria

fünf

Bad S. 19.06. ....

Liebe Maria,
bist Du Dir eigentlich bewusst, dass Du in die Zukunft gucken kannst? Was die Störche angeht, hast Du das bewiesen. Wie Du es vorausgesagt hast, ist es ein paar Tage später gekommen. Erst war es einer, der es gewagt hat. Auf wackeligen Beinen stand er auf einmal da, von allen hier unten bestaunt, schaute etwas düpiert um sich und beobachtete dann ziemlich respektlos, was die Menschen so treiben. Es sieht drollig aus, wenn junge Vögel, bei denen die Proportionen hinten und vorne noch nicht stimmen, ihren Kopf drehen und äugen. Anders kann man das nicht nennen. Wie gerne möchte ich wissen, was Storchenkind gedacht hat, als es uns in der Tiefe umherwuseln sah. Die andern Geschwister folgten bald, und auf einmal war im Nest ein allgemeines Gestehe und Gegucke. Ob ihnen schwindelig war, weiß ich nicht. Woran soll ich's erkennen? Sag an?
Du hast es vorausgesehen. Wenn die Zeit reif ist, stehen sie auf. Mögen sie noch so jung und mag es noch so hoch sein. Mir ist schon öfter aufgefallen, dass Du uns einen Schritt voraus bist und ich eile dann hinterher und bringe uns mit, damit wir wieder zusammen kommen. Du, das ist wichtig. Du erfüllst damit eine lebens- und liebesnotwendige Aufgabe. Du eilst voraus. Ich humpele hinterher. Du weißt, wo es lang geht. Ich bringe die Argumente und Begründungen mit. Und wenn wir dann wieder zusammen sind und uns in die Augen schauen, wissen wir, warum das der richtige Weg ist.
So geht das. Und ich bin froh und dankbar dafür.
Was ich zu Deinen 19 Punkten sagen soll, weiß ich nicht. Mir kam's so vor, als hättest Du das, was ich mühsam meinem Stift abgerungen habe, mit Leben gefüllt. Als sei

alles dadurch leicht und beschwingt geworden. Da werden Texte, die mich faszinieren, zu unseren Texten. Interesse wird zur Leidenschaft und Wissensdurst zur Liebe. Ich fühle mich verstanden und verstehe alles viel besser.
So war das immer mit uns. Von Anfang an. Und ich bin froh und dankbar dafür.
Ich war gestern wieder in der Klosterbibliothek und habe weiter gelesen. Aber, was kann denn eigentlich noch kommen? Nach Deinem Brief. Ich fühle mich hin und her gerissen. Auf der einen Seite möchte ich Deine Zusammenfassung einfach genießen, mich zurücklehnen in die Sonne und mir sagen: Jau, das war's. Auf der anderen Seite sehe ich das Buch, das wir vielleicht gerade mal zur Hälfte durchgearbeitet haben. Dann möchte ich aufstehen und mehr wissen. Ich muss einfach noch ganz viel lesen. Da ich weiß, Maria wartet auf Nachricht, wie der Wächter auf den Morgen, mache ich mich auf den Weg, schiebe mein Rad bergan. Zum Fahren ist es zu heiß. Und erreiche die kühle, ehrwürdige Bücherei.
Sobald ich den Raum betreten habe, die Luft einatme und die unzähligen Bücher sehe, tauche ich in eine andere Welt ein. Magische Kräfte ziehen mich hin zu dem Regal. Ich schaue nicht mehr nach rechts und nach links. Die Welt um mich herum versinkt im Abstrakten. Ich öffne das Buch und beginne den dritten Abschnitt im zweiten Kapitel.

Dritter Abschnitt:
Souveränität – im Wort
die wahre Bedeutung der Begriffe Leben, Tod und Auferstehung

Leben ist Glaube
Unglaube ist Tod.
Die wahre Bedeutung
erfasst du nur
wenn du hinter die Dinge siehst
ihr Wesen erkennst.
Viele haben das nicht getan.
Weil sie im Vordergründigen
hängen geblieben sind
haben sie das Licht
dieser zwei Worte
nicht gesehen
und die göttliche Schönheit
nicht gefunden.
Glauben heißt leben
Ablehnung bringt Tod.
Aus dem gleichen Grund weigern sich viele
anzuerkennen
dass die Posaune des Jüngsten Gerichts
längst erklungen ist.
Sie lauschen immer noch
ob sie nicht vielleicht
die Töne eines trompetenden Engels
hören könnten.
Die Posaune
ist die Offenbarung Muhammads.
Der Klang seiner Worte
ließ Irrende sich erheben
und führte Widerspenstige
auf den Weg.
Sie kamen aus den Gräbern

ihres Lebens.
Sie hörten die Worte
und standen auf
aus dem Tod.
Mitten im Leben
mitten
ins Leben.

So hat es
auch Jesus gesagt:
Wer nicht wiedergeboren wird
aus dem Geist
kommt nicht in das Reich Gottes.
Verstehe den Sinn dieser Worte
erfasse ihr Wesen:
Wer beseelt ist
durch den Geist
wird lebendig.
Er kommt zum Leben
zur Auferstehung
in der Liebe.
Er wird neugeboren
im Geist.
Wer den Geist ablehnt
beraubt sich selbst des Lebens
und gelangt
zum Tod der Gottferne.
Wie Tote leben Menschen
wenn ihre Herzen nicht
die Gabe des Geistes Gottes empfangen.
Darum lass die Toten ihre Toten begraben
du aber verstehe
die geistige Bedeutung der Worte:
Öffne dein Herz
und lebe.

Das Leben des Körpers
ist nicht das wahre Leben.
Diese Erkenntnis
verdanken die Menschen
immer wieder neu
der Botschaft der Propheten.
Der Körper bindet uns an die Materie
und verbindet uns mit dem Tier.
Der Geist hebt uns heraus
und unser Herz
macht uns einzigartig.
Ein Mensch der glaubt
lebt in
beiden Welten.
Hat das Herz einmal
den Glauben
ergriffen
kennt es keinen Tod mehr
sondern
erkennt Unsterblichkeit.

Du hast mir einmal gesagt, der Weg mit den meisten Widerständen wäre der Weg, der mich am meisten weiterbringen würde.

Also dann bin ich genau auf dem richtigen Weg. Nichts ist mir so schwer gefallen, wie das Aufschreiben des letzten Abschnitts. So viele Widerstände, so viel innere Ablehnung. Nein, das will ich nicht lesen und noch viel weniger schreiben. Dabei ist es doch so einfach und einfach nur konsequent. So wie die Rede vom Untergang der Welt geistig gemeint war im Großen, ist es auch bei Tod und Auferstehung im Kleinen, ganz Persönlichen. Die Worte Tod und Auferstehung aus dem Munde Jesu haben eine tiefe geistige Bedeutung. Meint das eine den Un-

tergang und Neuanfang der Menschheit mitten in der Welt, meint das andere das Sterben und ganz neu Leben mitten im Leben. Aber hat das eine mich befreit und begeistert, bedrückt mich das andere und bringt mich auf.
Verflixt noch mal, das Hemd ist mir näher als der Rock und das Ende der Welt ist mir ziemlich egal, wenn ich vergehe vor Sehnsucht nach Dir.
So konkret ist das.
Unsere ganze christkatholische Erziehung kommt in mir hoch und probt den Aufstand gegen mich, wenn ich lese – und sofort interpretiere – böser Körper, guter Geist, böser Eros, gute Caritas. Dahin will ich nicht zurück. Wenn ich mich dann wieder beruhigt habe und mein Blick klarer geworden ist, erkenne ich – wie Recht hast Du doch – dass kein Text bisher so nahe an unserem Leben dran war, wie dieser. Mein Gott, tausend Tode bin ich gestorben, bevor ich Dich kannte und wie verzweifelt habe ich mich gewehrt, weil ich nicht ins Grab wollte und musste doch hinein. Und in jeder Begegnung mit Dir gibt es eine Auferstehung aus dem Tod, in jeder Umarmung, in jedem Blick in Deine Augen. Es ist so. Mitten im Leben erlebe ich Tod und Auferstehung. Glauben heißt leben, misstrauen lässt sterben.
Dabei spielen Körper und Geist Hand in Hand. Ich vermag sie nicht zu trennen oder zu bewerten und ich will das auch nicht. Bis zu dem Moment, in dem ich den körperlichen Verfall zu spüren bekomme, mein Körper mir zur Beschwernis wird und ich immer häufiger an meine Grenzen gelange. Dann packt mich die Angst, körperliche, kreatürliche Scheißangst. Entschuldige das starke Wort. Es ist ein starkes Gefühl.
Und dann bleibt mir dies:
Ich sehe Dich an, spüre die Liebe hinter Deinen guten Augen und den Geist in Deinem Blick und verstehe auf einmal den Satz: Hat das Herz den Glauben ergriffen,

kennt es keinen Tod mehr, sondern erkennt Unsterblichkeit.
Und das meint mich dann ganz.
Das Ganze ist größer als die Summe seiner Teile. Was zwischen uns ist, ist größer als Du und ich. Eins und eins ist nicht zwei, sondern unendlich. Auf eine Formel gebracht: $1 + 1 = \infty$. Es ist so.
O weh. Diesmal war ich es, der unser Leben mit hinein genommen hat. Dabei hatte ich das gar nicht vor. Aber es ging nicht anders. Nicht an dieser Stelle. Nun will ich aber wieder ganz konzentriert und zielstrebig am Text arbeiten und das aufschreiben, was ich gelesen habe.

Vierter Abschnitt:
Souveränität – ohne Macht

Die Darlegung dieses Themas
dient der Unterscheidung
von Macht und Souveränität
und zeigt die Souveränität
dessen
der über allen Mächtigen der Erde steht.
Mit nur wenigen Worten
durchdringt
ein Offenbarer die Welt
bis in die hintersten Winkel.
Er wird
von den Menschen verehrt
wie niemand sonst.
Einem Herrscher
auch wenn er über ein großes Reich
gebietet
wird demgegenüber
nur eine flüchtige und eher oberflächliche
Ergebenheit entgegengebracht.

Selbst wenn er sich durch große Fürsorge
und außergewöhnliches Verantwortungsbewusstsein
als wahrer Staatsmann erweist
findet er keinen vergleichbaren
Zugang
zu den Herzen der Menschen.
Ein Offenbarer hingegen
hat mit seinem Wort
die ganze Welt
neu belebt.
Jedes Mal.

Denke nach:
Ginge es einem Offenbarer
um weltliche Macht
dann müsste es sein Ziel sein
die Menschheit zu unterwerfen.
Er wäre auf Anhänger aus
das heißt
seine Freunde würden hoch geehrt
seine Feinde
gedemütigt und unterjocht.
Mögen auch Viele im Stillen
genau das erwarten
Gott ist niemals so.
Solche Formen der Herrschaft
sind Ihm
völlig unangemessen.

Jedes Ding
bezeugt seine Macht und Größe.
Betrachtet man aber
den Lauf der Geschichte
wird man erkennen
dass sich die Menschheit zumeist

von seinen Feinden
beherrschen lässt.
Die Menschen haben sich
von Gott
und seinem Wohlgefallen
abgewandt.
Sie tun lauter Sachen
die Gott verboten hat
und bekämpfen seine Gebote sogar.
Die
die Ihm aufrichtig folgen
seine Freunde
werden keineswegs hochgeehrt
nur zu oft werden sie verfolgt
und zu Opfern gemacht.
Immer wieder.

Was folgt daraus?
Doch nur eins:
In den Augen Gottes
und seiner Erwählten
hat irdische Macht
keinen Wert
und hatte es
noch nie.

Äußerlich betrachtet
haben die Völker der Welt
das Licht Gottes immer wieder
erstickt.
Mit aller Macht.
Wie lässt sich da
Seine überragende Souveränität
erklären?
Diese Darlegung dient der Unterscheidung

von Souveränität und Macht.
Denke nach.

Von Jesus wird überliefert
dass er sagte
sein Essen sei
das Gras des Feldes
sein Bett der Staub der Erde
sein Lampe der Mond
und sein Pferd nichts weniger
als seine eigenen Füße.
Doch wer ist reicher als ich?
Wie viele
die mit großem Besitz
beladen sind
umkreisen diese Armut
und die wirklich Reichen
sehnen sich
nach einer solchen Niedrigkeit.
Es steckt so unglaublich viel Weisheit
in diesem Wort
ich habe nichts – doch wer ist reicher als ich?
Ein Tropfen davon
würde dir genügen
und du würdest auf der Stelle
auf alle Schätze verzichten
um aufzugehen
in dem einen
der alles bedeutet.

Eine weitere Begebenheit:
Einmal kam einer seiner Gefährten
zu Sadiq
der unsterblichen Schönheit
und klagte über seine große Armut.

Sadiq sagte:
Du bist reich
Du hast vom Wein des Reichtums getrunken.
Der andere
sichtlich verwirrt:
Das kann nicht sein
ich habe ja kaum einen Pfennig.
Hast Du nicht unsere Liebe?
Frage:
für wie viel Geld
würdest du sie eintauschen?
Nicht für alle Schätze der Welt.
Da sprach Sadiq:
Wenn du einen solchen Schatz hast
wie kannst du dann arm sein?

Reichtum bedeutet:
Du brauchst nichts – hast du Gott.
Armut bedeutet:
Fehlt dir Gott – fehlt dir alles.

Es ist so.

Und sicher kennst du die Geschichte
als Jesus von den Juden aufgefordert wurde
seinen Anspruch als Messias
zu bekennen.
Obwohl sie ihn
immer heftiger bedrängten
blieb er stumm.
Nach einer Reihe
von Vorwürfen und Vorhaltungen
hob Jesus sein Haupt
und sagte nur einen einzigen Satz:
Siehst du nicht den Menschensohn

sitzen zur Rechten der Kraft und der Macht?
Das waren seine Worte.
Bedenke den Kontrast.
Er
dem jede Macht und jedes Ansehen fehlten
den man
durch Fragen provozieren
und der Lächerlichkeit preisgeben konnte
ungestraft
besaß in Wirklichkeit
eine so große und einzigartige
göttliche Größe.
Siehst du Den
über den alle herziehen
nicht sitzen zur Rechten
der Kraft und der Macht?

Auch ein anderer Vorfall aus dem Lukasevangelium
ist bekannt.
Jesus ging an einem Menschen vorüber
der gelähmt war.
Wer kann Sünden vergeben
außer Gott?
Was ist leichter zu sagen
deine Sünden
sind dir
vergeben
oder
steh auf
nimm dein Bett
und geh nach Hause?
Damit ihr aber seht
dass
der Menschensohn das Recht hat
Sünden zu vergeben

sage ich:
Steh auf, nimm dein Bett, geh nach Hause
deine Sünden sind dir vergeben.
Das
ist die wahre Souveränität
und die Macht
der Auserwählten Gottes.
Es ist so.

Und jetzt sagen die Christen
damit endet alle Offenbarung.
Nach Jesus
wird Gott keinen Offenbarer mehr
schicken.
Das haben die Juden
nach Mose
auch behauptet.
An das gleiche Argument
klammerten sich
Juden und Christen gemeinsam
als sie mit unentwegten Nörgeleien
Muhammad gegenübertraten.
Und genau das
wird heute
von den Anhängern des Koran
vorgetragen.
Die Offenbarung soll beendet sein.
Das ist das Ende
behaupten diese Narren
jedes Mal
und behaupten damit nur eins:
Ihre Macht über die Menschen.
Die Tore göttlicher Barmherzigkeit
sollen geschlossen sein
für immer.

Keine Sonne werde mehr aufgehen
keine Gnadenfülle sich mehr ergießen
kein Gottesbote mehr
sich offenbaren.
Wird gesagt.
Das ist kleingläubig gedacht.
Auch wenn es von den Machthabern
der Religionen
immer wieder vorgetragen wird
es ist einfach unvorstellbar
dass der Strom überfließender Gnade Gottes
der in der Vergangenheit
die Menschheitsgeschichte ohne Unterbrechung
stets aufs Neue
begleitete –
aufgehört hat
einfach aufhört mit diesem oder jenem
Propheten.

Jeder einzelne Prophet
und alle zusammen
tragen die Namen und Eigenschaften Gottes
in sich.
Sie sind die Spiegel
die Gottes Licht
unverfälscht widerspiegeln.
Darum
was für einen gilt
gilt für sie alle
was für sie alle gilt
gilt für Gott.
Wer einem dieser Auserwählten Gottes
nahe kommt
kommt Gott
nahe.

Und niemand kann Gott nahe kommen
der nicht in die Gegenwart jener gelangt
die aus seinem Licht
hervorgegangen
sind.
So einfach ist das.
Wer es auch sei
und wann er auch lebe
wenn er in die Nähe dieser Leuchten
gefunden hat
ist er in die Gegenwart Gottes
eingegangen
und hat die Stadt
ewigen Lebens
betreten.
So ist es.

Bei der ganzen Auseinandersetzung mit der Souveränität habe ich mich gefragt, was geht das uns eigentlich an? Wo sitzt das in unserem Leben und zu was brauchen wir den Geist der Unterscheidung?
Über die Macht und Größe Jesu Christi haben wir genug gehört und uns daran erbaut. Aber das war doch zu „jener Zeit".
Die Attribute von Macht und Größe mit allen Hoheitstiteln und Verheißungen nun auch auf Muhammad anzuwenden, ist revolutionär und für unser Denken neu. Aber auch hier gilt doch, haben wir uns einmal damit vertraut gemacht, ist auch das Vergangenheit, war auch das „zu jener Zeit".
Wo greift der Text in unser Leben?
Du hast das so wunderbar zusammengefasst das letzte Mal in Deinem Brief und damit Maßstäbe gesetzt für unseren Umgang mit dem Buch der Gewissheit, sodass ich jetzt auch frage, was bedeutet uns das?

Ich glaube, der Abschnitt im Buch hat die Absicht, unser Auge zu schärfen und unseren Geist offen zu machen für das, was eben gerade in unserer Zeit geschieht: Gott offenbart sich neu.
– Tut er das?? –
Wir haben Ausschau zu halten, so die Botschaft, nach Einem ohne Macht und Ansehen, ohne Gefolge und große Öffentlichkeit und vor allem ohne Reichtum im landläufigen Sinn. Und wir sollen uns darauf einstellen, dass genau Dieser einer sein wird, der mit großer Souveränität alles wegfegt, was unser Weltbild ausgemacht hat. Mit ihm wird ein neues Denken beginnen.
Das Ende einer Zeit ist der Anfang einer neuen Epoche. Und wir mitten drin.
Es ist genauso provozierend wie damals zur Urchristenzeit. Einer, von der Welt verlacht und verstoßen, wird kommen und in den Katakomben der Weltreiche seine ersten Freunde finden. Unsere Herausforderung dabei wird es sein, ihn als Den zu erkennen, der über alle Macht der Mächtigen erhaben ist.
Ist es so?
Maria, was sagst Du dazu?
Ist es so? Stimmt es?
Und dann?
Wie geht's dann weiter?
Lass uns unseren Träumen folgen, unseren Herzen trauen und dem Leben und dem lieben Gott unheimlich viel zutrauen. Das hat uns bis hierher geführt und wird uns weiter führen. Manchmal, zwischendurch, war ich dabei, die Hoffnung aufzugeben, doch mit Dir unterwegs zu sein, macht aus dem „Buch der Gewissheit" ein „Buch der leisen Hoffnung" für uns. Und das ist schon sehr viel, denn das Überleben hört auf und das Leben fängt wieder an.
Dein Gabriel

sechs

Bad S. 22.06. ....

Liebe Maria,
Es ist mir inzwischen schon zur lieben Gewohnheit geworden, zuerst von den Störchen zu berichten, ehe ich zum Eigentlichen komme. Und seit Du bei mir warst und ich weiß, wie lebhaft Du Anteil nimmst an ihrem Weiterkommen, mache ich das gleich noch mal so gerne.
Also, was gibt es Neues im Storchennest?
Nun, sie wachsen und werden fast täglich größer. Aber – es sind nur noch zwei! Einer ist verschwunden. Einfach weg. Er hat es irgendwie nicht gepackt. Er war von Anfang an ein wenig kleiner und schwächer als die anderen. Schade, finde ich. Ich glaube, ich werde mich nie an die Härte der Natur gewöhnen.
Andererseits kommt es mir aber auch so vor, als würde das Leben sich auf das Wesentliche konzentrieren. Und manches Liebgewordene muss auf der Strecke bleiben, auch wenn es weh tut. Auch wenn eine Lücke entsteht. Es wird Platz. Ganz viel Platz für ganz viel Neues. Und das neue Leben kann sich entfalten und prächtig werden. Manches mussten wir schon aufgeben, auch manches sehr Schöne, um etwas noch viel Schöneres dafür zu kriegen. Später.
Erst aber bleibt ein Loch. Und ein paar heimliche Tränen. Hab ich Recht?
Tröstlich dabei finde ich, dass Storchenkind drei einfach verschwunden ist. Es gibt keine Leiche. Es gibt keinen Tod. Es hat sich einfach in Luft aufgelöst in die Hand Gottes.
Oh weh. Während ich auf dem Kirchplatz sitze und fast philosophisch-poetische Gedanken niederschreibe, entfaltet sich oben im Nest einfach das Leben weiter. Man übt fliegen!

Zumindest kommt es mir so vor. Kaum nämlich sind die Eltern fortgeflogen um „einzukaufen“, klettern die beiden auf den Nestrand und schlagen wie wild mit den Flügeln. So als wollten sie jeden Augenblick abheben und selbständig ihre eigenen Kreise drehen. Während ich noch dasitze und darüber spekuliere, wann das wohl sein wird, setzt sich Winnetou zu mir und belehrt mich eines Besseren. Sie werden nicht fliegen. Noch nicht. Sie trainieren ihre Muskeln. Ohne ständiges Training werden sie nie fliegen lernen. Sie müssen erst Kraft herausbilden und Muckis kriegen. Es fliegt sich nicht von alleine.

Ich weiß, dass Du jetzt nur eins wissen willst, wer um alles in der Welt ist Winnetou? Nun, ein Indianer. Sagt er. Und man sieht ihn in Bad S. vom frühen Frühjahr bis zum Wintereinbruch barfuss und mit bloßem Oberkörper, in kurzen Hosen durch die Stadt streifen. Schulterlanges graues Haar, Stirnband, Bärenkrallenkette und die ewige Bierflasche in der Hand.

Aber halte ihn bitte nicht für einen Stadtstreicher. Nein, das ist ein Mensch, der wirklich lebt. Anders als wir. Ganz anders, aber vielleicht intensiver. Er ist den ganzen Tag mit Schauen beschäftigt und ich bin sicher, er sieht mehr als wir. Er hat einfach viel mehr Zeit dazu. Ich glaube, es kommt in dieser Zeit darauf an, zu sehen und zu finden. Vielleicht brauchen wir ihn eines Tages noch. Ihn und sein Schauen.

Heute auf jeden Fall zeigt er mir, dass das, was ich für Fliegen hielt, nur Vorbereitung ist. Vorbereitung auf den großen Tag.

Er würde sich gerne noch lange mit mir unterhalten, aber ich will weiter. Ich war doch auf dem Weg ins Kloster. Da wartet eine Aufgabe auf mich. Die nächsten Abschnitte wollen gelesen, notiert und abgeschickt werden. Ist es nicht so? Also bitte, hier sind sie.

Es beginnt, so meine ich, ein neues Kapitel. Es beginnt ein neues, großes Thema. Wenn ein Offenbarer Gottes mit einer neuen Sendung auftritt – wie reagieren dann die Menschen? Wie antworten sie?

Drittes Kapitel:
Vom Erscheinen der Offenbarer und der Antwort der Menschen

Die einmalige Chance
Gott
so unmittelbar
so nah
und so unverfälscht
zu erleben
hat man nur
am Tag der Auferstehung
nämlich dann
wenn Gott aufersteht
durch seine Offenbarung
die alles in allem
ist.
Das ist der Tag
der Auferstehung
richtig verstanden
und sonst
nichts.

Frage dich einmal selbst
wie kann man einen
der eine solche Chance
verpasst
obwohl er in den
Tagen
einer neuen Gottesoffenbarung lebt
wie kann man den

gelehrt nennen?
Mag er studiert haben
was er will.
Das, was wirklich
wichtig ist
hat er weder begriffen
noch
ergriffen.
Was soll dann
seine Gelehrsamkeit?

Und dann nimm einen
der nichts zählt
unter den Gebildeten
hat er
das Nahesein Gottes erkannt
in dem neuen Propheten
der erschienen ist
dann
hat er das Wichtigste
erkannt
was Menschen erkennen können
dann hat er
das Höchste erreicht
was ein Menschenleben
erreichen kann.
So etwas geschieht
am Tag der Auferstehung:
Die Großen stürzt
Er vom Thron
und erhöht die Niedrigen.
Und sonst
nichts.

Das Magnifikat einmal anders betrachtet und den Tag der Auferstehung ganz persönlich. So etwas geschieht, wenn Gott aufersteht in einer neuen Offenbarung und Du die Chance hast, das wichtigste zu ergreifen, was ein Menschenleben ergreifen kann. Und wenn nicht? Wenn man's verpasst? Wenn man's vermasselt? Wozu biste dann so klug geworden und haste soviel gelernt?
Weiß ich auch nicht. – Weiter geht's.

Erster Abschnitt
Offenbarer verstehen und erkennen

Neue Zeiten
erwarten auch
neue Inhalte und neue Themen.
Da ist es zu verstehen
dass die Treuhänder Gottes
auf der Erde
jeweils
als Träger einer neuen Botschaft
erschienen sind.
Auf diesem Hintergrund
betrachtet
ist das einleuchtend.
In einem anderen Licht besehen
ist es eigentlich so:
Sie sind alle
von ein und demselben Gott.
Es ist der Glaube an
den einen Gott
den sie bringen
ein Wille bewegt sie
ein Geist
hat sie beseelt.
Sie leben alle

aus der Liebe des einen Gottes
und von der Frucht
vom Baum der Einheit.
Und sonst nichts.

Der Widerspruch
ist nur scheinbar.
Gottes Manifestationen
haben eine doppelte Stufe
Gestalt
und
Geist.
Auf der Ebene des reinen Geistes
sind sie
eines Wesens.
Beschreibt man
die Eigenschaften
eines
meint man
zwangsläufig alle.
Und würde man sie
mit nur einem Namen bezeichnen
wäre das nicht falsch.
Wir machen keinen Unterschied
zwischen ihnen
sagt Gott.

Sie sagen alle
ein und dasselbe:
Erkennt
die Einheit Gottes
an.
Sie zeigen alle
nur eins:
wie Gnade und Güte

überfließen ohne Ende.
Jeder von ihnen
trägt das Gewand des Propheten
jeder von ihnen trägt
den Mantel
der Schönheit.

In ihrer Gestalt
sehen wir
die Morgendämmerung
Seiner Offenbarung.
Sie sind nichts als
Seine Empfänger.
Und Gottes Sache ist nur
eine.
Erhaben ist Er
über Vielheit und Zahl.

So gesehen ist klar
dass alle Propheten
Gestalt
der einen
Sache Gottes
sind
die in verschiedenen
Formen
erscheint.
Und sonst nichts.

Würde nun
einer
von ihnen sagen:
Ich bin die Wiederkunft
aller
wäre das nicht etwa

unverschämt
sondern einfach wahr.
In jeder
neuen Offenbarung
ist
die Wiederkunft
der früheren eine Tatsache.
Gottes Sache
ist
nur eine
und Seine Offenbarung
erscheint im neuen Gewand.
Wiederkunft –
Und sonst nichts.

Zweiter Abschnitt
Verwandelt werden

Und wieder lohnt es sich
die Vergangenheit
zu betrachten
und sich zu fragen
was eigentlich
geschah
wenn ein Prophet
vom Geist Gottes getrieben
sich erhob
die neue Frohe Botschaft
zu verkünden?
Antwort:
Jeder Mensch
der an ihn glaubte
und diesem Glauben folgte
wurde

mit einem neuen Leben
beschenkt.
Anders kann man es nicht
nennen:
Wiedergeboren und Wiederbelebt
durch das Bekenntnis
zu Gottes Manifestation.
Wie hat man sich das vorzustellen?
Etwa so:
Ein Mensch hängt sein Herz
an Reichtum
Genuss
Vergnügen
strebt Tag und Nacht
danach
die Mittel dazu zu erwerben
ist eng gebunden
an Brauchtum und
Tradition seiner Umgebung
will Gebräuche und Gesetze
so genau wie möglich
einhalten
und befolgen
auch in religiösen Dingen
keinen Millimeter von dem abweichen
was üblich ist
machen
was man so macht
ohne sich auch nur ein einziges Mal
Gedanken darüber zu machen
warum.
Wir haben unseren Glauben
in der Tradition unserer Väter gefunden
dem folgen wir.
Das haben wir immer so

gemacht.

Einem solchen Menschen
wird das belebende Wasser
des Glaubens
gereicht.
Was geschieht?
Es sind
die selben Menschen
die unter solchen
Zwängen
und Vorschriften standen
denen aus der Hand der Schönheit
ein Glas Wasser
gereicht wurde
randvoll
mit Gewissheit
und einem Glauben
größer als
Sterben.
Sie trinken davon
und fangen an
zu leben.
Die selben Menschen
eben noch gebunden
sind auf einmal
frei.
So frei
dass sie alles hergeben
können
Traditionen, Vermögen, Leben
den alten Glauben
alles
außer Gott.
Das Verlangen nach Gott

haben sie
so überwältigend erfahren
und so hinreißend
schön
dass alles um sie herum
sich vor ihren Augen
in Nichts auflöste
und verschwand.
Das geschieht
und sonst nichts.

Weißt Du noch? Damals in G. Wir haben uns noch nicht sehr lange gekannt. Wir hatten uns schon in die Augen gesehen und die Ewigkeit dahinter entdeckt. Da musste ich eine Beerdigung halten. Ein alter Pfarrer war gestorben. Einer, den ich sehr mochte. Es gab ja nicht viele davon. Ein Lebenslustiger mit Mutterwitz und Altersweisheit. Das konnte ich gut haben. Der lag nun da in seinem Sarg, mitten in der Kirche, vor meinen Augen. Greifbar tot. Meine Gedanken aber gingen zu Dir und ich sah vor mir Deine Augen und Deinen Blick, mit dem Du mich anschaust, heute noch, und da wusste ich auf einmal was es heißt, einen Glauben zu haben, größer als Sterben, wenn man aus der Hand der Schönheit Liebe geschenkt bekommt, randvoll mit Gewissheit. Und den Tod vor Augen, wurde mir klar, was Deine Augen sagen, wenn sie in meinen versinken, ist größer als Sterben und wird auch den Tod überstehen.
Zumindest in diesem Augenblick war ich randvoll mit Gewissheit. Zumindest da. Auch wenn inzwischen, immer wieder, an 1.000 Ecken 1.000 Fragezeichen stehen und mich zu verwirren suchen. Dich auch? Das beklage ich. Wird's denn noch jemals anders? Werden die Sorgen und Fragen und das ewige – zwei Schritte vor, einer zurück – wird das jemals aufhören?

Das Verlangen nach Gott haben sie hinreißend schön empfunden. Heißt es im Text. Seufz. Das wissen die Mystiker. Das wussten sie zu allen Zeiten. Das wissen sie immer wieder. Mystiker und ganz doll verliebte Leute. Aber vielleicht ist das ja ein und das selbe.

Ich sage es Dir lieber gleich. Jetzt kommt ein etwas wunderlicher Abschnitt. Erinnert mich an die Alchimistenküche vergangener Epochen. Ist aber nur ein Bild. Ist aber nur ein Beispiel. Und ein schönes dazu. Ich möchte gerne, so gerne, Deine Meinung dazu hören, was hältst Du von dem Elixier und von meiner erwachten verrückten Sehnsucht danach?
Doch sieh selbst ...

Dritter Abschnitt
Ein Elixier

Offensichtlich
eine Verwandlung
nenne sie geheimnisvoll
nenne sie ruhig
auch
mystisch.
Es vollzieht sich
ein Wandel
wenn in einem Menschen
eine Haltung, ein Geist
geboren wird
der sich so sehr
von seinem früheren Leben
unterscheidet.
Unruhe wird Frieden
Zweifel
wird Gewissheit

Angst wandelt sich
in Mut.
Wie kann das geschehen
da ich
keine Ursache erkenne?
Ein Elixier aus dem Geist Gottes
hat die Macht
im Nu
einen ganzen Menschen
von innen heraus
umzuwandeln.
Es ist
wie ein Balsam.

Ein Beispiel
aus der Kunst edler Metalle
soll verdeutlichen
was geschieht:
Man sagt
würde die Substanz des Kupfers
im Innern der Gesteine
daran gehindert
zu verhärten
würde es sich in 70 Jahren
in Gold veredelt haben.
So lange dauert die Umwandlung.
Ob es so ist oder nicht
muss hier nicht entschieden werden.
Für unser Beispiel ist es
unerheblich.
Hätte man aber nun
das für diesen Prozess
wirkliche Elixier
es würde
die Substanz des Kupfers

sofort
in Gold verwandeln
und so
die Entwicklung von 70 Jahren
in einem Augenblick
durcheilen.
Kannst du dir vorstellen
dass das Gleiche
in einem Menschen geschieht
durch das göttliche
Elixier?

In einem Augenblick
durch die Kraft des Elixiers
wie mit Schallgeschwindigkeit
durch allen Staub
mittendurch
mittenrein
in die Heiligkeit.
Stell dir das vor.
Mit einem Schritt
alle Begrenzungen
hinter sich lassen
und Gott begegnen
im Raumlosen.
Wahnsinn.
Und der verborgene Schatz
im Acker –
alles gab er her
um ihn zu kriegen.
Mach es
genau
so.
Das Elixier lässt dich
mit einem Schritt

ganze Abgründe überwinden
die zwischen Nixwissen
und
Erkenntnis liegen.
Grenzenlose Finsternis
wird durch ein Morgenlicht
durchdrungen.
Stell dir vor
wie das ist.
Wer sich im Gestrüpp
des Zweifels
verfangen hat
und heillos verstrickt
wird frei
und findet mitten im Gestrüpp
die sprudelnde Quelle
der Nähe Gottes
und kommt zum Brunnen
tiefer Gewissheit.
Dem sterblichen Menschen
schenkt das Elixier
den Eintritt
in den Garten der Unsterblichkeit.

Man müsste schon
Gold für Kupfer
halten
würde man meinen
es wären noch die gleichen Menschen
die sie einmal waren
bevor sie
den Glauben
an den neuen
Offenbarer
fanden.

Das
ist das Elixier
das ihnen
hingehalten wurde.
Und sonst nix.
Und sie nahmen es
an.
Gebe Gott
dass du das
auch
kannst.

Das Kapitel ist noch nicht zuende, und ich hatte mir doch vorgenommen, immer erst dann Texte zu verschicken, wenn ein Abschnitt abgeschlossen ist. Aber hier... Ich werde schon wieder mal meinen Vorsätzen untreu. Dieser Abschnitt, er ist so wundervoll, im wahrsten Sinn des Wortes, voll Wunder, und ich habe mich so lange dabei aufgehalten und mich erst so schwer getan damit und dann auf mal eine so große Begeisterung gespürt und den Wunsch, das Elixier zu kriegen und das bringt alles so durcheinander und das Unterste nach Oben und das Oberste nach unten, ich werde richtig seekrank davon. Und jetzt will ich einfach nichts abschließen, sondern ganz offen Dir sagen, was ist und ganz offen auf Deine Antwort warten.
Was ist dieses Elixier? Für was hältst Du es? Ist es falsch, sich danach zu sehnen? Du hast doch immer gesagt, es gibt im Leben keine Abkürzungswege. Stimmt das noch? Sag doch was! Du fehlst mir. Dir erzählen und dabei in Deine Augen schauen und Deinen Bewegungen nachsehen, die in jedem Schritt noch viel mehr sagen als Worte. Aber ich will ja bescheiden sein. Von Winnetou lernen,

auch in den kleinen Dingen das Große sehen. Ein Brief von Dir, ein Lebenszeichen – wird mir genügen.
Weiterschreiben aber will ich erst, wenn Du mir sagst, was Du von allem hältst.
Dein Gabriel.

(Antwort darauf, direkt an den Brief angeheftet)
Mein lieber Gabriel,
diesmal will ich Dir gleich antworten und Dich nicht lange warten lassen. Manchmal tue ich Deine Geduld arg strapazieren, wenn ich die Zeit verklüngele und es wieder einmal zu spät ist zum Schreiben. Wieder ein Tag vergangen, an dem mein Schatz vergeblich auf Antwort hofft.
Du hast mir ja mal erzählt, wie sehr Du auf Briefe von mir wartest. Wie Du schon auf dem Nachhauseweg versuchst, mit Röntgenaugen in das Innere des Briefkastens hineinzuspüren, ob er wohl Post von mir enthält.
Oft genug ist es nicht der Fall.
Heute sollst Du nicht lange warten müssen. Heute schreibe ich Dir gleich. Ich weiß aber nicht, ob ich die richtigen Worte finde, um das alles auszudrücken, was ich Dir sagen will. Ich bin nicht so gut im Wörter finden und außerdem habe ich kein Buch als Leitfaden. Da hast Du es schon leichter. Ich habe nur mich und meine – deine – unsere Gedanken. Das ist viel! Viel mehr als andere haben, aber manchmal auch ganz schön schwer in Worte zu fassen.
So auch jetzt.
Ich will Dir etwas sagen zu dem, was Du geschrieben hast über das Elixier. Du, ich möchte den Text so nehmen und jedem zeigen, der mir über den Weg läuft. Ich möchte den Text nehmen und allen Verwandten schicken und den Frauen vom Gebetskreis zum Meditieren geben. So sehr gefällt er mir.

Und dann fällt mir ein, niemand wird ihn verstehen. Niemand, der nicht unseren Prozess mitgegangen wäre, unsere Suche und Auseinandersetzung mit ihm. Es ist ja nicht irgend ein Text, den Du geschrieben hast, so wie früher (ich liebe Deine Gedichte), es ist eine Übertragung aus dem Buch der Gewissheit. Ich müsste also das Ganze herzeigen und genau das geht noch nicht. Weil wir das Buch nicht haben. Was also sollten wir zeigen?
Aber Dir, Dir kann ich zeigen, was mich beschäftigt. Denn Du bist ja schließlich schuld daran und mein Wegbegleiter noch dazu.
Dein Text hat mich gepackt. Da ist Musik drin. Und jetzt hör mir bitte zu:
Nimm einmal den ganzen Abschnitt vom Elixier und betrachte ihn nicht nur heilsgeschichtlich, sondern existenziell. Bis jetzt haben wir ja gelesen: Das passiert alles immer dann, wenn ein neuer Prophet erscheint, uns Gott zu offenbaren. Und die Aufforderung gehört: Lernt aus der Vergangenheit, damit ihr die Gegenwart erkennt und in ihr das Kommen der neuen Offenbarung. Denn die Zeit ist reif.
Das nenne ich heilsgeschichtlich.
Jetzt nimm aber doch einmal den Text ganz persönlich. Frage Dich nicht so sehr, was passiert in der Welt, frage Dich, was passiert in Dir?
Das nenne ich existenziell.
Siehst Du, wie sehr sich unser Leben verändert? Wir öffnen uns und fangen an, Gott anzunehmen. Waren wir nicht dabei, uns eher abzuwenden? Siehst Du, merkst Du, spürst Du, welche Wunder bereits jetzt geschehen, obwohl noch gar nichts geschehen ist? Ich möchte die Worte vom Elixier verschenken, meinen besten Freundinnen. Ich möchte Dir das Elixier wünschen. So sehr, wie nichts auf der Welt. Ich weiß doch, wie ungeduldig Du bist. Du wärst doch genau der Gärtner der Ungeduld, der jeden

Morgen nachgräbt, um zu gucken, ob denn die Samenkörner in der Erde nicht endlich keimen und damit alles kaputt macht. Ich weiß, wie wenig Du warten kannst. Siebzig Jahre dauert es, Kupfer in Gold zu veredeln. Siebzig Jahre, das ist ein ganzes Menschenleben. Ein Menschenleben lang braucht es, Dich zu veredeln. Mit dem Elixier geschieht es im Augenblick. Nichts würdest Du Dir so sehr wünschen, wie diesen Augenblick jetzt! In dem ein lebenslanger Prozess der Veredlung auf mal geschieht. Geb's zu. Ich kenne Dich.
Und jetzt lass Dir sagen, was Du selbst aufgeschrieben hast: Das alles geschieht mit Menschen, die sich Gottes lebendigem Geist öffnen. Es ist so. Es ist zu allen Zeiten so gewesen und wird es wieder sein. Auch heute. Mitten im Gestrüpp gibt es Freiheit. In der Enge einer Zelle findet sich ein großer Platz mit einem Springbrunnen. Warst Du unruhig und gejagt, findest Du Frieden. Im Zweifel kommt Dir Gewissheit. Und Deine Angst verwandelt sich in Zuversicht und Mut.
Das ist eine ganz neue Lebensdynamik, die sich von innen nach außen bewegt. Heilsgeschichtliche Ereignisse bewegen sich von außen nach innen. Von außen nach innen und von innen nach außen – zwei Betrachtensweisen eines einzigen großen Wandlungsprozesses. Mir fällt ein anderes Wort ein für das Elixier. Ein altes, aus der Mode gekommenes, fast vergessenes Wort. Nenne es ruhig Gnade. Es meint das gleiche. Gnade können wir nicht machen. Wir können nur sitzen, schauen und bereit sein. Alles darfst Du erwarten von Gott. Nichts musst Du erwarten aus Dir selbst. Das Elixier wird Dir hingehalten, die Gnade wird Dir geschenkt. Es kommt darauf an, anzunehmen.
Mich beschäftigt noch ein anderes Bild. Ich sitze am Rande des Königshofes auf den Stufen. Und ich warte, ob das Licht angeht und einer kommt und mich an-

spricht. An mir liegt es, ob ich es merke und dann aufstehe und mitgehe.
Ist das ein schönes Bild? Sag selbst.
Nenne es Elixier, nenne es Gnade, es ist nicht in Dir, es wird Dir geschenkt. Nimm es an und es verwandelt Dich augenblicklich. Von außen nach innen oder von innen nach außen. Es ist egal.
Sag mal, ist Dir das Ganze zu fromm? Mal ganz ehrlich. Bin ich zu abgehoben, überzwerch? Du kennst mich und meine Leidenschaft. Ich brauche aber auch Deinen nüchternen, kritischen Geist. Heute wollte ich Dir einfach einmal mein Herz ausschütten. Bei wem könnte ich es denn sonst? Danke, dass Du mir so geduldig zugehört hast.
Deine Maria.

(Antwort von Gabriel, ebenfalls angeheftet)

... ist das wirklich so? Ich bin der Macher. Alles liegt an mir. Alles liegt in mir und ich muss mich entwickeln. Ich muss. Ich muss. Ich muss. Und wenn es nicht gelingt? Dann setzt sich klein Gabriel in ein Loch und wartet, dass der große Papa kommt und ihn da raus holt. Es kommt aber kein Papa mehr. Denn klein Gabriel ist nicht mehr klein. Er ist jetzt selbst erwachsen und alles liegt nur an ihm.
So habe ich bisher gedacht. So habe ich immer gedacht und wenn der Veredlungsprozess nicht ins Fliessen kam, war ich verzweifelt. Ein Leben lang ist eine furchtbar lange Zeit und meine Schultern werden schwächer. Und nun kommst Du, Wunder meines Lebens, und sprichst von einem Geschenk. Und sagst, dass Du mir etwas wünschst. Das Elixier, die Gnade. Unglaublich. Darf ich denn? Darf ich denn erwarten, etwas geschenkt zu bekommen? Darf ich mich denn einfach neben Dich auf die

Stufen setzen und warten, dass das Licht angeht und einer kommt? Erlaube mir meine Zweifel, wie gerne teilte ich Deine Zuversicht. Wir werden sehen. Nein, das ist nicht zu fromm ...

sieben

Bad S. 30.06. ....

Liebe Maria,
große emotionale Bewegungen sind ähnlich wie ein Gewitter. Sie bringen Sturm, heftigen Regen und Donner. Und sie machen eins: Sie schaffen Klarheit.

Kennst Du eigentlich ein Paar, das sich so intensiv auseinandersetzt, wie wir? Bei dem es gleich so persönlich wird und in die Tiefe geht? Kennst Du eigentlich jemand, der sich so darüber freut, wie ich? Kennst Du eigentlich jemand, der so dankbar dafür ist, wie Du?

Unsere Briefe in der letzten Woche waren wie ein Gewitter, heftig, stürmisch, nass bis auf die Haut. Und sie wirken. Wie ein Gewitter. Sie schaffen Klarheit, eine wunderbare, einmalige Klarheit.

Genau so sind im Augenblick in Bad S. die Farben. Ich habe Dir ja schon öfter davon erzählt. Bad S. und seine Farben. Sie sind anders als anderswo, intensiver. Nein, das trifft es nicht. Sie sind reiner. Klarer und reiner. Nimm eine Wiese im Stadtgraben: Grün ist einfach grün und sonst nichts. So wie grün sein soll, ohne Störung. Nur grün. Nimm die Häuser: Gelb ist gelb, rosa ist rosa und weiß ist weiß. Es sind einfach Farben pur. Die Sommersonne bringt alles zum Leuchten. Und wie. Es gibt da ganz in meiner Nähe ein altes Fachwerkhaus mit dicken, dunklen Balken. Eichenbalken. Fast schwarz. Die Fenster braun, die Tür grün, die Gardinen blau und die Wände weiß. Überwuchert mit Blumen in jeder Farbe der Welt. So harmonisch, dass man meint, hier sind alle Farben, die es gibt in eine Einheit gebracht. Betrachte das eine Haus und Du erlebst ein Universum an Farben und Harmonie. Eine Einheit in einer unzähligen Vielfalt. Ist schon jedes Teil für sich schön, so entsteht die wahre Schönheit doch erst im Zusammenspiel des Ganzen. Ein Konzert der Farben. Über allem aber ein riesengroßer Himmel. Lache mich bitte jetzt nicht aus, ich bilde mir ein, hier ist mehr Himmel als sonst wo. Und der ist blau, einfach blau. Nur blau.

Es gibt Tage – und heute ist so einer – wenn ich dann morgens losgehe, den sanften Hügel hinauf zum Kloster S. und das Spiel der Sonne mit den Farben und die Harmonie der Blumen auf den Wiesen im Bachgrund sehe, an dem ich entlang laufe, dann fällt mir das Lied „morning has broken" ein. Und es kommt mir wirklich so vor, als wären die Farben so, wie am siebten Schöpfungstag. Ursprünglich und unverdorben. Oder weniger poetisch ausgedrückt: Wie eben frisch gereinigt. Rundum erneuert. Ach ja, ich vergaß, gestern Nacht war ein Gewitter. Deshalb. Unser Gewitter – Deine Briefe – führen dazu, dass alles, der ganze Rest des dritten Kapitels, nun klar vor mir liegt. Und das aufzuschreiben ist leicht. So leicht. „Born of the one light Eden saw play."

Okay okay, ich komm wieder runter. Hier ist der Text.

Immer dann
wenn eine neue Sendung
offenbar wird
Gottes Wiederkunft in den Propheten
gibt es Menschen
die der Menschheit
einen Schritt voraus sind
und als erste

von dem neuen Glauben
kosten.
Schönheit ist es
die ihnen
Klarheit schenkt
und sie auf die Höhen
des Glaubens
führt
wo sie
Gewissheit finden.
Was früher geschah
wird auch später
passieren.
Immer dann.
Auch das
ist eine Wiederkunft
des Glaubens
Wiederkunft in den Menschen.
Es ist so.
Früher wie später
nach wie vor
passiert es.

Eine Rose
ist dann eine Rose
wenn sie duftet und blüht
wie eine Rose.
Es ist egal
woher sie kommt
und wie man sie
nennt.
Darum befreie dich
von allen Begrenzungen
des Denkens
denke mal

grenzen
los
und betrachte Sie alle
wie Sie erschienen sind
als Träger
eines Namens
und Verkünder einer Wahrheit.
Egal woher Sie kommen.
Sie sind Vertreter
einer Sache
und Offenbarer eines Wesens.
Egal wie man Sie nennt.
Dann verstehst du
in dieser Einheit
die geheimnisvolle
Wiederkunft
des Wortes Gottes.
Immer dann.
Und sonst
nichts.

Damit endet – aus meiner Sicht – ein weiteres Kapitel. Wir blättern um und beginnen ein neues Thema.
Mein lieber Scholli, klingt das oberlehrerhaft. Furchtbar. Aber ich lass es trotzdem stehen, weil ich weiß, dass Du Dich drüber freust und mein manchmal aufbrechendes Pathos augenzwinkernd erträgst. Und sonst nix. Weiter.

Viertes Kapitel:
Von den Schriften und denen die sie lesen

Ich bitte dich
um deine ganze Achtsamkeit

was die Wiederkunft
betrifft
und meine dabei
die Wiederkunft des Glaubens
und die großartige
Haltung
in den Herzen jener Menschen.
Das Licht
das hier leuchtet
wird aus ein und derselben Quelle
gespeist
die Früchte die hier heranwachsen
sind die Früchte eines Baumes
wann immer
es auch geschah
wo immer
es sich ereignete.
Es ist so
durch Gnade.
Gott schenkt sie
wem Er will.
Gnade sorgte dafür
dass dieses alles
aufgeschrieben wurde
und notiert
damit du dich fern hältst
von der Enge
des Nein
und hinaus findest
auf das weite Meer von Glauben
und Vertrauen.
Gnade –
deinen Blick zu reinigen
von Widersprüchen
die die Welt zersetzen

damit du die Einheit
siehst
und deinen Geist das Fliegen lehrst
zum höchsten und innersten
Heiligtum
des Wortes Gottes.
Ebendrum.

Erster Abschnitt
Lesen und Verstehen

Hast du die Schriften gelesen
ist das, was nun folgt
leicht zu verstehen.
Es folgt
also folge ihm.
Ebendrum.
Mag einer kommen
am Ende das kein Ende kennt
zu verkünden
was ein anderer
am Anfang der keinen Anfang kennt
gesagt hat
so gilt für den Ersten
was auch für den Letzten gilt.
Sie sind die Vertreter
einer einzigen heiligen Sache.
Anfang ist ohne Anfang
und Ende
ist ohne Ende
alle sind
einer
und einer ist alle.
Ebendrum
vergleicht der Bayan
die Manifestationen Gottes

mit der Sonne.
Mag sie aufsteigen und untergehen
vom Anfang ohne Anfang
bis zum Ende
ohne Ende.
Es ist die eine Sonne.
Sagst du
heute –
das ist die Sonne von gestern
ist es wahr.
Sagst du
heute ist sie ganz neu –
sie ist die Wiederkunft der Sonne von Gestern
stimmt es auch.

Alle sind einer
und einer ist alle
dann gilt auch
erster ist letzter
und letzter
ist erster
wo ist der Unterschied
der Letzte ist genau so
die Wiederkunft des Ersten
wie der Erste
die Wiederkunft des Letzten
ist
denn sie alle
haben sich erhoben
ein und denselben
Glauben zu künden.
Ebendrum.

Noch klingt alles ganz harmlos
doch wird es konkret

wird's schmerzliche Prüfung
für viele.

Nach Jesus
kann keiner mehr kommen
wird gesagt
und Muhammad
heißt das Siegel der Propheten
also ihr Ende.

Sind beide nicht beides?
Ihr Anfang und ihr Ende
ihr Erster
und ihr Siegel?
Klebt nicht an den Worten
glaubt an Ihn
der euer Offenbarer ist.
Heute
zu eurer Zeit.
Sie alle sind
einer.
Sie alle
haben sich erhoben
ein und denselben
Glauben zu künden.
Wann immer
es geschah
wo immer
es sich ereignete.
Ebendrum.

Philosophie vom Feinsten und dazu ein Weltbild, das von der modernen Physik bestätigt wird. Der Anfang ist ohne Anfang und das Ende hat kein Ende. Wenn das so ist, bedeutet das umdenken. Schon wieder.

An die Stelle der Suche nach dem Anfang – anders ausgedrückt nach dem Urknall und der Frage, was war davor? – tritt nun das Denken in Zyklen. Kreisläufe. Ohne Anfang und Ende. Oder hast Du schon einmal den Anfang eines Kreises gesehen? Die Konsequenzen sind verblüffend. In zyklischen Prozessen gibt es keinen Ersten und keinen Letzten, keinen Auftakt und keinen Abschluss. Wohl aber immer wieder Impulse, die für Bewegung sorgen, den Zyklus am Leben erhalten und seinen Lauf beschleunigen. Wer ist denn wohl auf einem Karussell der Erste? Und wer ist der Letzte? Wer gewinnt den Wettlauf und wer verliert?

Nur ein einfaches Beispiel und schwupp-di-wupp wird Dir der Unsinn einer solchen Fragestellung klar. Ach ist das schön, einmal wieder so zu systematisieren. Spaß macht das. Echt Spaß.

Angewandt auf unser Thema ist es ebenso unsinnig zu behaupten, weil Jesus der Größte ist, muss er auch der Letzte sein. Weil er der letzte ist, kann keiner mehr nach ihm kommen. Mit ihm findet alles seinen Abschluss.

Das Ende hat kein Ende und im Kreis ist jeder Anfang und Ende zugleich! Jeder ist ein Impuls. Von jedem hängt alles ab, jeder kann zu beliebiger Zeit an beliebiger Stelle sein. Ach Gott, was mühe ich mich ab. Jesus hat es selbst expressis verbis gesagt. Du musst nur über den Friedhof gehen, da steht es auf fast allen Grabsteinen. „Ich bin der Anfang und das Ende, das Alpha und das Omega.“ Vielleicht hilft uns ja gerade die moderne Physik diesen Satz besser zu verstehen.

Stark.

Weiß Du, was das weiter heißt? Die Tür unseres Denkens ist offen für einen neuen Impuls auf dem Kreis. Ist das Denken erst einmal bereit, öffnet sich auch das Herz. Jesus kann wiederkommen. Und es wird ein anderer sein, ein ganz neuer und trotzdem die Wiederkunft des alten.

Der erste und der letzte. Ganz neu. Jetzt. Heute. Adsum. Ich bin bereit.
Au weija! Da hab ich mich ja in was hineingedacht und in Begeisterung geredet. Was meinst Du? Sind wir so weit?
Aufregung herrscht im Storchennest. Sie sind um ihre Ruhe gebracht. Der gleichmäßige tägliche Rhythmus ist empfindlich gestört. Das merkt man ihnen auch an. Den Alten wie den Jungen. Denn unmittelbar neben der Kirche geschieht Ungeheuerliches. Ein altes, sehr schönes Fachwerkhaus wird abgerissen. Stell Dir das vor! Erst dachte ich, als es leergeräumt wurde, die Bautrupps anrückten und den Platz weiträumig absperrten, es wird renoviert. Wie so manches alte Haus. Aber nein, es wird abgerissen. Abgebrochen. Zerstört. Man kann richtig sehen, wie es nach und nach in sich zusammenbricht.
Rund um die Abrissstelle sammeln sich die Menschen. Vor allem die alten Männer. Die mit den vielen Geschichten. Und jeder hat eine beizutragen. Mit jeder Wand, die eingerissen wird, mit jedem Zimmer, das skelettartig auf einmal sichtbar wird, seiner bergenden Hülle beraubt, wird auch eine Geschichte freigelegt aus der Erinnerung. Da tauchen Schicksale auf von Menschen in diesen Zimmern. Und werden bruchstückhaft hin und her geworfen, ausgetauscht und ergänzt. Ich verstehe nicht viel davon. Bin ich doch fremd hier. Aber ich verstehe den Ernst und die Erschütterung der alten Männer. Höre sie in ihren Stimmen und sehe sie in ihren Gesichtern. Jedes selbst eine Geschichte.
Ich finde es schlimm, was hier geschieht. Wieder ein Opfer an unsere Moderne.
Da kommt Winnetou über den Platz und gesellt sich zu mir. Er schnüffelt, schnuppert in die Luft. „Riechens das?“ fragt er und macht mich dabei auf etwas aufmerksam, was mir bisher entgangen war, obwohl es die ganze Zeit schon in der Luft lag. Ein fauliger, moderiger, gifti-

ger Geruch. Das Haus strömt ihn aus. Es riecht nach Tod. Und während er mir noch zeigt, was es zu riechen gibt, geht es mir auf und ich verstehe: Das Haus war von innen heraus faul. Durch und durch faul. Mag die Fassade nach außen hin noch schön gewesen sein. Von manchen bewundert. Im Innersten war es längst tot. Man konnte es nur noch nicht sehen. Jetzt aber bricht es hervor. Man riecht es, wie es verfault. Darum musste es abgerissen werden.
Ihr Störche auf dem Kirchendach, bleibt ruhig. Was hier geschieht ist nicht Aufruhr. Auch kein sinnloses Opfer an den Wahn der Moderne. Was hier geschieht muss sein. Der Tod macht Platz. Was verfault ist, wird abgerissen. An dieser Stelle, direkt neben der Kirche, entsteht Raum für das Leben, licht, hell und klar. Darüber dürft ihr euch freuen. Ihr auf dem Kirchendach.
So ähnlich, nur mit anderen Worten, sprach Winnetou und ich, ich gebe ihm recht.
Weiter geht's. Nächstes Kapitel.
Doch zuerst gibt's eine Zusammenfassung des letzten Abschnitts.

Wenn also
der Anfang keinen Anfang hat
und das Ende kein Ende
kann man doch mit Recht
am Anfang
das Wort letzter
genauso auf Jesus anwenden
wie am Ende
das Wort
erster
auf eine andere
Seiner Manifestationen.
Sie sind alle

Anwalt des Ersten
wie
des Letzten
und nimmt einer
auf dem Thron des Letzten
Platz
nimmt er auch den Sitz
des Ersten ein.
Denke nur einmal nach.
Es ist so.
Mit einem klaren geläuterten Blick
würde man erkennen
dass die Namen
Erster und Letzter
Anfang und Siegel
alle
eins meinen:
Sie –
die Urbilder
Seine Manifestationen
sind eins
denn Gott ist
einer.
Gott war allein
niemand war neben Ihm.
Ebendrum.

Zweiter Abschnitt
Mit eigenen Augen sehen

Die Propheten
auserwählt von Gott
und von Ihm
inspiriert
gaben den Menschen

ein sehr einfaches Gebot:
Seht mit eigenen
Augen
und hört
mit eigenen Ohren
und bildet euch
so
eine eigene Meinung.
Ihr seid fähig dazu.
Es hat nichts
geholfen.
Sie sind dem Rat
nicht gefolgt.
Im Gegenteil
sie folgen blind ihren Führern
und sie werden es
wieder tun.
Da braucht nur
ein einfacher
unbedeutender Mensch
aufzutreten
und mit seiner ganzen
Aufrichtigkeit
sagen:
Folgt doch Gottes Boten.
Sie werden ihn
verlachen.
Denn sie meinen
die vielen Gelehrten
mit ihrem vielen Wissen
ihrem Glanz und ihrer Pracht
können doch nicht
irren.
Es ist leider so.
Immer dann

wenn Gottes Manifestationen
sich offenbaren
sind es die Geistlichen gewesen
die die Menschen
daran gehindert haben
die Wahrheit
und das Leben
zu erkennen.
Dabei ist es doch so:
Gott tut, was Er will
und befiehlt
was Ihm gefällt.
Wer da nach dem
Warum
und Wofür
fragt
greift Gott an
und verstößt gegen eines
der fundamentalsten
Gebote
der Religion:
Gott darf
nicht
befragt werden
über sein Tun.
Es ist so.

Gnädiger Gott!
Wie dumm ist es und engstirnig
wenn Menschen
wider besseres Wissen
nur ihre eigenen Eitelkeiten verfolgen
und dabei
das Leben selbst
aus den Augen verlieren

und Gott
dazu.

Dritter Abschnitt
Das Gelesene ergreifen

Seit wie vielen Generationen
gibt es
die Heilige Schrift
und wie viele Menschen
führen ihre Verse
ständig im Mund
ohne auch nur
einen einzigen Buchstaben
zu erfassen.
Täglich
lesen sie die Texte
die von der Wahrheit dessen
künden
was hier dargelegt ist.
Immer wieder werden
die Verse
zitiert
die die Herrlichkeit und die Wiederkunft
der Manifestationen
bezeugen.
Und keiner hat ihren Sinn
verstanden.
Warum sollen denn
die Heiligen Schriften
gelesen werden?
Doch nur
um ihre Bedeutung

zu begreifen
und das Geheimnis
des Lebens zu enträtseln.
Lesen
und nicht ergreifen
macht keinen
Sinn.
Für Keinen.

Würden die Menschen
mit reinem Herzen
und einer tief empfundenen
Sehnsucht nach Gott
über die Texte
nachdenken
sie würden alles
darin finden
was sie suchen.
Alles.

Sie könnten darin
auch
die großen und kleinen
Dinge
wiederfinden
die sich gerade jetzt
in dieser Sendung
ereignen.
Sie könnten
Hinweise finden
über die Vertreibung
und Verbannung
über die Widerstände der Regierenden
und die Ablehnung
des Volkes.

Sie könnten etwas
entdecken
über die Unterbringung
der Manifestation Gottes
in einem fremden
Land.

Das alles
aber
sieht nur
ein offenes reines Herz.
Das allein.

Nicht ohne Absicht
habe ich die Themen
immer wieder
auf verschiedene Art und Weise
und mit ganz unterschiedlichen
Bildern und Worten
dargelegt.
Wie du sicher bemerkt hast.
Mit gutem Grund.
Ich möchte jedem Menschen
gleich welcher Herkunft
und Fähigkeit
die Möglichkeit geben
daran Teil zu haben.
Sollte nun
der eine oder andere
keinen Zugang finden
über das eine
Argument
findet er vielleicht Gefallen
an dem anderen.
Es ist doch nur

eins wichtig:
Dass die Menschen
so unterschiedlich
sie auch sein mögen
wissen
wo
sie ihren
Durst
stillen können.
Es ist so.

Der Geist aus dem Himmel
die Taube
lässt diese Verse
erklingen
mitten im Staub
in dem sie jetzt lebt.
Und hätte doch noch
unzählige Lieder
die sie noch niemals gesungen
und tausende von Gedanken
die man noch niemals
gedacht.
Jeder einzelne Ton
der noch nie gesungenen Lieder
ist größer
und unendlich erhaben
über alles
was schon offenbart
und herrlicher als alles
was ich schon geschrieben.
Lass die Zukunft
die Stunde enthüllen
da
durch Gottes Willen beschlossen

die Braut der inneren Wahrheit
hervortritt
aus dem Raum des Verborgenen
an das Licht des Seins
und des Lebens.

Du, Maria, ich sag jetzt einmal gar nichts. Ich will Dich nicht beeinflussen. In keiner Weise. Gerade hier nicht, an dieser Stelle, die mir so bedeutungsvoll erscheint und geheimnisvoll. Es ist sowieso viel zu oft so, dass ich eine Frage aufwerfe und eins zwei drei liefere ich die Antwort gleich mit. So, als würde ich Dir gar nicht zutrauen, eine eigene Meinung zu haben. Es ist so.
Diesmal aber ist es anders, denn ich traue meiner eigenen Wahrnehmung nicht und auch nicht meinen Gedanken. Darum möchte ich, dass Du den Text ganz unvoreingenommen und unbeeinflusst nur mit Deinen eigenen Augen liest und Dir Deine Gedanken machst. Ich möchte gerne wissen, meine liebe Maria, siehst Du auch, was ich sehe? Verstehst Du auch, was ich verstehe? Oder wie, oder was?
Ich weiß es nicht. Ich weiß einfach nicht, was ich denken soll oder besser, was ich denken darf. Es ist so.
Dein Gabriel

(Antwort darauf, direkt an den Brief angeheftet)
Lieber Gabriel,
ach ja, mein Lieb, ich habe mal wieder nachgedacht. Warum machst du das denn auch? Höre ich Dich scherzhaft fragen. Was soll denn dabei raus kommen? Wirst schon sehen, wo das noch endet. Wirst schon sehen.
Es endet bei dem Wort Manifestation. Dabei bin ich hängen geblieben, jedes Mal wenn ich es lese. Es kommt

häufig vor in den Texten, die Du mir schickst. Es ist ein zentraler Begriff und wird in unterschiedlichen Bildern umschrieben. Sag mal, wissen wir wirklich ganz genau was es heißt, Manifestation?
Darüber hab ich nachgedacht und gemerkt, ganz genau weiß ich es nicht. Darum bin ich immer wieder beim Lesen mit meinen Gedanken hängen geblieben und der Fluss kam ins Stocken. Ich weiß nicht genau, was es heißt.
Da gibt's nur eins, ich muss der Sache nachgehen, Du kennst mich. Wozu gibt es schlaue Bücher? Also M, wie Madonna, Magersucht, Mangelware, Manifestation. Da haben wir's. Manifestation ist die Offenbarung der Wirklichkeit eines Dings in einer anderen Form.
Mhm.
Also mal ganz langsam.
Ein Ding zeigt seine Wirklichkeit, sein wahres Gesicht.
Das soll vorkommen. Man nennt das Offenbarung.
Es zeigt seine eigentliche Wirklichkeit aber in einer anderen Form.
Das ist mir zu abstrakt.
Wie hab ich mir das vorzustellen?
Vielleicht so:
Was in einem Samenkorn steckt, sehe ich erst in der Blume.
Also – Schritt für Schritt:
Die Wirklichkeit des Samenkorns offenbart sich in einer anderen Form, in der Blume.
Die Blume ist die Offenbarung des Samens.
Die sichtbare Darlegung seines Wesens.
Was ich im Samenkorn nicht erkennen kann
sehe ich in der Blume
die Gestalt gewordene Wirklichkeit des Samens.
Seine Manifestation.
Super. Das hab ich.

Jetzt mal angewandt auf unser Thema fällt mir Johannes ein, der Evangelist.
Am Anfang war das Wort.
War bei Gott.
War Gott.
Das Wort.
Das Wort ist Fleisch geworden und hat unter uns gewohnt und wir haben seine Herrlichkeit geschaut.
Und nun langsam – Schritt für Schritt:
Das Wort in einer anderen Form.
Das Wort in einem Menschen.
Menschwerdung des Wortes.
In der Form eines Menschen.
Was du im Wort nicht erkennen kannst
siehst du in dem Menschen.
Siehst du Ihn
siehst du die Gestalt gewordene Wirklichkeit Gottes.
Seine Manifestation.
So ungefähr.
Ecce Homo –
Unsterbliche Schönheit –
Seine Manifestation.
Frage: Besser jetzt? Antwort: Ja.

Und dann habe ich Deinen letzten Text gelesen, immer wieder und bin damit schwanger gegangen. Du fragst, was ich sehe. Und ob es das ist, was Du siehst.
Ich sehe, dass hier zum ersten mal der Autor von sich selbst spricht. Er war bislang noch nie Gegenstand der Betrachtung. Es war immer nur seine Botschaft, das was er aufgeschrieben und dargelegt hat. Keiner wollte wissen, woher er das hat, keiner hat danach gefragt, woher er das weiß und in wessen Namen er spricht.
Und jetzt das:
Er spricht für sich selbst und er spricht aus sich selbst.

Das ist stark. Da beruft sich einer auf keine Autorität und auf keinen Zeugen. Da beruft sich einer nur auf sich und seine Worte.
Unglaublich.
Das ist Souveränität. Haben wir darüber nicht schon etwas gelesen? Über die Souveränität? Dann nimm einmal diesen geheimnisvollen Ausblick. Der Geist aus dem Himmel, der im Staub lebt, trägt Töne in sich, von denen jeder einzelne mächtiger ist als alles, was „ich" bisher geschrieben habe. Verstehst Du die Taube, das Symbol für den Geist Gottes, als mystische Umschreibung des Wortes Ich, dann heißt das im Klartext: „Ich, Gottes Geist, lebe im Staub, in der Verbannung, in Bagdad und habe noch sehr viel zu sagen. Es wird der Tag kommen, an dem ich aus der Verborgenheit heraustrete und Gottes Wort und Willen kund tun werde. Es kommt Licht und Leben in diese Zeit."
Das ist meine Übersetzung des Ganzen. Und das heißt doch, dass der, der dieses Buch geschrieben hat, auch der ist, der kommen soll. Er ist die Manifestation Gottes. Er ist „das Wort" in einem Menschen. Siehst du den Menschen, siehst du die Gestalt gewordene Wirklichkeit Gottes.
Gabriel, weiß Du, was das heißt? Du hast den Messias gefunden! Wir leben wieder in einer Zeit wie damals, wie zur Zeit Jesu. Du sagst mir und ich sage Dir, wir haben Ihn gefunden. Noch ist Er nicht offenbar. Aber Er ist da. In diesem Buch, von dem Du mir nun schon seit Monaten erzählst, finden wir Seine erste Spur.
Das sind meine Gedanken. Und ich frag mich nur eins: Warum hast Du Dich nicht getraut sie auszusprechen? Es ist wieder einmal eine Frau, die den entscheidenden Schritt tun muss, vom Staunen und Fragen – zum Glauben.

Oh weh! Jetzt ist es heraus. Wie wird es mir damit in den nächsten Tagen gehen? Aber ich habe es aufgeschrieben und jetzt bleibt es stehen. Auch wenn ich Angst kriege vor der eigenen Courage. Du kennst mich ja. Ich bin ein Krebs. Zwei Schritte vor, einer zurück und wenn's zu schlimm wird, kneife ich.
So ist das mit Deiner Maria

acht

Bad S. 09.07. ....

Meine liebe Maria,
vielen Dank für Deine Antwort. Was Du schreibst, macht mich stumm. Es ist zu groß für mich, was Du denkst. Und dennoch – es sind auch meine Gedanken. Du Liebe Du. Was hast Du alles in Dir an Tiefe und Reichtum. Und sagst so wenig davon. Du sagst zu wenig von dem, was Dich bewegt. Wie gut, dass manchmal eine Frage von mir Dich dazu provoziert.
Ich sehe es förmlich vor mir, wie es anfängt zu arbeiten in Dir. Wie Du auf und ab wanderst, die Blumen neu ordnest und die Vase umräumst. Wie Du dann losgehst, neue Zweige zu suchen und daraus ein Gesteck machst. Wie sich Deine Gedanken sortieren, so wie die Zweige. Bis Klarheit herrscht. Und wie Du Dich hinsetzt, Stunden später dann, um mir zu schreiben.
Ich sollte Dich viel öfter so provozieren. Es kommt immer etwas Gutes dabei heraus. Jetzt aber zu Deinem Brief:
Was bist Du schnell. Längst gebe ich Dir innerlich Recht. Aber ich brauche noch Zeit. Ich weiß nicht einmal wofür. Ich weiß nur, ich bringe es nicht über die Lippen, zu sagen: Wir haben den Messias gefunden. Es kommt mir

immer noch vor – gegen alle Vernunft – wie ein Verrat. Ich weiß nicht, wohin ich gehöre. Ich wusste es einmal. Aber diese Zugehörigkeit habe ich verloren. Zu wem soll ich jetzt gehören? Ich traue mich nicht, mich zu bekennen. Nicht einmal vor mir selbst. Da bist Du mir voraus. Solange wie es dauert. Ich kenne Deinen Krebsgang und ein bisschen fürchte ich mich davor. Weißt Du das eigentlich? Ja, Du bist mir voraus. Du hast den Text nicht nur gelesen. Du hast ihn ergriffen. Ich komme erst langsam nach. Bin ich dann dort, wo Du bist, kann es sein, dass Du Dich schon auf dem Rückzug befindest. Und ich hatte mich doch nur wegen Dir soweit rausgewagt. Da stehe ich dann und wäre ohne Dich niemals da hin gekommen. So ist das. Und ich liebe es.

Jetzt muss ich Dir aber erst einmal von den Störchen erzählen. Es ist an der Zeit, die Jungen werden beringt. Damit werden sie zugleich aufgenommen in die Storchenpopulation von Bad S. Und künftig wird über sie Buch geführt. Schließlich kann man durch die Ringe erkennen, wohin sie gehören. Man weiß woher sie kommen und will nun sehen, wohin sie gehen.
Das wird noch spannend.
Wichtig sei es, so habe ich erfahren, dass sie ihre Zugehörigkeit bekommen, bevor sie anfangen, das heimische Nest zu verlassen, um zu fliegen. Das kann schon bald sein, denn ihr Flügelschlagen wird immer wilder und sieht manchmal richtig bedrohlich aus.
Also hat man eine ganz lange Leiter geholt, an das Kirchdach gelehnt und ein Mann ist vorsichtig hinaufgestiegen in die luftige Höhe, die Jungstörche zu beringen. Mei, haben die sich gewehrt. Geholfen hat's nix. Jetzt sind sie beringt und gehören dazu. So einfach ist das.

Und wer kommt zu uns? Wer legt die lange Leiter an unsere Kirche und steigt uns aufs Dach, uns zu beringen? Ich weiß, es ist nur ein einfacher Gedanke: Ich halte einen Schatz in Händen. Wir haben den Messias gefunden. Ich will mich auch nicht wehren, wenn der mit dem Ring kommt. Aber ich weiß, den gibt es ja nicht und gäbe es ihn, ich wehrte mich wohl. Also, was bleibt? Weiterlesen. Ich radle zum Kloster und suche weiterhin nach der Gewissheit. Es folgt ein neues Kapitel.

Fünftes Kapitel:
Von den zwei Stufen der Offenbarer

Wie schon vorher beschrieben
sehe ich
in jeder der Sonnen
die sich von Gott her erheben
zwei Stufen.
Ich nenne sie
Wesen und Verschiedenheit.
Mit der ersten Stufe
haben wir uns
ausführlich beschäftigt.
Es gibt keinen Unterschied
zwischen Ihnen.
Ihr Wesen ist
eins
wie Gott einer ist.
Die andere Stufe
ist die der Unterscheidung.
Sie besagt
alle sind

verschieden
und sie gehört in die Welt
von Raum und Zeit.
Hier
hat jede Manifestation
eine eigene
sehr individuell ausgeprägte
Persönlichkeit
und genau darin
unterscheiden Sie sich.
Jeder von Ihnen
wird unter einem anderen
Namen
angerufen und verehrt.
Jeder zeichnet sich
durch ganz bestimmte
Eigenschaften
aus
und hat seine eigenen
Schwerpunkte der Offenbarung.
So hat jeder
auch seinen eigenen
vorherbestimmten
Auftrag.

Genau
diese Unterschiede
sind der Grund
dafür
dass die Worte der Offenbarer
scheinbar
so verschieden sind
und sich sogar
zu widersprechen
scheinen

obwohl sie doch alle
aus der gleichen göttlichen Quelle
strömen.
Menschen
die sich in die Mysterien des Ewigen
versenkt haben
sehen
dass alles
was uns diese Worte jemals
gesagt haben
und jemals sagen werden
Ausdruck
einer einzigen
Wahrheit
ist.
Die meisten Menschen jedoch
verstehen
die zwei Stufen
der Manifestationen
nicht
und können den Unterschied
zwischen
ewigem Wesen
und geschichtlicher
Individualität
nicht richtig zuordnen.
Daher sind sie
verwirrt
und zutiefst verunsichert
über die Unterschiede
in den Botschaften
der Manifestationen Gottes
die doch
ihrem Wesen nach
nur eine

Botschaft ist.
Es ist so.

Ist Ihre Rede
verschiedenartig
dann
gehört der Unterschied
zu den Unterschieden
von Raum
Zeit und Person.
Von der Stufe der Einheit
aus betrachtet
tragen Sie
das Wesen allen Seins
in sich
und die Namen
Gott
Göttlich und Einzigartig.
Sie ruhen nämlich
alle
in Gottes Verborgenheit
und Ihre Regentschaft heißt
Offenbarung.
Und sonst nichts.

Mit Ihnen
tritt Gottes Offenbarung
sichtbar
in unsere Zeit.
Durch Ihre Gestalt
nimmt die Schönheit
Gottes
Gestalt an.
Das geht so weit
dass du

aus Ihrem Mund
Gottes Sprache selbst
hörst.
Wenn Sie reden
redet Gott. –
Unglaublich.

Von der Stufe
der Zeit und Begrenzung
her gesehen –
unserer
Welt
in der alles bemessen wird
gewogen und verglichen
sagen die
die den Namen
Gott
tragen:
Ich bin nur
ein Mensch wie ihr.
Ihre Haltung ist nichts als
völlige Selbstaufgabe
in äußerster Armut
und Demut.
Unglaublich.

Erster Abschnitt
Und Ihrem Sein

Sagt einer von Ihnen:
Ich Bin Gott
dann
ist das
die reine Wahrheit.
Niemand braucht daran zu zweifeln.

Ihre Namen und Eigenschaften
sind die Namen
und Eigenschaften
Gottes.
Wer Sie erkennt
erkennt
Gott.
Ganz einfach.
Sie beschreiben damit
Ihr Sein.

Zweiter Abschnitt
Und Ihrer Funktion

Sagt einer:
Ich bin von Gott gesandt
ist das
genauso wahr
und keinerlei Zweifel
angebracht.
Sie sind alle nur
Gesandte
des ewigen
und vollkommenen Gottes.
Ganz einfach.
Sie beschreiben damit
Ihre Funktion.

Dritter Abschnitt
Und Ihrer Haltung

Sagt einer
Wir sind Gottes Diener
dann
ist auch das die Wahrheit.

Ihre Offenbarung
ist nichts als
Dienen
bis zum Äußersten
bis zur
Selbstaufgabe.
Ihre eigene Person
geht auf
in die Gegenwart Gottes
und verschwindet
völlig
hinter Ihm.
Nur so kann es sein
dass ihre Stimme
nicht mehr ihre eigene Stimme ist
sondern
die Stimme Gottes.
Sie selbst
sind
nichts.
Gott ist alles.
Ganz einfach.
Sie beschreiben damit
ihre Haltung.

Abschluss

Die Zeit ist gekommen
Gottes Hauch
weht.
Sein Geist
hat
alle Dinge
durchdrungen.
Seine Gnade ist
so mächtig

dass
meine Worte
an dieser Stelle
verstummen.

Uff – würde Winnetou wohl sagen. –
Ich habe das Ganze in einem Stück niedergeschrieben. Ohne Unterbrechung. Mit einer gewissen Atemlosigkeit und Spannung. Jetzt habe ich es ergriffen. Ich habe es verstanden. Du weißt, wie wichtig es für mich ist, etwas zu verstehen. Nur was ich verstanden habe, kann ich ergreifen. So bin ich.
Du hast recht. Wir haben die Wahrheit gefunden. Wenn Du magst, nenne sie Messias. So gesehen stimme ich Dir zu. Es war genau dieser Text, dieses eben niedergeschriebene fünfte Kapitel, was mich so weit gebracht hat.
Du kennst doch die Geschichte von Philippus und dem Beamten. Der fährt von Jerusalem aus nach Hause. Auf dem Weg liest er in der Bibel. Philippus gesellt sich zu ihm und fragt ihn: „Verstehst du denn, was du da liest?" Die Antwort ist „Nein, wie sollte ich, denn niemand hat es mir erklärt." Philippus nutzt die Gunst der Stunde und der Beamte versteht. Da war jemand, der hat es ihm erklärt.
So fühle ich mich im Augenblick. Ich habe etwas erklärt bekommen. Auf einmal kann ich verstehen wer Jesus war und bis heute für die Menschheit ist. Und – wie alles weiter geht. Es ist so einfach!

Frage:	Was ist das Wesen eines Offenbarers?
Antwort:	Er ist Gott.
Frage:	Wie zeigt sich ein Offenbarer in der Welt?
Antwort:	Als Gesandter Gottes.

Frage:	Welche Haltung bringt er mit?
Antwort:	Die des vollkommenen Dienens

- In seiner Haltung (Dienen) bringt er zum Ausdruck, was sein Auftrag ist.
- Durch seinen Auftrag (Gesandter) verwirklicht er seine Stufe.
- Und wird das, was er seinem Wesen nach ist: Wer ihn sieht, sieht Gott.

Was ist das schön. Es ist wie ein Wunder. So klar war mir das noch nie. Auf einmal habe ich verstanden, wer Jesus ist und wer er immer war. Keine noch so komplizierte Christologie konnte mir das bisher erklären.

Aber das Wunder geht noch weiter. Zum ersten mal finde ich Ewigkeit und zeitliche Begrenztheit in einem Gedanken vereint. Und das heißt, die Heilsgeschichte endet nicht mit Einem, der einzigartig war, sondern sie setzt sich fort, von der Ewigkeit her in unsere Zeit hinein. Was wir schon öfter in den Texten gelesen oder vermutet oder geschlossen haben, dass es so sei, wird jetzt auch intellektuell nachvollziehbar. Haben wir vorher über die Kühnheit eines Gedankens gestaunt, kann ich ihn nun annehmen. Gott offenbart sich in Fortsetzungen. Das ist sein Zugeständnis an unsere begrenzte und beschränkte Welt von Raum, Zeit und Geschichte. Es erscheint eine neue Person mit einer neuen Botschaft und ist doch nichts anderes, als die ewig alte.

Jesus in einem neuen Gewand und Jesus mit einem neuen Namen. Darum wird es so schwer sein, seine Wiederkunft zu erkennen. Darum die vielen Wachsamkeitsgleichnisse. Er kommt mit neuem Namen. Ein neuer Offenbarer steht auf und ist von Ewigkeit her der Gleiche. So ist es.

Jetzt ist alles so klar, dass ich freien Mutes sagen kann: Es ist etwas Neues aufgegangen. Und hier müsste man eigentlich, wie der Autor selbst, verstummen.
Wenn das nicht so kribbelig wäre. Zum ersten mal bin ich schneller als die Störche. Zum aller ersten mal. Während die noch am Nestrand hocken und mit den Flügeln schlagen, habe ich schon angefangen zu fliegen. Das ist ein verflixt schönes Gefühl.
Komm mit Maria, komm mit. Lass uns aufbrechen und sehen, wohin Gottes Geschichte mit uns Menschen uns noch führt. Wir stehen ganz am Anfang eines neuen Kapitels im großen Buch der Heilsgeschichte.
Dein Gabriel

***

Aus einem Artikel der Süddeutschen

Herausgerissen, unvollständig, zum Teil nicht mehr lesbar, zum Teil durch handschriftliche Randnotizen überschrieben. Offensichtlich nur als Notizpapier verwendet

„...Pharaonen. Die haben sich unter Steingebirgen bestattet, mit allen Zeichen ihrer Macht und Beigaben, damit sie es im Jenseits genauso schön wie am Nil hätten. [unleserlich] noch übertroffen von Wissenschaftlern und Archäologen, die noch die letzten Winkel durchforschen und nach letzten Geheimnissen und endgültigen Rätsellösungen suchen, auf dass alles offen liege, was die Welt im Innersten zusammen hält.
So hat man jüngst einen schmalen Schacht der Cheopspyramide untersucht, dessen Ende eine [unleserlich] dahinter der Stein der Weisen oder die 10 Gebote [unleserlich] Man bohrte ein Loch in die Platte und entdeckte dahinter

einen Hohlraum. Und am Ende des Hohlraums wieder eine versiegelte Tür. Und dahinter noch eine und noch eine und noch eine. Um am Ende ist auch die letzte versiegelte Tür nichts mehr als eine Schein"... [der Rest fehlt]

Wortwörtliche Abschrift der handschriftlichen Notizen auf dem Zeitungsrand. In Tinte, zum Teil verlaufen, daher schwer zu entziffern. Notiert offensichtlich zu einer frühen Morgenstunde von Maria Dulcedo.

Aufgeschrieben um es nicht wieder zu vergessen. Festgehalten, um endlich Ruhe zu finden. Damit ich es mir später noch mal ansehen kann. Aus der Distanz. Vielleicht dann zu verstehen. Im Moment voller Rätsel. Verwirrend.
Ich hatte einen Traum.
Ich gehe durch eine große gotische Kathedrale. Ein riesiger, fantastischer Bau. Hohe Kreuzrippengewölbe, prächtige Schlusssteine, schlanke, den Blick wie von selbst nach oben hebende Säulen von hoher Leichtigkeit. Trotzdem ein düsterer Bau. Überwiegend in schwarz weiß gehalten, wie ein Bild von Doré, mit dem feierlichen Ernst eines Kupferstichs. Die wenigen Lichtstrahlen, die durch die schmalen Fenster fallen, gedämpft durch den Weihrauch vergangener Andachten. Verzweigte Gänge und Nischen, düstere Figuren und Altäre allenthalben.
Ich gehe durch die Kirche und zeige den Besuchern das Bauwerk. Es ist meine Kirche und das erfüllt mich mit einer verhaltenen Freude. Wie man sie vor etwas Großem, Altehrwürdigen empfindet. Das man nicht selbst erschaffen hat, sondern aus alter Zeit zur Verwahrung anvertraut bekam. Die Besuchergruppe verliert sich in der Weite des Raumes und ich eile nach unten in die Krypta. Dort steht eine Maschine. Eine Höllenmaschine. Eine

blinkende Zeitbombe. Von mir aufgestellt und in Betrieb genommen. Ich stelle in meiner Kirche eine Bombe auf! Und sie tickt unaufhörlich.
Aus der Traum.
Was soll das?
Welche Gefühle? Alles ist gut. Erschrecken. Das darfst du nicht tun. Das nicht. Keinen Schritt weiter. Verlasse diesen Weg. Das zerstört den Kern. Die Fundamente werden bersten und alles unter sich begraben. Auch dich. Alles ist gut. Mein gotisches Gebäude über mir selbst aufgebaut, künstlich, kunstvoll, uralt, sperrt das Leben [unleserlich] sprenge mein eigenes Haus über mir. Damit Düsternis weicht und Licht rein kann. O weh o weh [Rest verschmiert] o Jesus (?) [nicht genau zu lesen]

***

Meine liebe Maria,
Du bist so eine „begabte" Träumerin. Das habe ich gleich gedacht, als Du mir neulich von Deinem Traum erzählt hast. Aber ich habe es Dir nicht gesagt, meine Bewunderung nicht zum Ausdruck gebracht. Irgendwie kam es nicht dazu. Irgendwie gibt es ja immer eine Entschuldigung. Die Zeit langt nicht, wenn wir uns treffen, um all das zur Sprache zu bringen, was passiert. Jetzt muss ich es nachholen und das ist nicht mehr das gleiche, als wenn ich es gleich gesagt hätte. Aber immer noch besser als gar nicht.
Ich bewundere Dich für Deine Träume und ein klein wenig beneide ich Dich auch darum. Es ist schon phantastisch und grenzt ans Wunderbare, wie dramatisch genau Deine Traumbilder das Thema auf den Punkt bringen. Wenn sich alles im Kern erneuert, geht die Veränderung bis in die Wurzeln, bis ins Fundament. Das ist radikal. Es geht hier um viel mehr, als nur um die Frage, ob Pfarrer

heiraten dürfen oder der Papst unfehlbar ist. Wie gut kann ich verstehen, dass Dich diese Radikalität erschreckt. Und ich vermute einmal, auch wenn ich es nicht genau weiß, das heißt auch: Lebt wohl, heiliger Pankratius und ihr vierzehn Nothelfer, Adventszeit, Osterfeuer und sonntägliches Hochamt.

Sag einmal ehrlich, habe ich das wirklich alles gebraucht? Hat es uns geholfen? Uns und unserer Welt? Hatte ich mich nicht längst davon verabschiedet und nach neuem Leben gesehnt? Aber wenn es dann kommt, kriege ich Schuldgefühle: Das darf man nicht. Das nicht.

Mir geht es doch genauso wie Dir. Mit einem großen Unterschied: Dein Traum bringt es ins Bild und überwindet meine Sprachlosigkeit. Und ich fürchte mich davor, Verräter genannt zu werden. So ist das. Aber dann sag ich mir, Gabriel, nomen est omen, was haben sie damals über den Gabriel hergezogen und tun es bis heute. Und wie viel Segen ist entstanden, nur daraus, dass ein Gabriel und eine Maria vor langer Zeit, sich dem Geist Gottes anvertraut haben, offen für das Neue. So war das doch.

Nun will ich uns gewiss nicht mit diesen großen Vorbildern vergleichen, aber wir tragen nun mal ihre Namen. Und Jesus bleibt Jesus, die Heilige Schrift die Heilige Schrift. Nichts und niemanden verraten wir. Das alles nehmen wir mit, und werden von innen heraus erneuert. Damit wir reif werden für unsere moderne Zeit und endlich reif für den Frieden. Ja, das ist radikal, aber radikal schön. Nein, wir brauchen keine Schuldgefühle zu haben, wir sollten dankbar sein. Welch wunderbarer Geist hat uns geführt, das alles zu entdecken? Meine Zweifel heißen daher anders: Warum ausgerechnet wir? Hätten das nicht alle anderen vor uns finden können? Und warum haben sie nicht? Das möchte ich gerne wissen, warum wir?

Merkst Du was passiert? Ich mache Dir und mir gerade Mut, und siehe, die Schuldgefühle laufen davon .... Ade. Ich wein euch keine Träne nach.
Ich möchte nach vorne blicken, denn „wer die Hand an den Pflug legt und zurückblickt, taugt nicht für das Reich Gottes." Nur um eines bitte ich Dich, Maria, träume! Damit die Bilder aus der Tiefe uns weiter dabei helfen, weiter zu kommen.
Dein Gabriel

neun

Bad S. 20.07. ....

Meine liebe Maria,
lese und staune über ein neues Kapitel. Es handelt von den Suchern.

Sechstes Kapitel
Von dem wahren Sucher
Erster Abschnitt
Von den Klarstellungen

Wenn ein Mensch
nach Erleuchtung sucht
wird ihm sein Wissen
allein
nicht wirklich helfen
die Rätsel des Universums
zu lösen.
Wenn er sich
den Schatzkammern Gottes
zuwendet
findet er

Lösungen für seine Fragen
und Gewissheit
in seinen Antworten.

Denn
alles ist ganz einfach
genau betrachtet.

Nur ein
göttliches Wesen
bringt
göttliches Wissen
hervor.
Nur in einem
himmlischen Garten
duftet himmlische Wahrheit
und
reine Blumen
blühen nur
in einem reinen Herzen.

Vergeblich
sucht man wo anders
nach dieser Fülle.
Dem kargen Boden
unseres Wissens
entspringen auch nur
karge
Pflanzen
der Erkenntnis.
Ist doch ganz logisch.

Zweiter Abschnitt
Von den Vorbereitungen

Wenn ein Mensch
ein Suchender
wird
und einen Weg
einschlagen will
der ihn zur
Erkenntnis Gottes führt
dann muss er vor allem
eines tun:
Er muss sein Herz
reinigen
den Ort der Offenbarung.
Hier sind
die Mysterien Gottes
angesiedelt.
Also muss es
rein sein.
Nichts Störendes
darf die Erkenntnis behindern.

Der Mensch muss
sein Herz reinigen
von erworbenem Wissen.
Das hat sich wie Staub
überall hin gelegt
und trübt
die Klarheit der Sicht.

Er muss sich auch freimachen
von menschlichen
Bildern und Vorstellungen.
Sie müssen notwendigerweise

falsch sein
und führen ihn in die Irre.

Sodann soll er sich
von allem lösen
was den Elementen der Erde
verhaftet ist.
Sie kleben an ihm
wie ein Schatten.

Er muss sogar
noch einen Schritt weiter gehen.
Er muss sein Herz
auch befreien
von Liebe und Hass
und ganz und gar
gelöst sein.
Damit die Liebe
ihn nicht blind macht
und der Hass
die Wahrheit nicht
verzerrt.
Es ist so.

Dritter Abschnitt
Von den Tugenden

Sein Vertrauen
soll der Sucher
nur in Gott
setzen
und Menschenwerk
den Rücken kehren.
Lösen

wird er sich
von der Welt.
Sie ist doch nichts
als Staub.
Und sein Herz hängen
an Gott.
Würde er
auch nur einen
Gedanken daran verwenden
etwas Besseres
zu sein
es wäre fatal.
Stolz und Überheblichkeit
muss er
auswischen
auf der Tafel seines Herzens
und zwar gründlich.

Er wird
Geduld üben
und das Schweigen
lernen.
Was das Leben ihm auferlegt
wird er annehmen
und große Reden
soll man
von ihm nicht hören.
Zuviel Reden
ist ein schwelendes Feuer
und was gesagt wird
ein tödliches
Gift.
Es ist so.
Eine Flamme
kann nur den Körper

verbrennen
das Feuer von Worten
zerstört
Herz und Seele.
Ein Feuer wütet nur kurze Zeit
das Gift der Rede
wirkt
hundert Jahre lang.

Schlechtes
über andere reden
ist ein
Verbrechen.
Das ist schlimm
denn
Gerede
schaltet das Licht
im Herzen
aus
und erwürgt
das Leben.
Da wird es finster.
Wer nach Gott sucht
muss sich
ganz und gar davon
fernhalten.
Ist doch logisch.

Mit wenig
zufrieden sein
und sich
von
maßlosen Wünschen
befreien
macht den Weg leichter.

Freunde sind
bei denen zu finden
die ihren Besitz
hinter sich gelassen haben
und Angeber
zu meiden
ist ein
Gewinn.

Vierter Abschnitt
Von den Betrachtungen

Den Tag
früh beginnen
und sich beim ersten Licht
gleich
Gott zuwenden
mit ganzem Herzen
eine ganze
Zeit lang.

Gedanken
die ihn ablenken
soll er
mit der Flamme der Liebe
verbrennen
und alles
außer Gott
schnell
vorbeiziehen lassen
ohne
darauf einzugehen.

Dabei darf er aber

keinesfalls
den Blick für die
Not und Heimatlosigkeit
vieler Menschen
verlieren.
Ihnen soll er
mit ganzer Aufmerksamkeit
und viel Phantasie
beistehen.
Er soll gütig und freundlich
sein
zu allen Tieren.
Und zu den Menschen
noch viel mehr.

Bis zur Selbstaufgabe
soll er bereit sein
sich Gott
hinzugeben
und Meinungen anderer
sollen ihn von seiner Liebe
nicht abbringen
können.

Fünfter Abschnitt
Von den Anderen

Was er für sich selbst
nicht wünscht
soll er auch
keinem anderen wünschen
und nicht versprechen
was er nicht
hält.

Es ist so.

Davonlaufen
soll er
allen Böswilligen
die nur
Schaden
anrichten wollen
einfach davonlaufen
und für sie beten
um Vergebung
die sie brauchen.
Er selbst wird auch verzeihen
und niemals den
entmutigen
oder gar verachten
der etwas Böses getan hat.
Wie käme er dazu.
Weiß er denn
wie sein eigenes Ende
sein wird?
Oft genug
hat einer noch
in der Todesstunde
zu seinem Wesen
gefunden
und hat sich erhoben
zum Flug
in himmlische Unsterblichkeit
leicht wie ein Vogel.
Genauso kann auch
ein gläubiger
Mensch
am Ende seines Lebens
seinen Wesenskern

verfehlen
und fällt
schwer wie ein Stein.
Keiner weiß das.
Keiner
kann sich da
sicher sein.

Sechster Abschnitt
Von Gott allein

Darum
wollen Wir
diese Worte
tief in die Seele
des Suchers einprägen.
Damit er sich
auf nichts verlässt
auf gar nichts
nur auf Gott.

Alles
was es gibt
soll für ihn
so viel wert sein
wie Nichts
nur Gott
so viel wert wie
Alles.
Gott allein.

Siebter Abschnitt
Von der Gewissheit

Erst dann
wenn die Lampe des Suchens
in seinem Herzen
entzündet ist –
wenn er
mit großer Ernsthaftigkeit
danach strebt –
leidenschaftlich danach
verlangt –
sich mit ganzem Wesen
vorbehaltlos hineingibt –
seiner Sehnsucht
folgt
über die Maßen –
und die Liebe
ihn verrückt macht –
wenn dann noch
der Hauch der Gnade
Gottes
ihn anrührt
dann werden
Zweifel und Irrtum
vertrieben
Angst wird verschwinden
und Nebel sich
lichten.
Solange
bis das Licht
der Gewissheit
ihn ganz und gar
einhüllt.
Es ist so.

Ist das schön! Ein großes Kapitel von einem großen Mystiker. So kommt es mir vor. Was meinst Du?

Das ist vertraut und neu. Vertraut, weil wir selbst einmal Gottsucher waren und angefangen hatten, den Weg der Mystik einzuüben. Weißt Du noch, unser Sitzen und Schweigen, unser Studieren und Vertiefen in Texte von Hildegard von Bingen, Meister Eckhart und Ignatius? Das ist schon lange her und schon lange sind wir keine Gottsucher mehr, sondern gleichgültig geworden. Oder?

Gerade in den letzten Wochen habe ich das Gefühl, dass wir geführt werden. Da ist das Lesen dieses Buches. Da ist das letzte Kapitel. Es knüpft an frühere Erfahrungen an, nimmt uns bei der Hand und führt uns weiter. Über das hinaus, was wir einmal hatten und was wir einmal waren.

Belege! Belege! Höre ich Dich rufen. Belege deine Behauptungen.

Du hast ja recht, ganz so einfach darf man es sich nicht machen. Nimm Meister Eckhart. Von ihm haben wir gelernt, dass der Mensch Mensch wird, indem er sich Gott öffnet. Dazu muss er ganz leer werden. Ganz Nichts. Wenn Du Dich selbst verlierst, weil Du Gott suchst, wirst Du Dich am dichtesten finden, weil Du Gott findest. Ignatius nennt das indifferent sein. Nicht mehr wünschen Gesundheit als Krankheit, Reichtum als Armut, sondern allein wünschen, was uns Gott näher bringt. Und Hildegard von Bingen setzt noch eins drauf, indem sie sagt, dass die gesamte Schöpfung zu einem Medium wird, durch das Gott sein Licht denen gibt, die sich ihm öffnen. „Lauft und eilt auf dem Weg, der das Licht der Welt ist."

Weißt Du noch, wie sehr wir uns damit beschäftigt haben? Theoretisch. Und wie wir angefangen hatten zu üben. Praktisch. Es war eine schöne Zeit. Auch wenn

unsere Übungen ziemlich stümperhaft waren und noch weit weg von dem, wohin sie uns einmal führen sollten.
Und jetzt der neue Einstieg. Der da anfängt, wo wir aufgehört haben und weiter führt. Mich beeindruckt die soziale Komponente. In der Versenkung nie und nimmer die Not der Menschen vergessen und freundlich sein zu allen Tieren. Dann die starken Worte über das Reden über andere. Ein Verbrechen und ein tödliches Gift, das hundert Jahre lang wirkt. Da wird die himmlische Mystik auf einmal ganz menschlich. Und sehr konkret dazu.
Wohin führt uns unser Weg? Wie mag das weitergehen mit uns? Sag an, oh Maria. Sag an.
Unsere damaligen Gehversuche auf dem Weg der Gottsuche kommen mir vor, wie die ersten Flugversuche der Störche. Und weil das hier hin passt, will ich Dir davon erzählen. Es ist jetzt so, dass die Alten immer öfter weg sind. Auch für längere Zeit. Und die Jungen sich selbst überlassen. Ich nehme an, sie sollen lernen, das Leben selbst in die Hand zu nehmen oder besser gesagt, unter die Flügel. Und das tun sie denn auch. Na ja, so richtig noch nicht. Es sieht drollig aus, was sie machen, wenn sie für sich alleine sind. Sie stehen auf, schlagen heftig mit den Flügeln und heben tatsächlich ein, zwei Meter vom Boden ab. Dann schweben sie kurz wie ein Hubschrauber über dem Nest und jeder denkt, jetzt fliegen sie los. Aber nein. Ehe Du Dich versiehst, hocken sie wieder im Nest.
Die Sehnsucht nach der Weite und der Majestät des Fluges ist genauso in ihnen, wie die Angst vor dem Fliegen. Die Sicherheit des vertrauten Nestes ist halt auch da. Deutlich kann man den Widerstreit der beiden Kräfte in den jungen Störchen sehen. Und wie gut kann ich sie verstehen!
Neulich habe ich etwas ganz Lustiges erlebt. Ich war wieder einmal auf dem Marktplatz stehen geblieben und ha-

be die Störche beobachtet. Die Eltern waren beide ausgegangen und die Sehnsucht der Kinder war groß. So standen sie am Nestrand und machten ganz lange Hälse. Dann aber haben sie sich auf einmal umgedreht und wie in großer Eile ins schöne warme Nest zurückgekuschelt. Die Spannung in ihnen muss ungeheuer sein und zerrt sie hin und her.
Plötzlich überkam einen ein „menschliches" Bedürfnis oder sagt man in diesem Fall ein „störchiges"? Auf jeden Fall ruckte er ein paar mal hin und her, dann hob er den Popo über den Nestrand und pfft war das Geschäftchen erledigt. Auf das Kirchendach. Das Nest blieb sauber. Kein Nestbeschmutzer, der Kleine. Da fing auf einmal hinter mir jemand zu kichern an. Warum nur? Hatte ich doch tatsächlich das „pfft" laut vor mich hin gesagt. Genau im richtigen Augenblick. Ich fuhr herum und sah die Schwester aus der Bibliothek, die ebenfalls die Störche beobachtet hatte. Nehme ich an. Sie erkannte mich und wir beide wurden rot. Ich wegen eines unanständigen Tönchens und sie? Ich weiß es nicht. Ehe ich etwas sagen konnte, eilte sie weiter. Auf und davon. Ich konnte sie nicht einmal grüßen.
Komisch ist das.
Dabei fällt mir auf, dass ich sie in letzter Zeit öfter in der Stadt gesehen habe. So, als wäre sie hinter mir her. Das ist natürlich Unsinn und nur meiner Eitelkeit entsprungen. Wahrscheinlich habe ich früher einfach nicht darauf geachtet. Aber merkwürdig ist es schon, dass ich mit ihr bisher noch kaum ein Wort gewechselt habe. Obwohl ich sie doch regelmäßig treffe. Fast jedes mal bei meinen Besuchen im Kloster. Ich kenne nicht einmal ihren Namen. Für mich ist sie einfach Schwester. Sag mal, ist das normal? Ich habe so wenig Erfahrung mit Nonnen. Ist das so üblich? Mit keinem Menschen sonst würde es mir so

gehen. Längst hätte ich ein Gespräch begonnen und wir wüssten etwas von einander.
Nur bei Schwester ist das nicht. Muss das so?
Im Gegensatz dazu habe ich manchmal das Gefühl, von ihr beobachtet zu werden. Hat das mit dem Buch zu tun? Wollen die wissen, wer ich bin und was ich treibe? Ist die Kirche hinter mir her? So wie man es manchmal in Romanen liest? Haben sie das Buch entdeckt und sind beunruhigt? Entsetzt?
Alles nur, weil eine Nonne auf dem Marktplatz rot geworden ist und nicht gegrüßt hat. Ich fürchte, ich mache mich lächerlich. Aber vielleicht kannst Du mir einen Tipp geben, wie ich mit ihr umgehen soll. Ich möchte freundlich sein, ohne aufdringlich zu wirken. Ich möchte echt bleiben, aber die Gute auch nicht erschrecken. So ähnlich auf jeden Fall. Ich denke, Du weißt schon, was hier zu tun ist.
Von unserem Thema bin ich jetzt ganz abgekommen. So ist das Leben. Man fängt irgendwo an und weiß nie, wo es endet. So soll es aber nicht sein, wenn man sich auf die Suche nach Gott macht. Sind wir da eigentlich schon dabei? Manchmal glaube ich, wir sind mitten drin.
Oder was meinst Du?
Dein Gabriel

zehn

Bad S. 26.07. ....

Meine liebe Maria,
heute ist etwas geschehen, was mich nachdenklich stimmt. Es betrifft die Störche. Und doch kommt es mir wie ein Bild meiner gegenwärtigen Situation vor. Es ist so. Aber vielleicht erzähle ich erst einmal.

Eines der Storchenkinder ist abgestürzt! Er konnte es wohl nicht abwarten, hat sich auf den Nestrand gestellt, wie wild geflattert und ist losgeflogen. Geflogen? Von wegen. Abgestürzt ist das Kerlchen. Und laut schreiend und zeternd auf dem Pflaster gelandet. Auf dem Marktplatz. Verletzt hat er sich nicht ernsthaft. Aber halt aufgeregt. Nun rennt er in Panik hin und her, schreit sich die Seele aus dem Leib, schlägt mit den Flügeln und weiß nicht wo er hin soll. Die meisten Leute lachen. Nur zwei bleiben ernst. Eine Schwester von Kloster S. (schon wieder eine – viele von ihnen kenne ich inzwischen vom Sehen), die gerade zur Kirche wollte, den Seitenaltar schmücken, – sie trägt ein paar Blumen in der Hand – und Winnetou. Er ist wieder einmal ins Schauen verliebt. Wie er so ganz versunken dasteht und ich ihn schon ansprechen will, was denn nun geschehen soll, kommt auf einmal Leben in ihn. Er springt auf und ist weg. Wenig später kommt er mit der Feuerwehr wieder. Sie fangen den abgestürzten Flugschüler ein, halten ihn gut fest und tragen ihn über die lange Leiter langsam nach oben ins Nest zurück. Dort legen sie ihn ab. Storchenkind hat sich das alles gerne gefallen lassen. Fast als wäre er dankbar, dass ihn jemand so sicher wieder nach oben trägt. Jetzt ist er wieder da, wo er hingehört. In Sicherheit.
Eine schöne Geschichte. Findest Du nicht auch? Jetzt willst Du wissen, was das mit mir zu tun hat.
Mir kommt's so vor, als wär's ein Bild von mir. Ich bin auch abgestürzt. Es fällt mir nicht leicht, das zu schreiben. Es sind die Finanzen. Ich weiß nicht, wie es weitergehen soll. Ich seh einfach keinen Ausweg. Niemand gibt mir etwas, wie sollte man auch und das, was meine Arbeit einbringt, reicht hinten und vorne nicht. Die Sorgen drücken schwer, sonst würde ich es nicht sagen. Am liebsten würde ich das Ganze verdrängen. Aber manchmal geht's eben nicht. Es wird alles überschattet und früher oder

später merkst Du es doch. Also kann ich es Dir auch gleich schreiben.
Bitte, mache Dir keine Gedanken darüber, wie Du mir helfen sollst. Ich weiß, dass Du das nicht kannst und will es auch gar nicht. Es ist schon schlimm genug, dass es so ist, wie es ist. Wenn ich Dir nur davon erzählen kann.
Du hast öfter gesagt, das, was ich gerade erlebe, würde zu unserem Prozess dazu gehören. Eine intensive geistige Suche sei immer auch eine Läuterung und führe uns ganz und gar auf uns selbst und unsere Erbärmlichkeit zurück. Nur so würden wir wirklich zu dem werden, der wir sind. Und wenn es nötig wäre, liefe der Reifungsprozess eben auch über das Geld. OK, wenn dieser Absturz uns zu mehr Gewissheit führt und Klarheit, wenn daraus Entschiedenheit wächst und mehr Wahrhaftigkeit, wenn diese „Armut" uns dazu verhilft, uns radikaler uns selbst zu stellen, will ich sie annehmen. Aber ich erlebe mich alles andere, als geführt. Ich komme mir eher vor, wie der junge Storch, renne orientierungslos auf dem Marktplatz hin und her und schreie mir die Seele aus dem Leib vor Angst. So ist das.
So wie das jetzt ist, halte ich es nicht aus. Geldsorgen sind etwas Furchtbares. Und jeden Tag denke ich, nun bricht alles über mir zusammen und ich versinke ins Bodenlose. Keinen Strom mehr, kein Wasser, keine Heizung. Von allem abgeschnitten und von jedem gemieden. Abgestürzt in ein Fass unbezahlter Rechnungen. Solche Phantasien gehen mir durch den Kopf.
Wenn das Schicksal mich in die Knie zwingen will, auf den Boden Bursche, Du kannst ihm sagen, es ist gelungen. Ich bin unten. Und wünsche mir nur noch einen, der mich aufnimmt und langsam wieder nach oben trägt ins Nest. Aber den gibt es ja nicht. So einen gibt es nur im Märchen. Da hat ja auch das Wünschen noch geholfen.

Was also tun? Gar nix. Versuchen ruhig zu werden. Die Panik immer wieder niederkämpfen und noch mehr arbeiten. Etwas anderes fällt mir nicht ein. Sei also bitte nicht böse, wenn meine Briefe kürzer werden und weniger. Ich werde jede Gelegenheit ergreifen, Geld zu verdienen. Jede Gelegenheit, jeden Tag. Und ich werde nichts auslassen, nicht eine Minute. Komme was wolle. Es muss besser werden. Es muss.
Dein Gabriel

Mein lieber Gabriel,
allmählich fange ich an, mir Sorgen zu machen. Seit über einer Woche habe ich nichts mehr von Dir gehört. Und wenn Du schweigst, leidest Du. Dass weiß ich.
Ich würde Dir so gerne helfen, wenn ich wüsste wie. Sehr viel besser geht es mir leider auch nicht, finanziell. Vielleicht gehe ich anders damit um, gerate nicht so in Panik und bin gerade dann, wenn es nicht weiter zu gehen scheint, besonders kreativ. Aber das hilft Dir auch nicht.
Ich möchte so gerne bei Dir sein, damit Du meine Nähe spürst. Mehr habe ich nicht. Bitte sage mir, ob ich kommen soll und wann. Ich komme sofort.
Und sei ganz sicher, gemeinsam schaffen wir das. Du bist nicht allein. Wir sind doch zusammen. Immer. Hast Du das vergessen? Außerdem haben wir die feste Zusage des obersten Chefs, dass alles gut wird. Der oberste Chef lässt immer nur eine zeitlang zu, dass die Finanzchefs Macht über uns bekommen. Es ist so.
Also, ich warte auf Deine Antwort
Deine Maria.

Gabriel,
was ist los? Antworte! Ich weiß nicht, was ich denken soll. Ist Dir etwas zugestoßen? Ich befürchte inzwischen das Schlimmste. Hat es etwas mit unserem Buch zu tun? Wirst Du bedrängt, fühlst Du Dich verfolgt, wagst Du nicht mehr zu schreiben? Du hast so Andeutungen gemacht in diese Richtung und meine Angstphantasien gehen mit mir durch. Vielleicht sind die Begegnungen mit den Nonnen kein Zufall und überhaupt nicht harmlos. Vielleicht ist hinter allem ja ein schrecklicher Plan, mit dem Ziel Dich mundtot zu machen. Ich kann mir zwar nicht vorstellen, wie, aber wenn es ihnen gelungen ist? Und nun kannst Du auf meine Briefe nicht mehr antworten. Warum auch immer. Ich war noch nie sehr gut im Ausdenken böser Pläne. Aber die haben fast 2000 Jahre Erfahrung damit.
Ach, bestimmt ist alles ganz harmlos. Ich fühle mich so hilflos, wenn Du nichts sagst. Oder bist Du mir böse? Enttäuscht von mir und meiner Hilflosigkeit? Sag doch was.
Deine Maria

Sehr geehrte Frau Dulcedo,
im Auftrag von Herrn Archangelus teile ich Ihnen mit, dass dieser sich in der Herzklinik von Bad N. befindet. Er ist bereits auf dem Weg der Besserung, fühlt sich aber noch sehr schwach. Er lässt Ihnen sagen, er würde sich über ein Zeichen von Ihnen sehr freuen und Sie sollten sich keine Sorgen machen.
Hochachtungsvoll Schwester Antonia, Station 3

Aus dem Tagebuch des Gabriel Archangelus

Mittwoch

Der Neubeginn des Tagebuchs signalisiert: das Frühere hat keinen Bestand mehr.
Der Blickwinkel ist neu, das Erleben verändert. Es hat eine Zäsur gegeben. Darum wieder Tagebuch. Gegen die Unverbindlichkeit elektronischer Wechselmedien die Endgültigkeit des geschrieben Wortes setzen. (Was ich geschrieben habe, bleibt geschrieben) Irrtum mit inbegriffen. Korrekturen werden als solche sichtbar, da nur im Nachhinein möglich.
Jetzt habe ich also (glücklich?) einen Herzinfarkt überstanden.
Wieso eigentlich glücklich? Ich bin alles andere als glücklich darüber. Hat das wirklich sein müssen?
Im Traum sitze ich in einem Zug, der sich in rasantem Tempo auf einen Abgrund zu bewegt. Nach der Notbremse suche ich vergeblich. Manchmal, für Augenblicke nur, glaube ich sie gefunden zu haben und wache keuchend auf. Vor Anstrengung. Ich ziehe am Hebel und ziehe und ziehe und ziehe, doch sie bewirkt nichts. Die Notbremse verringert das Tempo des Zuges nicht. Es hat sich dramatisch gesteigert. Jetzt rast er.
Warum eigentlich aufwachen?
Der Zug rast unvermindert weiter. Oberflächlich betrachtet.
Und wenn ich in die Tiefe gehe?
Dann wird alles ruhig und in der Ruhe ganz leicht und in der Leichtigkeit sehr schön. Der Zug fährt langsamer und langsamer und bleibt schließlich stehen. Und es kommt eine blasse Erinnerung in mir hoch, dass ich einmal wusste, in der Liebe gibt es keinen Tod, denn die Liebe ist

ewig. War es nicht meine Maria und unsere gemeinsame Entdeckung in Bad S., die meinem Leben die Dimension der Unsterblichkeit bescherte? Waren wir nicht auf dem Weg zu einem ganz neuem Glauben? Waren wir nicht einem großen Geheimnis auf die Spur gekommen und hatten in heiligen Texten das wiedergefunden, was bereits in uns lebt?
Doch damals stand ich noch auf dem Bahnsteig und die anderen saßen im Zug. Heute ist die Welt anders und es kommt mir alles so unendlich weit weg vor ...

Montag

Heute ist Montag. Gestern bin ich gewandert, wie ich es in letzter Zeit öfter tue. Auch alleine.
Warum?
Zunächst einmal um meinen Körper zu spüren. Den Körper, den ich etliche Jahre meines Lebens nicht spüren wollte, weil er meinen (vermeintlichen) Idealen im Weg stand. Und der sich nun bitter rächt. (?)
Eine Erklärung? Eine Antwort auf *die* Frage? Weiß ich nicht.
Zum andern aber auch, um meine Gedanken baumeln zu lassen, einfach so. Im Dialog mit der Landschaft, der Luft, den Geräuschen und Gerüchen um mich herum.
Muss denn erst alles kaputt gehen, fragt es in mir, muss denn erst alles zerstört werden, damit aus den Trümmern von Erinnerung und Tradition neues Leben wächst? Diesmal das eigene? Kann das eigene, das wirkliche Leben sich erst entfalten, wenn du ganz auf der Nase liegst und dich innerlich von allem verabschiedet hast?
Wann wird ein Mensch zu dem, der er ist?
Was hält ein Leben zusammen?
Um welche Nabe dreht sich das Rad?
Wann versteht ein Mensch, wer er ist?

Wer ist ein Mensch?

Tagebuch – Versuch gegen die Sprachlosigkeit in der Liebe. Zugleich arbeiten gegen die Lieblosigkeit in der Sprache. Viel zu wenig habe ich mit Maria gesprochen, wenn auch viel geredet. Also sprachlos in der Liebe und lieblos in der Sprache gewesen.
Mea culpa.
Buße:
Einen wichtigen Satz aufschreiben. Hier ist er:

Präzisierung:

Mit Dir ein bisschen nur
in die Tiefe gehen
und der Zug
der auf den Abgrund zu rast
wird langsamer.
Diesmal
sitze ich
drin.
Damals die andern.
Es ist so.

Sonntag

Maria dazu, nicht wissend, was ich gerade geschrieben habe, denn sie hat es noch nicht gelesen:
„Wir müssen nur den richtigen Weg finden. Nicht dass wir am Ende aufgebraucht sind und weggeworfen werden.“

Präzise kurz und knapp. So gut kann ich das nicht sagen. In dem Wort „nur“ steckt all das drin, was ich hier formulieren und erzählen will. Sie braucht einen Satz. Ich mehrere hundert Seiten (wahrscheinlich). Titel vielleicht:

Brief an Dich
Ein unendlicher Versuch
zu beschreiben
wer Du für mich bist.

Maria dazu: „Du nennst es zwar Brief an mich, aber Du meinst Gott. Was zwischen uns lebt, ist Gott. Gott ist Du.“
Einverstanden.
Aber ich bin noch so weit weg von der Gewissheit. So weit weg. Und war doch einmal so nahe dran. Wo ist eigentlich Bad S.? Und was hab ich dort gemacht?

Samstag

„Lassen sie mich eine andere Geschichte erzählen. Ich weiß nicht, ob das möglich ist.“
Hmmm! Das ist doch mein Traum seit Jahren. Vielleicht gelingt es mir jetzt. Vielleicht hilft es mir, die Schleier zu lichten, die sich zwischen mich und Bad S. geschoben haben und alles in so unendliche Ferne rücken lassen. Vielleicht hilft es mir, ins Leben zurück zu finden. Lassen sie mich eine andere Geschichte erzählen.
Eine noch nie erzählte oder besser: eine *so* noch nie erzählte.
Eine Geschichte so aufregend wie die erste Liebe.
Eine Geschichte so banal wie das Leben.
Eine Geschichte so tragisch wie der Tod.

Eine Geschichte von einem unfassbaren Geschenk, von unglaublicher Dummheit, von großem Mut und unsagbarer Treue. Unsere Geschichte. Lassen sie mich unsere Geschichte so erzählen, als sei sie noch nie erzählt worden. Dabei ist es nicht mehr, als eine Liebesgeschichte. Aber auch nicht weniger.
Nein. Nein. Das auf keinen Fall.

Dienstag

Ist das Leben banal? Oder kommt es einem nur so vor, weil man ganz und gar distanzlos mitten drin steckt und einem der Überblick fehlt, wohingegen es in Wirklichkeit grandios ist?
Es gibt Tage, da weiß ich es einfach nicht.
Aber solche Tage können und dürfen nicht darüber hinwegtäuschen, dass unser Leben etwas Grandioses hat. So grandios wie die Liebe. Denn stellen sie sich vor: Ein Pfarrer zieht sich pudelnackig aus. Stellt sich lebensgroß vor einen Spiegel und sagt zu sich selbst: „Gabriel, es ist passiert."
Nur, weil eine Nonne ihn in den Arm genommen hat.
Welch eine Verwegenheit!
Welch ein verwegener Plan.
Ach was. Es gab gar keinen Plan. Weil es ja auch keine Perspektive gab. Ein Pfarrer und eine Nonne haben keine gemeinsame Zukunft. So etwas kommt in deren Lebensplan nicht vor und ist auch institutionell nicht vorgesehen. Weder gibt es Vorbilder, noch Orientierungspunkte, noch Gleichgesinnte. Es gibt sie einfach nicht. Obwohl es sie natürlich doch gibt, aber sie sind für dich nicht da. Nicht in diesem Augenblick.
Das wirkliche Wunder ist die Gewissheit. Es ist passiert. Wir bleiben zusammen. Wir gehören zusammen. Ein Le-

ben lang. Wir haben keine Ahnung wie das geht. Aber es ist passiert. Dabei war noch nicht einmal was passiert im landläufigen Sinn.
„Woraus man lernen kann, dass man immer etwas finden wird. Sogar etwas Grandioses. Wenn nur Ziel und Verwegenheit groß genug sind."

Präzisierung:

Du
nimmst mich in den Arm
und
es ist passiert.
Von nun an
gehöre ich zu Dir
ohne
bis.
Von nun an
ohne die geringste Ahnung
was wird
nur das Wissen
es ist.
Wie vor Jahr und Tag
seit ewigen Zeiten
jeden Tag neu
es
ist
ohne bis.
Keine Ahnung
was wird.
Wie viel
hält ein Leben aus?

Präzisierung 2:

Dir in die Augen schauen
und darin
die Unendlichkeit finden.

Mit Dir einen Raum gestalten
und darin
ein Zuhause finden.

Mit Dir alles umräumen
und darin
das Gefundene wieder verlieren.

Nur unterwegs
sind wir
beieinander
zuhause
nur
unterwegs.

Mittwoch

„Was kann man daraus lernen? Daraus kann man lernen, dass das Unwahrscheinliche ständig geschieht und dass die Leute es nicht sehen."
Das war einmal mein Satz!
Das Unwahrscheinliche geschieht ständig. Es gibt viel mehr Wunder auf der Welt, als du in deinen kühnsten Träumen für möglich hältst. Traue deinen Träumen. Lass es nie zu, dass dein Mangel an Phantasie und Vorstellungskraft deine Träume zerstört. Denn das Unmögliche geschieht ständig.
So in etwa hätte man mein Credo umschreiben können.

Und dann ...
Schleichend ist es verschwunden. Immer dünner, immer blasser geworden. Um nach und nach einem anderen Glaubenssatz Platz zu machen: Ich saß auf der Pritsche und wartete auf das Untersuchungsergebnis. Ist das EKG defekt oder hatte ich wirklich einen Infarkt? Und da kam er in mir hoch, der Glaubenssatz der letzten Monate, der mich fast unmerklich und doch ständig begleitete. Gebetsmühlenartig. Immer und immer wieder. Eine schreckliche Beruhigung: „Wir leben in einer Welt, in der in jedem Augenblick überall das Schlimmste passieren kann."
Dazwischen liegen Welten. Mit diesem Glauben muss man herzkrank werden. Wer hat ihn mir beigebracht? Was hat mich ihn beten lassen?
Wer oder was?
Musste nicht alles so kommen, um aus diesem Albtraum aufgeschreckt zu werden?
Nun lerne ich neu zu buchstabieren. Deine Augen, dein Licht, deine Zärtlichkeit helfen mir dabei. Und ein Buch im fernen Bad S. liefert mir die Worte dazu.
Ja, ich habe heute meine Briefe hervorgekramt und darin gelesen. Zum ersten mal. Und wie zum ersten mal ganz neu. Es ist ein Wunder. Was damals meinen Kopf erreichte, findet nun mein Herz.
Das Unwahrscheinliche geschieht ständig.
Denke groß.
Du kannst gar nicht groß genug denken.
Was hält ein Leben zusammen?

.

Präzisierung:

Schau sie dir an
die Frau

die zu dir gehört
und lerne mit mir
das Unwahrscheinliche
geschieht ständig.

Lerne wieder neu
das Staunen
dass ein Mensch
zu dir gehört.
Begreife das Wunder
das nicht zu verstehen ist.

Würde sie dir gehören
hätte deine Langeweile
ein Spielzeug mehr.
Sie gehört nicht dir.
Das ist das Wunder.
Sie gehört zu Dir.

Ich weiß jetzt, wo wir die Antwort finden. Sie steht in einem Buch in Bad S. und der Weg dorthin ist der Dialog mit Dir. Nur mit Dir. Und sonst nichts.
Morgen breche ich wieder auf.

elf

Bad S. 30.08. ....

Meine liebe Maria,
nach einer langen und mühsamen Fahrt bin ich gegen Abend gut in Bad S. angekommen. Das gleiche habe ich im März auch geschrieben. Weißt Du noch?
Mein Gott, was hat sich seit dem alles verändert!

Damals war ich wie ein trotziger Junge davongelaufen. So, als wollte ich das Schicksal zwingen, sich mir zuzuwenden und eine Wende herbeizuführen. Ich sehe Dich noch heute am Bahnsteig stehen, mit hängenden Armen und Deinen großen Augen und viel zu großen Händen, die mich nicht halten konnten. Natürlich hast Du nicht in Wirklichkeit zu große Hände. Wie kann ich Dich so beleidigen. Nur in der Erinnerung kommen sie mir so vor.
Damals war ich auf und davon und heute sage ich mir, es war nur ein Spiel. Damals kam es mir ungeheuer ernst vor. Heute denke ich, ich habe nur gespielt, dass es ernst sei. Es war alles ein großes intellektuelles Spiel, eine Herausforderung an meinen Geist. Das ganze Leben. Selbst dann noch, als ich das Buch gefunden habe. Auch das Buch gehörte mit zu meinem Spiel. Nur eins war nie gespielt: die Begegnung mit Dir. Und nach und nach wurde mit unseren Gesprächen über das Buch das Spiel zum Leben. Auf einmal war ich mit Dir und unserer Frage nach Gott in der Wirklichkeit angelangt. Im wirklichen Leben. Und habe es nicht gemerkt.
Um das zu spüren, brauchte es erst diese schreckliche Enttäuschung. Ich bin tief enttäuscht über mich. Ich dachte immer, ich hätte alles im Griff. Mich und die ganze Welt. Mit einem Lachen und einem coolen Spruch auf den Lippen. Und jetzt lag ich da in meiner ganzen Hilflosigkeit und sah Deine Panik und spürte meine Angst und die Frage: War es das jetzt? Da wurde mit einem Blick in Deine Augen alles anders. Ich bin angekommen in der Mitte des Leben, mitten im Ernst.
So bin ich in Bad S. angekommen, laufe, etwas unsicher noch, durch die Stadt und sammle Eindrücke. Und fühle alles anders. Und sehe alles neu. Der Marktplatz, die alten Fachwerkhäuser mit ihren dicken Balken und den steilen Dächern. Da, wo das alte Haus abgerissen wurde, Du

erinnerst Dich, ist ein neues entstanden und schon fast fertig. Man kann nur staunen, wie schnell das geht.
Auch so staune ich über das neue Haus. Es passt perfekt in die Front der alten Gebäude auf dem Platz. Die gleichen dicken Balken. Das gleiche steile Dach. Wie in Vorzeiten. Dazwischen aber Licht, Luft und Raum. Eine Leichtigkeit, die man damals noch nicht kannte. Mein Gott, das ist modern! So baut man heute. Außen passgenau eingefügt in die Lücke. Im Rahmen fest und stabil. Aber innen frei. Frei! So viel Licht, so viel Glas, keine trennenden Wände. Überhaupt keine Wände, sondern einfach Platz und die Freiheit, alles jederzeit zu verändern. In diesem Haus kann es große Zimmer geben und kleine, Versammlungsräume und Kammern. Und wenn man will, kann man das alles wieder einreißen und anders machen. Wie man es braucht. Das alles lässt das Haus zu.
Es ist ein anderes Haus, als das alte. Da lässt es sich atmen. Da kann man leben. So stelle ich mir Erneuerung vor. Es ist eine andere Zeit. Darum muss man auch anders bauen. Ganz anders war das in früheren Jahrhunderten. Entferne aus einem Kreuzrippengewölbe einen einzigen Stein und es bricht zusammen. Ein solches Gewölbe steht nur, wenn jeder unverrückbar an seiner Stelle bleibt. Für alle Zeiten. Es war die Aufhebung widerstrebender Kräfte, die ein Gewölbe stabil macht. Erst wenn der Schlussstein sitzt und Drücken und Fallen einander ausgleichen, trägt es sich selbst. Die kleinste Veränderung hebt das Gleichgewicht auf und entfesselt ein Beben.
Heute ist es ein fester Rahmen, der einer fast grenzenlosen Freiheit Halt und Format verleiht.
Während ich ins Schwärmen gerate und mich fast so leicht fühle wie früher, gehe ich weiter, sehe die Kirche und schräg zwischen Kirchdach und Häuserschluchten noch eben Kloster S. aufblitzen. Und ich spüre, wie sich tief in mir etwas verändert hat. Der Gabriel ist fromm

geworden auf seine alten Tage. Der redegewandte, stets in die eigene Fabulierkunst verliebte Denker ist auf einmal dankbar. Er geht innerlich vor der Größe des Geschehens in die Knie und fängt zu beten an.

Merkwürdig. Wovor und zu wem?

Das erste mal bin ich fromm geworden, als Du mich in den Arm genommen hast. Und habe durch Frömmigkeit die Kirche verloren. Absurd, nicht? Das zweite mal ist noch zu frisch, um darüber was zu sagen. Da hat sich etwas aufgetan zwischen den alten Folianten und den CD-ROMs im Kloster S., in einem Buch, das mich anrührt und gleichzeitig zu Dir hin zieht. Das Staunen über die Offenbarung eines Gottes, den keiner verstanden hat und je verstehen wird und das Wundern darüber, dass ausgerechnet wir das erleben dürfen. Eine neue Offenbarung. Im Du zum Ich, einmal hin und zurück.

Es ist wie eine neue Offenbarung. Mein erster Spaziergang durch Bad S. Und er endet am Brunnen vor dem Portal der Kirche. Mein Blick wandert wie von selbst nach oben, vorbei an den Spitzbogen zum Kirchendach und bleibt hängen am Nest der Störche. Wie könnte es auch anders sein. – Das Nest ist leer. In den fünf Wochen, die ich weg war, muss viel passiert sein. Die Jungen haben wohl fliegen gelernt. Und ich habe es nicht mitbekommen. Ausgerechnet das habe ich versäumt. Schade. Ich hatte mich so auf die Flugstunden gefreut und sie mir ganz besonders interessant und lustig ausgemalt. Aber ich musste ja stattdessen ...

Sind sie schon weg? Schon aufgebrochen nach Afrika? Da fliegen sie doch hin oder? Genau weiß ich das gar nicht. Ich habe mir das nur so ausgedacht. Keine Ahnung, ob das stimmt mit Afrika. Ich muss mich wirklich erkundigen. Vielleicht machen sie aber mit ihren Eltern auch nur einen Rundflug. Einmal um Bad S. für „Dreimarkfuffzig“ oder so. Mir fehlen die Antworten.

Also ziehe ich weiter durch die Stadt.
Ich weiß nicht, ob mir das früher nur nicht aufgefallen ist oder ob es sich tatsächlich verändert hat. Es sind furchtbar viele Nonnen in der Stadt. Ein paar mal sind sie mir heute über den Weg gelaufen. Es war mir schon fast peinlich und fast alle kenne ich vom Sehen. Bestimmt habe ich vorher nicht darauf geachtet. So wie ich überhaupt auf Vieles nicht geachtet habe. Ich war immer so beschäftigt. Mit mir, mit meinen Gedanken, mit dem Kloster S. und einer gewissen Bibliothek und darin mit einem ganz bestimmten Buch. Und wenn das alles erledigt war, waren da die Störche, die Geldsorgen, der Job, das Wetter und mindestens fünf Ideen für drei Briefe an Dich und dann noch fünfzig laufende Meter Sehnsucht nach Dir. Wo blieb da noch Zeit, irgend etwas wahrzunehmen?
Und – ist das jetzt anders? Ich weiß es nicht. Ich fang ja erst an. Ich bin noch nicht einmal zwei Tage in Bad S. und schon ...
Wieder eine Schwester. Diesmal die von der Pforte. Vor deren kontrollierendem Blick ich defilieren muss, auf dem Weg zur Gewissheit. Jetzt bin ich es, der guckt. Und ich sehe, wie mein Blick sie unsicher macht. Beinahe wäre sie über einen Stolperstein gefallen, der vorwitzig seine Nase aus dem Pflaster streckt. Kommt davon. Wovon eigentlich?
Da vorne kommt Winnetou. Ob er wenigstens der alte geblieben ist? Sein Auge, ein Punkt der Verlässlichkeit und Ruhe, wenn alles fließt?
Er nähert sich mir verhalten. Gibt mir die Hand und schaut mich an. Er sagt nicht viel. Viele Worte machen, ist nicht sein Ding. Aber in seinem Blick liegt Verlässlichkeit. Ich bin da. Jetzt. Hier. Auf der Stelle. Es ist ein schönes Gefühl, so angeschaut zu werden. Und wie immer bewundere ich seine Augen und fühle mich in seiner

Nähe ein bisschen wie in Sicherheit. Wenn alles sich verändert um mich herum, ist er der ruhige Pol. Dazu braucht man nicht die Gabe der Rede. Man braucht Aufmerksamkeit, Offenheit, ein Gespür für den Augenblick und eine Haltung, die in unserer Zeit selten geworden ist: Immer nur eins zu machen. Aber das ganz. Bei ihm ist es das Schauen, und ohne Worte weiß ich, dass er mich versteht.
Winnetou hat ein Buch dabei, eine Schwarte, von der er mir sagt, dass er sie seit Wochen mit sich herumschleppt. So sieht sie auch aus. Irgend so eine Art Kriminalroman. Darin liest er, Tag und Nacht. Und weil es sich so ergibt, oder weil er es will, oder ich meine Offenheit bekunde, liest er mir ein Stück daraus vor. „Du bist am Telefon, und du hebst den Hörer des Telefons, und du wählst eine Nummer, wie eine Tangente, einen Weg hinaus, denkst du, und du hast Angst, und du weißt, was jetzt passieren wird, kann auch alles verändern, was passiert ist, und du weißt, von jetzt an kann alles zu einer ganz anderen Geschichte umgeschaffen werden, und du weißt, alles kann passieren – von dem Augenblick an, in dem du anfängst zu reden, zu erzählen." Lange Pause.
„Wissen's wer das sagt?" fragt er mich schließlich. „Da spricht Gott. Wer könnt sonst so was sagen." Ich glaube in diesem Augenblick habe ich beschlossen, alle Briefe aus Bad S. zu sammeln. Von Dir und von mir. Sie kommen in einen Karton. Für später. Wer weiß. Du kannst eine Geschichte verändern. Auch eine, die schon passiert ist. Du kannst sogar die Vergangenheit zu einer ganz neuen zusammenfügen, in dem Augenblick, in dem Du anfängst zu erzählen. Sprich. Irgendwann werden wir sprechen. Irgendwann.
Mit einer Kopfbewegung zur Kirche hin meint Winnetou: „Sie sind frei lang weg gewesen. Inzwischen sind die da oben flügge geworden. Man kann fliegen. Hat's ge-

lernt.“ Meine Frage, ob er denn beobachten konnte, wie die Störche fliegen gelernt haben, verneint er. „Nee, hab ich nich. War nix zum Sehen. Aber ich weiß schon wie’s geht.“ Wieder lange Pause. Er nestelt an seinem Buchdeckel. „Sie lassen die Sehnsucht mächtig werden. Immer mächtiger. Und auf einmal langt’s. Mach meine Sehnsucht groß genug und ich flieg auch. Die Alten ham sich mehr und mehr zurückzogen. Sind weg. Sich nehmen’s zurück. Neues Leben muss lebendig werden. Das Neue soll zunehmen. Das Alte nimmt ab.“ Ganz lange Pause. „Eine Weisheit, die uns auch gut tun würd. Wenn’s nur nicht so weh tät. Tut’s aber. Schwer fällt’s uns, das Loslassen. Die da können’s von Natur aus. So geht fliegen lernen.“ Er ist schon ein besonderer Zuschauer, der Winnetou.

Mir kommt es so vor, als kämen hier auf dem Marktplatz ganz verschiedene Welten zusammen. Er, ich, das Kirchendach mit seinem Nest auf der Spitze, das neue Haus, die alten und die jungen Störche und die Nonnen. Gerade ist wieder eine vorbeigeschlichen. „Seltsam,“ murmelt Winnetou, „Sie scheinen die anzuziehen wie die Fliegen. Haben’s mit denen was zum tun?“

Wieder fehlt mir die Antwort.

Also ist es ihm auch aufgefallen. Aber das kann doch nicht sein. Es muss ein Zufall sein. Was denn sonst? Na ja, wir werden sehen. In meinem nächsten Brief, und der wird nicht lange auf sich warten lassen, werden wieder Texte stehen aus dem Buch der Gewissheit. Denn darum bin ich doch hierher zurück gekommen. Ist mir schwer genug gefallen, ohne Dich zu fahren. Ich hasse Abschiede. Ehrlich.

Dein Gabriel.

zwölf

Bad S. 04.09. ....

Meine liebe Maria,
jetzt ist auch meine Seele in Bad S. angekommen. Das Fragen und Suchen, Zweifeln und Umherjagen ist zur Ruhe gelangt. Es ist die Ruhe einer Bücherei und die Anziehungskraft eines Buches.
Die Störche, das Kloster, die Nonnen und alles, was mich sonst verunsichern mag, bleiben draußen vor. Hier drinnen öffne ich mein Herz dem Wort und eile in Gedanken zu Dir. ...

Von den Städten Gottes –
und denen die sie suchen

Wenn dergestalt
die Sehnsucht im Herzen brennt
und Gott
ihn angerührt hat
wird der Sucher erleben
wie sein Leben
so sehr
umgestaltet wird
dass es mit dem Vergangenen
kaum
noch etwas zu tun hat.
Es wird ihm so sein
als würde ihm
ein neues Auge geschenkt
zu sehen
ein neues Ohr
zu hören
ein neues
Herz zu lieben

und ein neuer Geist zu leben.
Das bewirkt
das Strömen des Ewigen.
Seine Zuwendung
macht einen Menschen
neu.
Man wird es erleben.
Der neu gestaltete Mensch
Frau und Mann
wird in die unendlichen Höhen
des Weltalls fliegen
und in die unergründlichen
Tiefen der Seele hinabsteigen
und verstehen.
Er wird mit einem unbeirrbar
guten Auge schauen
und in jedem Atom
Gott finden
in allem eine Tür
zur Ewigkeit.
Jedes Ding ist ihm
eine göttliche Offenbarung
und singt ihm ein Lied
von den Wundern
Gottes.

Wenn die Seele in ihrer
Wahrnehmung
von allen Störungen
befreit ist
wird sie die Nähe
des Geliebten
spüren
und sei er
noch so weit weg.

Sie wird von ihrer Wahrnehmung
sicher geführt
die Stadt der Gewissheit
finden und sie betreten.
Man wird es
erleben.

Es gab in den letzten Tagen Momente, da hatte ich das Gefühl, an dieser Schwelle zu stehen. Ich sah meine Ängste schwinden und die Zuversicht wachsen. Auf einmal warst Du ganz nahe bei mir und wir taten den nächsten Schritt.
Es war so, als kämen wir nachhause. Obwohl doch alles in uns und um uns herum neu sein muss und ganz anders. War bislang das Storchennest ein Bild für die alte, vertraute Umgebung, ein Rückzugsgebiet, nach abenteuerlicher Reise – nicht umsonst ist es ja auf dem Kirchendach angesiedelt – kommt es mir nun vor, wie ein Bild für die neue Stadt. Nach einer langen Suche voller Gefahren kommen wir zuhause an. In einer neuen Welt. In der die Alten von Früher nicht mehr da sind und wir zwei uns selbst einrichten können. Endlich.
So tun's die Storchenkids doch auch, nun schon ganz schön auf sich gestellt. Nur ab und zu treffen sie sich noch mit den Eltern. Hört man. Sehen kann man das nicht, denn es geschieht außerhalb unseres Gesichtsfeldes. Hier im Nest ist ihr eigentliches Zuhause, von dem aus sie sich vorbereiten auf die große Reise nach Süden.

Hier eintreten heißt
Durst löschen ohne Getränk
verliebt sein ohne
Grund
die Weisheit eines Grashalms
annehmen

das Loblied
einer Rose hören
den brennenden Dornbusch
des Mose
in einer Tulpe finden
die da sagt
Ich Bin
Da.
Und den Duft genießen
den der Geist
verströmt.
Reich sein ohne Vermögen.
Leben können
ohne
Vergehen.
In jedem Raum
Geheimnisse entdecken
ohne Zahl
und sich wohlfühlen ohne Ende.
Das wäre es doch.

Und nun ist es so:
Alle tausend Jahre etwa
wird die Stadt
umgebaut
und wunderbar renoviert.
Man wird
es erleben.

Diese Stadt von der
alle träumen
nach der alle suchen
bewusst oder unbewusst
ist ein Buch –
das Wort Gottes.

Und sonst nichts.
In jedem Zeitalter wird
das Wort
den Menschen
erneut gegeben.
Bei Mose war es die Thora
bei Jesus
das Evangelium
bei Muhammad der Koran
heute
ist es der Bayan
und es wird ein Buch folgen
von dem den Gott euch zeigen wird.
Dieses Buch
steht dann in der Mitte.
Alle Bisherigen werden es umkreisen
und darauf zeigen
denn sie haben es erwartet.
Lies nach
bei Mose, Jesus, Muhammad, Bab
lies nach und finde
Gewissheit.

Wieder
ist es ein Buch
das den Menschen gibt
was sie an Führung brauchen.
Es enthält alles
was an Segen da ist
und das Wissen und Erkennen
der ganzen Welt –
ihr Glaube.
Jede Gewissheit
die jemals über Himmel und Erde kam
ist verborgen und aufgehoben

wie ein ungehobenerer
Schatz
in jenen Städten.
Ein unentdecktes Geheimnis
das darauf wartet
gefunden zu werden
gelesen
und angewandt.

Es ist ein Buch! Kannst Du Dir vorstellen, wie mein Herz gehüpft ist, als ich das gelesen habe? Bücher sind aufgeschriebenes Leben. Und die Stadt, die Gewissheit verspricht, ist nichts anderes. Wort Gottes unter den Menschen, aufgeschrieben in Büchern, die alle tausend Jahre erneuert werden.
Und das ist jetzt dran! Oder? Das habe ich doch richtig verstanden. Was meinst Du?
Ich weiß, Du hast da eine Frage oder zwei. Was ist der Bayan und wer ist der Bab? Keine Ahnung. Meine schlauen Nachschlagewerke (auch Bücher) versagen hier kläglich. Das einzige, was ich finden konnte, ist eine Übersetzung des Wortes Bayan aus dem Arabischen. Es heißt Erklärung. Ist der Bayan also ein Buch der Erklärung, so wie der Iqan ein Buch der Gewissheit ist? Wir werden es suchen müssen. Es muss es ja schließlich irgendwo geben. Wenn es in einem Atemzug mit der Bibel und dem Koran genannt wird.
Was Bab heißt, das weiß ich auch so. Wozu habe ich schließlich als Junge arabische Abenteuerromane verschlungen. Bab heißt „das Tor". Es muss also einen geben, der Bab, das Tor, genannt wird. Mhm, das Tor wozu? Zu der neuen Stadt Gottes? Wir werden suchen müssen. Suchen und fragen. Er muss irgendwelche Spuren hinterlassen haben. Spuren in Menschenherzen. Und Spuren in Biografien. Ich bin ganz sicher. Nur komisch,

dass wir in unserer sogenannten Informationsgesellschaft, in der man doch angeblich alles weiß, noch nie etwas davon gehört haben. Das zeigt, wie auch unser Wissen uns manipuliert, weil es bruchstückhaft ist. Wir aber meinen, wir wüssten, wie die Welt funktioniert.

Solche Verse
sind
allem
überlegen.
Vor dem Sonnenlicht
verblassen die Sterne.
Sätze von Gott
wie Gott selbst bezeugt.
Ihre Wirkung
wird von nichts übertroffen.
Einzigartig
ist ihre Kraft und ihr Rang.

Woran
kann ein Mensch sich noch halten
wenn er den letzten Halt
verloren hat
weil er Sätze
die von Gott kommen
wegwirft?
Nie ist etwas Größeres
auf der Erde erschienen
als Gottes Wort
und es wäre
um ein Vielfaches besser
würden die Menschen
die Sätze von Gott
mehr beachten.
Es ist so.

Aber die Leute
müssen verrückt sein.
Sie ringen um Erleuchtung
mit verzwicktesten Fragen
und sehen
mitten im Sonnenschein
nicht das Licht.
Sie sind reich beschenkt
und fordern Beweise
der Freigiebigkeit
von ihrem Schenker.
Mein Gott
der Beweis der Sonne
ist doch ihr Licht
der Beweis des Regens
sein Wasser.
Beides zusammen
bringt einen belebenden
Frühling hervor.
Seht ihr ihn nicht?

Wieder und wieder kommt's mir vor, als wär's ein Stück von uns. Unsere Sehnsucht, unsere Fragen, aber genau so auch unsere Dummheit. Wir müssen verrückt sein und sehen vor lauter Bäumen den Wald nicht mehr. Aber so sind wir nun mal. Du und ich und ich und Du.

Geh mir weg
mit denen
die da behaupten
Gottes Wort
wäre nichts für einfache Menschen
zu schwer
sein Sinn zu erfassen.

Sätze die vom Himmel
kommen
könnten nur Gelehrte erkennen.
Man braucht keine
Gelehrsamkeit
um zu verstehen
was von Gott
ist.
Man braucht nur
ein offenes
Herz
eine unschuldige Seele
und Freiheit.
Wer nicht daran glaubt
dass Sätze aus dem Himmel
ihn einmal
berühren werden
der wird noch
an Gottes Barmherzigkeit
verzweifeln.

Es war doch
zu allen Zeiten so
und es wird wohl
auch immer so sein:
Wenn den Menschen etwas
gesagt wird
was ihren eigenen Plänen
auch nur im Kleinsten
widerspricht
schlagen sie ihre heiligen
Bücher auf
nehmen einen einzelnen Satz
heraus
völlig aus dem

Zusammenhang gerissen
und sagen
das kann ja nicht sein
denn nie mehr
wird es einen neuen Propheten
geben.
Und die Propheten Gottes
die das Wesen des Wissens
und die Seele
der Welt
sind
werden von ihnen
abgelehnt
und bekämpft.
Wo immer sie es können.
Es ist so.

Neige dein Ohr
der Stimme Gottes
und nimm Seine Melodie
in dich auf.
Das ist besser.
Es tut weh
Ablehnung im Angesicht
großer Schönheit zu sehen
und Dummheit
in der Begegnung mit
großem Geist.
Was haben sie nicht alles
dagegen vorgebracht
und sich dabei
mehr und mehr verirrt.
Was geschieht?
Gott sagt Seine Worte
denen die sie annehmen.

Den Hilflosen
kommen Güte und
Menschenfreundlichkeit entgegen
reichen ihnen die Hand
und führen sie
zum Leben.
Die Offenbarungen Gottes
sind so wohltuend
wie ein
warmer
Frühlingsregen.
So und nicht anders.

Das ist fast zu schön. Da muss doch jetzt was passieren. Etwas, was stört. Es gibt schließlich auch eine Schlange im Paradies. Machen wir uns nichts vor. Ich misstraue zuviel Schönheit. Aber gleichzeitig weiß ich auch um Deine Zuversicht. Und ein bisschen verlasse ich mich darauf.

Dein Gabriel

dreizehn

Bad S. 09.09. ....

Meine liebe Maria,
in letzter Zeit passieren merkwürdige Dinge, die mich beunruhigen. Es klingelt an der Tür – und niemand ist da. Das Telefon geht und wenn ich abhebe – meldet sich keiner. Erst dachte ich, das seien Zufälle, so wie eben manchmal etwas geschieht, ohne irgend was zu bedeuten. Aber doch nicht so oft. Und nicht so regelmäßig. Was kann dahinter stecken und wer? Es ist unangenehm, Ziel

eines Angriffs zu sein und sich nicht dagegen wehren zu können. Oder fange ich jetzt an zu spinnen und sehe Gespenster, wo keine sind?
Auf jeden Fall beschäftigt mich das Ganze mehr, als mir lieb ist. Und es verdirbt mir meine gute Stimmung, die mich bisher nicht verlassen hat, seit ich wieder hier bin. Selbst die Texte, die ich gerade für uns lese, passen in diese feindliche Atmosphäre. Alles passt zusammen. Doch sieh selbst.

Von den Sätzen Gottes –
und denen die sie ablehnen

Sagt ihr Gläubigen
die ihr euch an die Bibel haltet
und so schnell
mit eurem Urteil
fertig seid
verurteilt ihr uns
weil wir an Gott glauben
und an das
was Er uns offenbart hat?
Genauso glauben
wir an das
was Er euch
zuvor offenbart hat.

Selten hat ein Wort
Gottes Weg mit uns
so deutlich gemacht
wie dieser Satz.
Gesagt haben ihn
die ersten Jünger des Islam
zu einer Zeit
als sie von überall her

als Gottesleugner und Lügner
abgestempelt und verfolgt wurden.
Dabei hatten sie doch
nichts anderes getan
als sich mit ihrem ganzen Wesen
Gott zuzuwenden.
Darin lag ihre Schuld.
Sie erkannten
dass die Sätze
die auf Muhammad
herabgekommen waren
von Gott sind.
So wie die Sätze
aus dem Mund
der früheren Propheten
von Gott sind.
Und die künftigen
von Gott sein werden.
Diese Folge zu erkennen und
zu bezeugen
ist nach Gottes Plan
der Weg der Menschen.
Alles andere
ein Irrweg.
So lehrt es uns Gott
durch Seine Offenbarer.
Auch heute.

Heute sind genau jene
die damals verfolgt wurden
Verfolger geworden.
Mit den gleichen Argumenten
die sie früher selbst
so hart getroffen haben
lehnen sie nun

zu Macht und Ansehen gekommen
die neuen, offenbarten Sätze ab.
Es gibt nur eines was
wirklich zählt:
An Den zu glauben
der solche Worte
auf uns herabkommen lässt
Worte die den Osten
und den Westen
umgreifen
und miteinander
versöhnen.

Es ist so.
Er begründet Seine Wahrheit
durch Seine Sätze
und Seine Offenbarung
durch sein
Wort.
Er hat die Macht dazu
und sonst keiner.
Von wem außer Ihm
sollen wir Hilfe erwarten?

Gegen den Telefonterror lässt sich etwas tun. Ich bin zum Postamt gegangen, eine Fangschaltung zu beantragen. Meine Güte, war das umständlich. Bis wir allein das Formular ausgefüllt hatten, war eine halbe Ewigkeit vergangen. Ich glaube, ich war ungeduldig und bin manchmal sogar laut geworden. Als ich das Postamt verließ, war der Schalterraum voller Leute. Natürlich war auch wieder eine Schwester dabei. Was kriegen die wohl für ein Bild von mir? Ein paranoider Sonderling und Bücherwurm mit Verfolgungswahn? Ich kann mich manchmal selbst nicht leiden.

Aber was soll's. Es hat geholfen. Es ist fast wie ein Wunder. Kaum hatte ich die Fangschaltung beantragt, kam kein einziger Anruf mehr. Als hätten sie's gewusst. Aber das wäre wirklich zu weit hergeholt. Vielleicht mache ich mir ja etwas vor. Ich glaube, ich sollte das Ganze einfach nicht so ernst nehmen.
Es gibt keinen Krimi und niemand will was von dir. Und jetzt beruhige dich. Sag ich mir selbst. Ob es was hilft?

Ablehnung
kam von überall her.
Aber jedes Mal
wenn der unfassbare Gott
sich in der Gestalt
seiner Offenbarer zeigte
gab es auch einige Menschen
die zu Ihnen
fanden.
Auf der Suche nach
dem Leben
kamen sie so
in die Gegenwart Gottes.
Es waren unbedeutende und
einfache Leute
in den Augen der andern
die dafür
nur Spott übrig hatten.
Keiner
ist euch gefolgt
außer dem Gesindel.
Mit solchen Reden
wollten sie beweisen
dass es falsch ist
dem zu folgen
der die Wahrheit ist.

Dabei
gibt es keinen
besseren Beweis
als Menschen
die mit unverfälschtem Herzen
durch ihren
einfachen Glauben
an die Propheten
heim fanden
zu Gott.
Es ist so.

Diesmal ist es
anders.
Dieses mal glauben auch
Menschen mit Ansehen
und Bildung
an die Souveränität
des Gottesboten.
Sie haben aus Seiner Hand
die Gegenwart Gottes
gereicht bekommen
und angenommen.
Das hat sie so
ergriffen
dass sie bei Ihm
bleiben wollen
auch wenn sie dafür
alles aufgeben müssten
was sie erreicht hatten.

Einige sollen hier
namentlich
erwähnt werden.
Vielleicht kann das

ermutigend sein
für Menschen, die noch zögern
den entscheidenden
Schritt
zum Glauben zu tun.

Es folgt eine lange Reihe von Namen, die mir entfallen sind, weil ich keinen einzigen von ihnen gekannt habe.

Wenn Gottes Offenbarung
an uns
mit einem Licht
zu vergleichen ist
dann haben sie sich
davon
führen lassen.
Sie haben das Licht
als Wahrheit
erkannt und anerkannt.
So einfach wie sich das schreibt
ist es nicht.
Die Meisten von ihnen
haben für dieses Bekenntnis
und für die
Hingabe
an den Weg Gottes
ihren Besitz verloren und
ihre Heimat.
Und es dennoch
getan.

Jetzt sage selbst
ist es
glaubwürdig
wenn ein Mensch das tut

was er sagt?
Kann man dem vertrauen
der seinen Worten
Taten
folgen lässt
und bei dem Absicht und Tun
einander entsprechen?

So können nur
Menschen handeln
die in ihrem Leben nach
Gott suchen.
Ruhm oder Macht
kann es nicht gewesen sein
was sie wollten
denn die
haben sie aufgegeben.
Reichtum kann es ebenfalls
nicht sein
denn den haben sie verloren.
Nach Gottes Nähe
und seinem Wohlgefallen
haben sie gestrebt
und ihre Taten
beweisen
wie ernst es ihnen
damit war.
Ihr Leben ist der lebendige
Beweis für die
Kraft dieser Sendung.
Amtsinhaber in leitender Position
waren sie aber nicht.
Es geschieht nur
äußerst selten
dass diejenigen

die den Anspruch erheben
Menschen zu führen
dem Offenbarer der Wahrheit
folgen
wenn er erscheint.

Denke nach
du auf dem Weg.
Wie viel Zeit
ist verstrichen
und du
warst nur
mit dir selbst
beschäftigt.
Wie lange willst du
noch schlafen
und deine
unerfüllten Wünsche
beklagen?
Wach auf
die Sonne strahlt schon
im Mittagslicht
und will dich
mit ihrer Schönheit
beschenken.

Es wird immer konkreter. Auch für uns! Es gibt (oder gab?) eine Sendung und es gibt (oder gab?) Menschen, die dem gefolgt sind. Das Buch der Gewissheit ist nicht nur ein geheimnisvolles Buch, es hat auch Geschichte. Menschen haben auf die darin geschriebenen Gedanken und Ereignisse reagiert.
Worte haben Wirklichkeit, Worte setzen Wirklichkeit, Worte verändern Wirklichkeit.

Menschen lassen sich darauf ein und es verändert ihr Leben. Biografien müssen neu geschrieben werden, weil Geschichten auf einmal eine Wendung ins Unerwartete nehmen und einen neuen Weg einschlagen. Aus Geschichten wird Geschichte. Das ist es, was wir hier gerade lesen. Wendungen und Widerstände, unerwarteter Gewinn (an Wahrheit und Erkenntnis) und schmerzlicher Verlust (an Reichtum und Ansehen). Und ich nehme an, wenn man dem weiter nach geht, viel Vertrauen und Verfolgung. So wie eben die Geschichte geht und wie sie immer ging.

Wir sitzen hier im alten Europa, halten uns für den Nabel der Welt und der Erkenntnis und kriegen nichts davon mit. So geht es mir, wenn ich von den bekannten und gelehrten Menschen lese, die als Zeugen für die Wahrheit der Offenbarung aufgeführt werden und keinen einzigen von ihnen kenne. Ich habe ihre Namen noch nie gehört, ich kann sie nirgends zuordnen, nicht einmal aussprechen. Von merken ganz zu schweigen.

Wenn es aber Geschichten gibt, die zur Geschichte geworden sind, wenn bedeutende Menschen auf hoher Reflektionsstufe ihrem Leben eine so gravierende Wende gegeben haben, dann muss man davon wissen. Dann hat man uns das verschwiegen. Dann sollen wir das nicht zur Kenntnis nehmen. Warum auch immer. Vielleicht weil einige meinen, es sei nicht wichtig, vielleicht weil einige meinen, es gehört nicht zu uns, vielleicht aber auch, weil einige meinen, es sei gefährlich. Inzwischen glaube ich, dass es gefährlich ist. Habe ich bislang darüber gelächelt, so denke ich jetzt, das Buch enthält Sprengstoff. Es geht nicht mehr nur um Überlegungen, Gedanken, Visionen, sondern diese Visionen haben Menschen erreicht. Wenn Menschen aufgrund von tiefer Erkenntnis Gottes zu einer neuen Weltsicht gelangen und aufgrund dieser neuen Weltsicht anfangen ihre Geschichte zu verändern, dann sprengt das die Grenzen. Alle Grenzen. Und wenn wir dieses Buch nicht nur lesen, sondern anfangen, nach diesen Menschen zu suchen und sie zu befragen, was macht ihr heute, wie lebt ihr heute, wer seid ihr jetzt? Und wer ist euer Gott? Dann kommen auch wir in Gefahr. Wer immer dafür gesorgt hat, dass wir nichts von alledem bisher erfahren haben, wird nicht schlafen, sondern wieder alles daran geben, uns von unserer Suche abzubringen.

Wenn man das konsequent weiter denkt, dann lande ich wieder hier in Bad S. in meiner Dachwohnung und frage mich, wer ist auf uns aufmerksam geworden? Wer klingelt an der Tür? Wer ruft mich an? Wer beobachtet mich immer und überall. Und vor allem, welche Gedanken macht er sich? Was wird er unternehmen? Etwas gegen das Buch? Etwas gegen mich? Etwas gegen Dich? Etwas gegen uns? Mir wird Angst und Bang.

Sobald es konkret wird, wird auch die Angst konkret. Dass die Gedanken frei sind, das haben wir erreicht. Aber dass die Menschen in der Gestaltung ihres Weges frei sind, das gibt es nicht. Und wer Grenzen verletzt, muss dafür zahlen ....

Stunden später:

Ach Maria, ich habe mich da in eine ganz dumme Stimmung reingeredet und mach Dir auch noch damit das Herz schwer. Eigentlich sollte ich den letzten Abschnitt des Briefes zerreißen. Er ist die Tinte nicht wert.

Ich war ein bisschen spazieren und die Luft und die Sonne haben die Sorgen verscheucht und den Nebel vertrieben. Also vergiss, was ich da gegrübelt habe. Es ist vielleicht auch eine Portion Wichtigtuerei dabei und Romantik. Ich glaube, ich habe einfach zu viele Vatikankrimis gelesen und die haben meine Phantasie angeheizt. Die Welt ist kein Krimi und wir sind ganz und gar unwichtig und für „die da oben“ (wenn es die überhaupt gibt) von keinerlei Interesse. Aber es ist ja so verführerisch, damit

zu liebäugeln, einmal im Leben etwas ganz wichtiges gefunden zu haben und einmal das Interesse ganz vieler auf sich zu lenken und darum einmal im Leben richtig in Gefahr zu kommen.
Vergiss es und nimm es als das, was es ist, ein Ausbund meiner Phantasie und meines Unerfülltseins. Denn Du fehlst mir. Ganz schrecklich sogar. Das ist alles. Aber das ist schon mehr als genug. Ehrlich. Wann sehen wir uns wieder?

Dein Gabriel

vierzehn

Aus Marias Zettelkasten

Es war auf mehrere Zettel verteilt. Offensichtlich in großer Eile mit Bleistift notiert. Jetzt in die hoffentlich richtige Reihenfolge gebracht und abgeschrieben. Anscheinend sind nicht alle Zettel erhalten, sodass die Zusammenstellung notwendiger Weise fragmentarisch bleibt. Zeitpunkt und Umstände der Entstehung sind nicht bekannt.

„...ich sitze hier an der Bettkante und habe nichts als Angst. Es ist weit nach Mitternacht und mit der Dunkelheit wachsen die Sorgen. Ich mache mir große Sorgen um ihn. Gabriel nimmt die Sache zu leicht. Tut so, als wäre nichts geschehen, als könnte man der Gefahr entgehen, indem man sie leugnet. Ich weiß, Männer sind so, aber...
DAS GEHT SO NICHT!
Wir werden von allen Seiten beobachtet und der Kreis wird immer enger. Ich bin inzwischen davon überzeugt.

Angefangen hat er damit. Nun, da es konkret wird, will er nichts mehr davon wissen. Er hat mir doch von dem „Vatikan Krimi" erzählt. Natürlich reine Fiktion, hat er gesagt und dabei gelacht. Reine Fiktion, aber gut erfunden. Was glaubst du, warum eine Fiktion ein Bestseller wird? Weil alle sie für möglich halten. Eben drum. Und was wird erzählt? Von Morden. Und nur, weil jemand die Institution provoziert hat. Man kann die Mächtigen nicht ungestraft provozieren. Okay, im Kern ging es um etwas Lächerliches. Irgend ein Dokument aus den vatikanischen Archiven. Theologisch völlig irrelevant. Da hat er recht. Aber das macht doch alles nur noch viel schlimmer. Wenn nämlich schon wegen so einer eher unerheblichen Geschichte mit einer alten Urkunde aus den Archiven, Morde denkbar sind, wie viel mehr ...

Draußen stürmt es und ich bilde mir ein, Schritte auf der Terrasse zu hören. Bilde ich es mir nur ein? Oder habe ich wirklich die Aufmerksamkeit auf mich gezogen? Es ist nicht gut, wenn bestimmte Leute dich im Visier haben. Es bringt Unannehmlichkeiten mit sich und Gefahr.

Diese Schrift provoziert mehr als alles andere. Nicht umsonst wurde sie versteckt. Wenn sie entdeckt würde und sich immer mehr Menschen, so wie wir, damit beschäftigen, wenn es herauskommt, dass die Geschichte weitergegangen ist und vor allem an der Kirche vorbei gegangen ist, nicht auszudenken.

... Die müssen Gabriel doch verfolgen, sobald sie Wind davon bekommen haben. Ihre Existenz steht auf dem Spiel. Und sie werden es subtil machen oder? Oder brutal? Weiß ich nicht. Ich kenn ihre Methoden nicht. Das macht es ja so unheimlich. Man kann sich auf nichts einstellen. Früher, wenn ich zum Provinzkapitel bestellt wurde, wusste ich, jetzt wird's „psychologisch", jetzt gibt's Druck und hinter der freundlichen Maske verbirgt

sich das, was sie wirklich wollen, Macht über mich. Aber jetzt? Keine Ahnung. Aber es wird eher...
... oder kannst du dir vorstellen, dass der Papst eine Rede hält und sich selbst abschafft? Dass er auf den Balkon tritt und erklärt: Gott hat sich wieder offenbart und wir haben es nicht verstanden.
DAS GEHT DOCH NICHT!
Aber nur mal kurz überlegt, wie das wäre, merkst du die Gefahr. Es ist keine alte Urkunde, die keiner versteht. Es ist ein neues Buch!
... muss ich Gabriel zu mehr Vorsicht mahnen und nicht so leichtfertig zu sein. Er nimmt das einfach nicht ernst. Dabei sind die Zeichen doch mehr als deutlich und man muss nur zwei und zwei zusammenzählen um zu merken, dass sie hinter uns her sind. Als ob nicht ...
Es klingelt. Wer kann das sein um diese Uhrzeit? Schnell die Zettel verstecken. Weg damit.

***

Randnotiz, gefunden fast am Ende des Buches. Handschriftlich dort vermerkt.

„O Menschensohn, wie hast Du doch diesen Ackerboden bereits bearbeitet. Möchte doch die Menschentochter Dir eifrig folgen, sofern sie eine vernunftbegabte Seele hat.“

***

Ja, natürlich, so ist es.
Erst habe ich gestutzt und gerätselt, was diese Bemerkung soll. Dann aber ist es mir klar geworden. Hier gibt die Person, die das Buch versteckt hat, ein Stück ihrer Identität preis. Es kann nicht anders sein. Es ist eine Frau!

Darum auch das Versteck in einem Schwesternkonvent. Eine Frau mitten drin im Kreis der vielen Schwestern. Dann aber an dem sichersten Ort, der sich für ein Buch finden lässt. Ein Buch mitten drin in tausend Büchern. In dem unbedingten Vertrauen, es wird einmal jemand kommen und es finden.
Ganz ohne Hinweis auf sich selbst wollte sie aber doch nicht bleiben. Daher diese kleine Randbemerkung. Eine Frau, die sich selbst Menschentochter nennt und voll Bitternis feststellt, dass man ihr nicht viel zutraut. Schon gar nicht, vernunftbegabt zu sein, also wohl intelligent. Was mögen für Auseinandersetzungen und Demütigungen vorausgegangen sein, was muss sie alles ertragen haben, bis sie sich entschloss das zu schreiben und dann das Buch zu verstecken.
Wer war sie? Wie ist sie an das Buch gekommen? Wir werden es wahrscheinlich nie erfahren. Nur eins ist sicher: Sie hat verstanden, welchen Schatz sie da besitzt. Und sie hat ihn versteckt, um ihn vor dem Zugriff derer zu bewahren, die mehr Macht hatten als sie. Ich finde, es gehört viel Mut dazu, so zu handeln. Um wie viel größer muss der Mut dessen gewesen sein, der das Buch geschrieben hat!
Und noch etwas fällt mir dazu ein. Es war eine Frau, die uns diesen großen Dienst erwiesen hat. Ohne ihren Mut, ohne ihr Vertrauen und ihre Pfiffigkeit, hätten wir nie davon erfahren. So aber ...
Es sind immer die Frauen, die uns die Tür zu einer neuen Welt öffnen. Danke. Tochter der Menschen.

***

Da fällt mir ein, ich glaube, ich habe bisher nirgendwo festgehalten, wie ich überhaupt an das Buch der Gewiss-

heit gekommen bin. Das passt gut hierher und soll daher auch erzählt werden.
Es war in der Klosterbibliothek des Klosters S. Und ich war am Stöbern. Ich griff mehr oder weniger wahllos nach einem Buch mit dem Titel: „Die Fragen des Königs Milinda. Erstausgabe 1918“. Es sah besonders schön aus. Darin fand ich ein Kapitel, was mich interessierte: „Ungehörige Fragen“. Als ich es aufschlug, fiel ein Zettel heraus, ein altes vergilbtes Blatt. Darauf stand: „Suchst Du Antworten? Finde das Buch der Gewissheit. Regal 19/9.“ Das war alles. Beantwortete ungehörige Fragen? Das war etwas für mich. Ich war auf eine Spur gesetzt. Ich suchte und fand.

fünfzehn

Bad S. 19.09. ....

Meine liebe Maria,
was bist Du nur für eine bemerkenswerte Frau und ganz und gar außerordentliche Menschin. Gerade jetzt, da unzählige Gedanken auf uns einströmen und Ereignisse uns in ihren Bann ziehen – werden wir verfolgt oder nicht – fragst Du zu allererst nach den Störchen und klagst darüber, ich würde gar nichts mehr von ihnen erzählen. Überhaupt nicht mehr seist Du informiert über das Leben im Storchennest auf dem Dach der Kirche.
Nun, das hat einen einzigen Grund: Es gibt nicht mehr viel zu erzählen, denn sie sind weg! Das Nest ist verlassen. Die jungen Störche haben ihre Reise nach Afrika angetreten, wo sie die nächsten drei Jahre verbringen, um erwachsen zu werden. Erst dann kehren sie in unsere Breiten zurück, klärt mich Winnetou auf. Und erzählt mir von der erstaunlichen Tatsache, dass Störche in Europa

auf zwei verschiedenen Routen in den Süden reisen. Die aus Nordeuropa fliegen über die Türkei und den Nahen Osten. Die aus dem Süden, also unsere, über Spanien und Marokko. Das wusste ich nicht. Wie ich überhaupt in den letzten Monaten immer mehr entdecke, wie wenig ich eigentlich weiß.

Die Alten sind auf jeden Fall noch da. Sie wohnen aber nicht mehr im Nest, sondern irgendwo in freier Natur an den Ufern eines Sees. Nur manchmal kehren sie zum Kirchendach zurück. Dann stehen sie am Rand und gucken zu uns herunter. Irgendwie wirken sie deplaziert. So wichtig sie waren und auch von jedermann in Bad S. angenommen wurden, solange sie noch eine Aufgabe hatten auf dem Dach der Kirche, so überflüssig kommen sie mir jetzt vor. Ihre Zeit ist vorbei. Ihre Aufgabe abgeschlossen. Jetzt sind sie fehl am Platz und gehören eigentlich nicht mehr hierher.

Das Leben hat sich weiter entwickelt und das Kirchendach verlassen. Das Nest ist leer. Schaut nicht hinauf. Das Neue kommt von daher, wohin es aufgebrochen ist. Von dort erwarten wir auch einen neuen Frühling. Es ist so.

Das, was war, ist gegangen und wir, die wir hier bleiben, erleben den Herbst und den darauf folgenden Winter. Also zieht euch zurück, ihr alten Störche. Ihr hattet eure Zeit.

Solche Gedanken gehen mir durch den Kopf und ich spüre die Parallelen zu dem, was sich gerade bei uns und in unserem Denken abspielt. Ich möchte so gerne wissen, wohin uns unser Weg führt. Du hast vor ein paar Wochen geschrieben, Du glaubst, wir würden bald wieder aufbrechen, einen neuen Weg gehen auf unserer Suche. Damals konnte ich das nicht gut annehmen und habe darum wenig dazu gesagt. Zwischen damals und heute liegt ein ganzes Universum. Heute teile ich Deine Mei-

nung. Am liebsten würde ich gleich aufbrechen. Mit Dir. Doch wohin? Welcher Spur sollen wir folgen? Werden wir verfolgt oder nicht?
Du hast so erschrocken gewirkt, als ich Dich neulich abends überraschend besucht habe. So, als hättest Du jemand anderen erwartet, jemand, der Dir unangenehm ist. Ich weiß, ich bin ein Meister im Verdrängen von unangenehmen Dingen und will die Probleme, sobald sie mich betreffen, am liebsten gar nicht sehen. Das ist sicher blauäugig, aber ich kam bisher damit ganz gut klar. Jetzt kommst Du in mein Leben. Und das verändert viel. Fühlst Du Dich bedroht? Hast Du vor etwas oder vor jemandem Angst? Werden wir verfolgt oder nicht? Ich glaube, ich muss die reale Gefahr, die hinter dem steckt, was wir tun und sich möglicherweise hinter dem verbirgt, was wir beobachten, einfach ernster nehmen und vorsichtiger sein. Und misstrauischer. Da hast Du recht. Ich werde mich ändern. Auch wenn das nicht in die Stimmung passt, die mich bewegt. Da ist so viel Aufbruch und neue Hoffnung. Es sind so viele Fragen, die mich interessieren und die uns Auftrieb geben. Schaut auf. Die Frühlingszeit hat begonnen. Alles ruft nach neuem Leben und von überall her schaut das neue Leben euch an. Welcher Spur sollen wir folgen?
Im Buch der Gewissheit wird von einem gesprochen, der „das Tor" heißt. Ein Tor führt hinaus ins Weite. Oder führt es hinein in die Stadt? Wo stehen wir? Wollen wir raus oder rein? Werden wir verfolgt oder nicht? Ich will mich mehr mit dem Tor beschäftigen. Sieh selbst, was geschrieben wird über den Bab:

Von dem Tor –
und Seiner Glaubwürdigkeit

Der Bab hat uns konkret
auf den Tag der späteren Auferstehung
vorbereitet
wenn Der den alle
anrufen werden
kommt.
Ein ganzes Sendschreiben
widmet sich dem Thema
und geht besonders
auf die Ablehnung ein
die Ihm bei Seinem Kommen
von Seiten der geistlichen Amtsträger
entgegenschlagen wird.
Damit niemand sagen kann
wenn es geschieht
er habe nicht
gewusst
dass
es geschieht.
Wenn sie dem Wort
ihrer Geistlichen folgen
würden sie
sich
selbst
der göttlichen Schönheit
berauben.

Wenn man nun
nach Beweisen sucht
für das
was Er sagt
so ist sicherlich

die Unerschütterlichkeit
mit der Er
Seine Worte
verkündet hat
besonders überzeugend.

So leid es mir tut zu unterbrechen, es muss sein.
Die Welt hat Viele gesehen, die bis an ihr Lebensende von einem großen Sendungsbewusstsein erfüllt waren. Und meistens haben sie, wenn sie ihm konsequent gefolgt sind, uns viel Unheil gebracht. Subjektiv waren sie ein Held. Objektiv waren sie ein Unglück. Was also beweist ein solches Leben? Nur, wozu Menschen fähig sind, wenn sie an etwas glauben. Von der Wahrheit dessen, was sie da glauben, ist damit noch nichts bewiesen.
Entschuldige bitte, Schreiber des Buches, meine Bedenken. Du begibst dich auf ein gefährliches Pflaster.

Er war
noch jung
und sehr sensibel
ein
zarter Mensch
und niemand wollte etwas
von dem Gottesglauben
wissen
den Er offenbarte.
Seine heiligen Worte
waren allen
zuwider.
Ganz gleich
ob groß oder klein
unbedeutend oder mächtig
sie lehnten Ihn

ab.
Dennoch
Er stand auf
und verkündete Seine Botschaft
ohne Furcht.
So als seien Ihm
die Folgen
egal.
Woher kann
ein junger Mensch
solche Kraft nehmen?
Hätte Er das alles
durchhalten können
ohne Gott?
Ohne Gottes Beistand
und gegen
seinen Willen?

Du meine Güte
wenn sich jemand
die Offenbarung Gottes
ausdenken wollte
er würde schon vor dem Gedanken
allein zurückschrecken.
Und selbst wenn
ihn dann alle Menschen
dazu ermuntern und darin
unterstützen sollten
sein Herz
würde vor der Verwegenheit
des Planes erschrecken
und er könnte es
niemals tun.
Mit Gottes Stimme
sprechen

ist so ehrfurchtgebietend
wer würde es wagen
das
ohne Gottes Erlaubnis
zu tun?
Eine Offenbarung
von so großer
Bedeutung
kann nur gelingen
wenn das Herz
mit der göttlichen Gnade
verbunden ist
und der
Empfänger
sich des Beistandes
des Allmächtigen
ganz sicher sein kann.

Von allen
angefeindet und verleumdet
Er würde das nur tun
um Macht und Geld
zu erwerben
schreibt er
mitten heraus
aus Armut und Not:
Ich schwöre
bei dem Gott in dessen Hand
mein Leben ist –
Und wenn sich alle Regierungen
der Welt gegen mich
verbünden
ich werde mit keiner Silbe
von dem abweichen
was ich zu offenbaren

habe.
Wenn sie doch nur
in der Lage
wären
meine Geduld und Ergebenheit
zu sehen und
meine Bereitschaft
mich selbst
auf dem Weg Gottes
aufzugeben
und zu
verlieren.

Kann man
denn wirklich meinen
wer so spricht
würde nach etwas anderem
streben
als dem Wohlgefallen
Gottes?

Stell Dir mal vor, da steht einer auf und behauptet ernsthaft, ich bin Jesus. Und in Wirklichkeit hat er das nur erfunden, um irgend etwas zu erreichen. Kann so etwas sein? Der Anspruch, Sohn Gottes zu sein, sein Stellvertreter auf Erden und in seinem Namen zu sprechen – wer mich hört, hört Gott – ist ungeheuer und durch nichts zu überbieten. Und das soll ein junger empfindsamer Mann sich ausgedacht haben für irgendwas? Und er soll dann auch noch dabei geblieben sein, als sich alle gegen ihn gestemmt haben und sein ganzer Lebensplan und Lebenstraum über Bord geworfen wurde und es ihm nur noch schlecht ging.
Nein, das kann nicht sein. Das erinnert doch viel mehr an die Berufungsgeschichten alttestamentlicher Propheten.

Die haben sich ja zum Teil heftig gegen die Berufung gewehrt. Sie ahnten wohl, was da auf sie zukommt. Geholfen hat es ihnen nichts, weder das Davonlaufen, noch das Verstecken, noch das Verleugnen. Sie sind alle ihren Weg gegangen.
Oder hat er sich das alles nur zusammenphantasiert? Und bleibt deshalb dabei. Nicht aus Machthunger, sondern aus eingebildeter Überzeugung. Das wäre möglich. Ich glaube aber fest daran, dass Gott unser Leben nicht völlig in die Irre gehen lässt, sondern uns davor bewahrt. Wenn es ihn gibt, wird er dafür sorgen, dass die, die aufrichtig suchen, die Wahrheit finden. Langfristig wird man einen Propheten an seinen Früchten erkennen. Ist er von Gott, wird er nicht unterzukriegen sein. Wenn nicht, wird er von selbst verschwinden. So läuft es letztendlich doch wieder auf die Frage hinaus, gibt es ihn, ja oder nein?
Was hier beschrieben wird, scheint in Gottes Namen eine Prophetenberufung zu sein. Vom Inhalt her sind wir ja schon längst überzeugt, dass das der richtige zukunftweisende Weg ist. Nun kommt die Person dazu. Der Bab, das Tor, wohl so eine Art Johannes der Täufer. Das Tor zum Messias.
Du siehst, liebe Maria, ich muss meine voreilige Kritik zurücknehmen. Könnte ich doch nur lernen, den „Bebbel" zu halten, bis ich genau weiß, was ich sage. Aber das ist nun mal mein Brausepulvertemperament. Bei mir liegt das Herz auf der Zunge.

Aber dann habe Ich etwas Unglaubliches gemacht. Zumindest ist es das für mich. Ich bin von meinem Prinzip abgewichen. Einmal, ein einziges mal erzähle ich nicht nach, was ich gelesen habe.
Dieses eine Mal hatte ich das Gefühl, wortwörtlich sein zu müssen. Also habe ich tatsächlich auswendig gelernt. Du kennst mich. Du weißt, wie viele Widerstände aus

Schülertagen da zu überwinden waren. Aber ich habe es geschafft und darf zum ersten und einzigen mal voller Stolz Anführungszeichen verwenden, um ein wörtliches Zitat aufzuschreiben. So was!

> „Tatsächlich sind in diesem kurzen Bericht alle heiligen Schriften und ihre Mysterien verdichtet – so vollständig, dass ein Mensch, der dies eine Weile in seinem Herzen bedächte, in allem Gesagten die Mysterien des Wortes Gottes entdecken und den Sinn all dessen, was dieser vollendete König offenbart hat, begreifen würde.“

Hier steht es. Schwarz auf weiß. Was wir gespürt haben, was wir gedacht haben, was unser Eindruck war. Es ist kein Zufall, es ist beabsichtigt. Dieses Buch fasst die Offenbarungsschriften der Menschheit zusammen und bringt sie auf den Punkt. Die Quintessenz dessen, was die Menschen, seit es Menschen gibt, empfangen haben. Von dem einen Gott, den sie an unterschiedlichen Orten zu unterschiedlichen Zeiten mit unterschiedlichen Namen und Ritualen verehren.

Es ist der Wahnsinn. Wer dieses eine Buch liest, es bedenkt und damit lebt, wird den Sinn aller Offenbarungen Gottes verstehen. Das öffnet uns einen Reichtum, den wir noch gar nicht ermessen können. Durch ein Buch! Und wir haben es gefunden! Es ist unfassbar. Es ist eigentlich gar nicht zu glauben. Welcher Geist lenkt uns? Wohin werden wir geführt? Wohin führt das Ganze noch? Werden wir verfolgt oder nicht?

Ich merke, ich drehe mich im Kreis. Alles dreht sich. Alles kommt in Bewegung. Und wir mitten drin. Du und ich. Und Gottes Geist. Ich sage ja, es ist der Wahnsinn. Wenn sich alles dreht, wo ist der Ruhepunkt? Wo ist der Punkt in dem wir Halt finden? Mitten in der Bewegung

sehne ich mich nach Ruhe und Sicherheit. Ruhe in Dir. Ruhe in mir. Ruhe in uns. Wenn sich alles dreht, dann ist der Punkt der Ruhe die Mitte, die Nabe des Rades. Lass uns unsere Mitte finden und wir finden die Ruhe.
Kannst Du verstehen, dass ich diesen Satz, der selbst so etwas ist, wie die Radnabe zum Verständnis des Buches, wörtlich haben wollte? Damit wir uns nicht auf mich verlassen, sondern einmal hundert Prozent auf den, der es geschrieben hat.
Weiter.

Eine Stunde nachdenken
ist mehr wert
als ein Leben lang
fromm sein.
In der einen Stunde wird man
verstehen, warum
sich auch heute
die Leute so erbärmlich benehmen.
Sie bekennen sich zu Gott
und verstoßen ihn
sobald er sich
offenbart.
Es ist jedes Mal der gleiche Grund.
Weil Er abschafft
was üblich ist
und was alle für richtig halten
weil Er ihre
Moral
für beendet erklärt
und ihnen ihre Zeremonien nimmt
in denen sie
sich zuhause fühlen
darum verfluchen sie Ihn.

Hätte Er
der die Schönheit
des allbarmherzigen Gottes
verkörpert
sie in ihren Traditionen bestätigt
und hätte Er
abgesegnet, was sie tun
es wäre nie zu Konflikten gekommen.
So aber
fordert die Stimme Gottes
von den Menschen
alles aufzugeben woran
sie hängen.
Das steht im totalen
Widerspruch
zu ihren Wünschen und
Erwartungen und
bringt die tiefen Erschütterungen
mit sich
zu denen es gekommen ist.
In ihren Heiligen
Schriften
können sie nachlesen
dass ein neuer Glaube und neue
Gesetze kommen
werden.
Nichtsdestotrotz
erwarten alle
Christen Juden und Muslime
einen
der nichts
anderes vollbringt
als sie in ihrem bisherigen Tun
feierlich zu bestätigen.

Was hätte der Offenbarer
Gottes
damit bewirkt?

Gehört es nicht gerade
zum Wesen
Seiner
Sendung
die Menschen zu
verändern
und
ihr Leben
zu verwandeln?
Ist es nicht
nachgerade Seine Aufgabe
innere und äußere
Erneuerung
herbeizuführen?

Würden der Charakter
der Menschen
und das Gesicht der Welt
nicht von
Grund
auf
neugestaltet
was wäre dann wohl
Sein Sinn?

Weißt Du, das ist so klar, dass man dazu gar nichts mehr sagen muss. Im Blick zurück, als Christ zu den Juden, kann man dem einfach nur zustimmen.
Aber wer hätte denn gedacht, dass es auch einmal uns treffen könnte? Jetzt stehen wir davor und ratzfatz sieht die Welt ganz anders aus. Wie – alles aufgeben, was man

gewöhnt ist, den Osterhasen und den Nikolaus und eine neue Botschaft hören und einen neuen Geist und sich noch mal ganz neu orientieren! Und das in unserem Alter. Hätte es nicht genügt, die Kirche ein bisschen zu modernisieren? Nein. Radikal muss es sein.
Radikal neu und radikal anders. Er wäre ja nicht Gott, würde er nicht so handeln. Da stecken wir nun mitten drin. Und Du hast recht, wir müssen vorsichtig sein, klug und sehr mutig dazu. Sind wir!
Hab Dich lieb ... Dein Gabriel

sechzehn

Bad S. 23.09. ....

Liebe Maria,
große Entwarnung. Gar nichts ist los. Wir haben uns alles nur eingebildet. Und ich begann schon richtig Angst zu haben.
Aber der Reihe nach:
Ich habe sie getestet. Ich habe die Nonnen getestet. Du hattest mich mit Deinem Misstrauen angesteckt. Du weißt wovon Du sprichst. Du kennst sie besser, sie und ihre Machenschaften. Sagte ich mir. Also wollte ich es wissen. Jetzt wollte ich wissen, spionieren sie mir nach oder nicht?
Um das herauszufinden bin ich zweimal in die Bibliothek gegangen und habe den Haartest gemacht. Ein bisschen blöd kam ich mir schon vor, James Bond zu spielen. Aber was Besseres ist mir nicht eingefallen. Also der Haartest. Ich habe ein Haar von mir über die Buchdeckel geklebt, quer rüber. Und mit Spucke befestigt. Du weißt, wie dünn meine Haare sind, die paar, die ich noch hab. Dann

habe ich das Buch wieder vorsichtig an seinen Platz gestellt.
Wenn die Nonnen wirklich dahinter her sind, so mein Kalkül und in meiner Abwesenheit das Buch lesen, ja überhaupt nur anrühren, wird das Haar bei meinem nächsten Besuch weg sein. Dann habe ich endlich Gewissheit, jawohl, sie sind uns auf die Schliche gekommen und wissen, was wir Böses tun.
Ich habe ihnen zwei Tage Zeit gegeben. Dann bin ich wieder hin. Vorsichtig das Buch in die Hand nehmen und nachschauen. –
Nichts.
Das Haar ist unverrückt an seiner Stelle. Ich kann's nicht fassen. Ich traue meinen Augen nicht. Aber es ist so. Sie haben das Buch der Gewissheit nicht angerührt. Sie müssen doch etwas ahnen. Wissen sie denn nicht, dass sie eine Zeitbombe hinter Klostermauern verbergen, in ihren eigenen vier Wänden? Sie müssen es doch wissen – und tun es dennoch nicht.
Ich habe nur eine einzige Erklärung dafür:
Es interessiert sie einfach nicht.
Es – interessiert – sie – nicht.
Alles, was wir beobachtet haben, ist nur Ausbund unseres schlechten Gewissens. Da hat uns unsere gute alte christkatholische Erziehung einen Streich gespielt und uns Schuldgefühle gemacht. Das tut man nicht. An seiner Kirche zweifelt man nicht und Verbotenes darf man nicht lesen. Und schon gar nicht sich darauf einlassen.
Alles nur Über-Ichs. Alles nur in uns. Nichts von draußen. Keine Gefahr. Der Krimi ist zuende. Und wir können ganz entspannt sein.
Uff. Das waren Wochen! Schön war das nicht. Oder?
Gott sei Dank, es ist vorbei.
Dein Gabriel

siebzehn

Bad S. 30.09. ....

Meine liebe Maria,
erinnerst Du Dich noch an Maria, die, die ich manchmal „die andere Maria“ genannt habe? Die Freundin unserer ersten Tagen, bei der wir Unterschlupf finden konnten. Denkst Du noch manchmal an ihre Dornröschenwohnung hinter der Efeuhecke, wo wir uns getroffen haben. Damals, als wir noch nicht sein durften. Selbst der Spion des Vatikans wäre uns dort nicht auf die Schliche gekommen, hätte er es jemals versucht.
Stell Dir vor, die Maria habe ich getroffen. In Bad S., bei Winnetou.
Wir haben uns gesehen und waren sofort wieder beieinander da. Wir hatte uns ja aus den Augen verloren. Aber, wie ich jetzt feststelle, nie aus dem Sinn. Im Gegenteil. Ich muss gestehen, gerade in letzter Zeit, beim Lesen des Buches, war sie meine innere Herausforderung. Mit ihr habe ich stille Dialoge geführt, ihr habe ich versucht zu erklären, was ich lese und warum und vor ihrem Blick und Urteil habe ich mich gefürchtet und zugleich dagegen gewappnet. Sie war mein intellektueller Rechtfertigungshintergrund, das Denkmuster meiner Herkunft. Das geschah ohne Worte und eigentlich auch, ohne dass es mir richtig bewusst war.
Sie also habe ich wieder getroffen. Ich habe meinen Augen nicht getraut, als ich sie bei Winnetou sitzen sah.
Und da ist noch Hilde. Eine kleine Frau mit großem Willen. Wäre nicht ihre starke innere Kraft, man könnte sie glatt übersehen, so klein ist sie. Äußerlich. Sie zieht Menschen ganz schnell in ihren Bann, durch die Anziehung ihrer Gedanken und die Klarheit ihrer Worte, sodass man sie nicht mehr übersehen kann. Außerdem, ich glaube sie hat das gesamte christliche Abendland an Bildung in ih-

rem Kopf. Obwohl sie fast nichts mehr sieht, ist sie die Frau mit dem großen Durchblick.
Die drei bilden in Bad S. eine Art Denkfabrik. Sie treffen sich regelmäßig und wollen die Dinge dieser Welt im Allgemeinen und im Besonderen aus ganz anderen Blickwinkeln betrachten. Ich finde das ist eine sehr spannende Sache.
Winnetou der Indianer mit den großen Augen, der ins Schauen verliebt ist, „die andere Maria“, die Intellektuelle mit dem analytischen Blick. Die sich selbst „eine durch das Christentum gebrochene Heidin“ nennt. Die gedanklich längst die Sinndeutungsinstitution Kirche verlassen hat und nur noch ihrem Verstand und ihrer Liebe traut. Und Hilde. Die an der Kirche leidet, wie keine andere. Die sie verlassen hat, weil ihr Verstand ihr sagt, das, was die machen, das war einmal. Die Menschen heute brauchen eine andere Botschaft. Die aber nicht von der Kirche loskommt.
Mein Gott, ich hätte nie gedacht, dass man eine Andacht, ein Hochamt, eine Liturgie so lieben kann. Sie tut das. Auch heute noch. Du weißt, mir geht das eher ab. Für mich war die Kirche eine geistige Heimat. Mehr Vater als Mutter. Mit ihr habe ich mich auseinander gesetzt. An ihr habe ich mich gerieben. Und als die Auseinandersetzung ihre Wahrhaftigkeit zu verlieren drohte und die gegenseitige Hochachtung, da sind wir gegangen. Du und ich. Miteinander. Ohne großen Trennungsschmerz. Wenn auch nicht ohne Verlust.
Bei Hilde ist das anders. Sie denkt und handelt konsequent. Also hat sie gekündigt. Aber sie leidet. Weil ihr etwas fehlt.
Bei der „anderen Maria“ erkläre ich mir das so: Sie ist konsequent bis zur Selbstaufgabe. So konsequent, dass für Leiden dort kein Platz ist. Und sie trägt eine große Liebe in sich, die sie trägt.

Winnetou ist der Aussteiger. Der nicht nur alles ganz anders sehen will, sondern daran glaubt, dass sich die Welt von außen nach innen verändern lässt und der darum damit anfängt, einfach anders zu leben. Punktum. Von außen nach innen.
Was glaubst Du, was mit mir los war, als ich diesem Club der Denker begegnet bin? Dort möchte ich hin und zwar zusammen mit Dir. Und ich möchte ihnen von unserem Suchen erzählen und von unseren Gedanken, Deinen und meinen. Natürlich von unserem Buch.
Und damit fangen die Probleme wieder an. Das Buch, das wir nicht haben. Das für andere gar nicht existiert. Das nur zwischen uns beiden, in unseren Briefen und Gesprächen lebt.
Wir brauchen das Buch. Wir brauchen eine objektive objektivierbare Wirklichkeit, ehe wir anderen davon erzählen. Und ich weiß nicht, wie wir daran kommen sollen. Nein, nein. Ich werde keinen neuen Versuch unternehmen, das Ding zu klauen. Keine Angst. Das haben wir hinter uns. Ich werde auch die Amtskirche nicht provozieren, das Versteck verraten und ganz offiziell darum bitten, das Buch ausleihen zu dürfen. So naiv bin ich nicht. Auch das ist vorbei.
Aber was kann man denn sonst noch tun? Ich weiß es nicht. Weißt Du etwas? Wenn Du eine Idee hast, lass sie mich wissen. Was denkst Du überhaupt von dem „Club der schrägen Denker"? Kannst Du meine Faszination verstehen? Oder bin ich wieder einmal Opfer meiner vorschnellen Begeisterung geworden?
Ich brauche die Ergänzung durch Dich. Mehr denn je fällt mir auf, dass wir nur zusammen ein Ganzes sind.
Bitte antworte bald.
Dein Gabriel

P.S. Fast hätte ich es vergessen. Auch von den Störchen gibt es Neues zu berichten. Und das passt so richtig zu denen, die anders denken. Stell Dir vor, die Störche sind allen Gesetzen zum Trotz auf einem anderen Weg geflogen. Obwohl sie aus Süddeutschland kommen, haben sie den Weg über die Türkei genommen. Der bleibt eigentlich den „Nordlichtern" vorbehalten. Woher ich das weiß? Man hat sie gesehen. Sie sind in Haifa beobachtet worden. An ihren Ringen hat man sie erkannt und das erstaunliche Phänomen sofort an ihren Herkunftsort weitergeleitet. So kam die Information zu uns und Winnetou hat mir davon berichtet.
Was das bedeutet? Ich weiß es nicht. Ich denke nur, irgendetwas wird es heißen und irgendwann werden wir es verstehen.
Ganz bestimmt.

***

Mein lieber Gabriel,
schön wie Du erzählst, was Du erlebst. Endlich.
Und endlich erzählst Du auch von Begegnungen, die Du hast und was sie Dir bedeuten. Gott sei Dank. Ich bin froh darüber.
Meine Güte, was machst Du Dir viele Gedanken, ob und ob nicht und wenn nein, warum nicht und wenn doch, dann wie. Geh einfach hin! Du bist Du. Geh hin und nimm mich in Gedanken mit. Ich begleite Dich gerne, innerlich. Und dann erzähle von uns und unseren Abenteuern und bereite die drei darauf vor, dass sie demnächst fünf sein werden. Ja, ich komme mit, wenn ich auch noch nicht weiß, wie. Irgendwann bin ich dabei und es wird nicht mehr lange dauern. Noch habe ich keinen Plan. Aber wenn wir etwas wirklich wollten, dann ist es auch

was geworden. So war es bisher immer. Und so wird es auch jetzt sein.
Was Dein Problem mit der objektiven Wahrheit angeht, nun, dafür habe ich was.
Du hast Recht, unsere Briefe sind uns. Und die sollen auch uns bleiben. Sie sind nicht zur Veröffentlichung bestimmt. Vielleicht später einmal, wenn wir ganz alt sind. Sollte sich dann noch jemand dafür interessieren. Aber heute sind sie ein Stück unserer Seele und sie herzuzeigen wäre zu persönlich.
Aber Du kannst etwas herzeigen. Du kannst etwas mitbringen. Ich hab eine Idee. Du hast doch dem Buch der Gewissheit eine Gliederung gegeben. Du hast es in Abschnitte eingeteilt und jedes Kapitel trägt eine Überschrift. Ich habe Deine Gliederung zusammengestellt. Das ist eine erstklassige Diskussionsgrundlage. Nimm die Gliederung mit, als Arbeitspapier. Lege sie ihnen vor und dann erzähle von dem Buch, von Dir, von mir und von uns. Erzähle. Da bist Du ganz drin, dann bist Du ganz Du. Und dann bereite sie darauf vor, das nächste mal bin ich dabei.
Es müsste doch mit dem Teufel zugehen, wenn der Funken nicht überspringen würde, von Dir, über die Gliederung, zu ihnen.
Denn man los!
Deine Maria

***

Gesprächsgrundlage für den Club der Denker

Das Buch der Gewissheit

Erster Teil

Einleitung

Widmung – Wer sich nicht freimacht von allem

Thema – Macht euch bereit für etwas Neues

Von den Menschen im Angesicht der Erkenntnis – die Propheten Gottes bis Jesus

Exkurs – Warum haben die Menschen die Propheten Gottes abgelehnt?

Von Jesus und der Zeit nach ihm

Vom Verstehen der Prophezeiungen Jesu

Einleitung und Widmung – Das ist das Brot vom Himmel

Erklärung der Worte Jesu von seiner Wiederkunft – Teil 1

Exkurs – Himmel und Erde – Menschen und Offenbarer

Hymnus – Als der Strom meiner Rede diesen Stand erreicht hatte, wehte Gottes Geist

Erklärung der Worte Jesu von seiner Wiederkunft – Teil 2

Quintessenz und Zusammenfassung – Die Christen haben den übertragenen Sinn dieser Texte nie erfasst.

Zweiter Teil

Einleitung

Titel – Die Hoheitsgewalt über alles

Thema – Wie die Offenbarer Gott sichtbar werden lassen

Von den Spiegeln des Göttlichen

Die Unerforschlichkeit Gottes und was daraus folgt

Gott offenbart sich in allen Dingen

Die ersten Spiegel

Vom Selbstbestimmungsrecht der Offenbarer Gottes

Souveränität – in der Geschichte

Souveränität – in der Wirkung

Souveränität – im Wort

Souveränität – ohne Macht

Vom Erscheinen der Offenbarer und der Antwort der Menschen

Offenbarer verstehen und erkennen

Verwandelt werden

Ein Elixier

Von den Schriften und denen, die sie lesen

Lesen und Verstehen

Mit eigenen Augen sehen

Das Gelesene ergreifen

Von den zwei Stufen der Offenbarer

Und Ihrem Sein

Und Ihrer Funktion

Und Ihrer Haltung

Die Zeit ist gekommen

Von dem Wahren Sucher

Von den Klarstellungen

Von den Vorbereitungen

Von den Tugenden

Von den Betrachtungen

Von den Anderen

Von Gott allein

Von der Gewissheit

Von den Städten Gottes –

und denen, die sie suchen

Von den Sätzen Gottes –

und denen, die sie ablehnen

Von dem Tor –

und Seiner Glaubwürdigkeit

Von ??? –

und was noch aussteht

achtzehn

Textentwurf des Gabriel Archangelus

Fragmente für einen Brief an Maria. Der Brief wurde nie mehr geschrieben und abgeschickt.

Von dem – der kommt

Jeder gläubige Mensch
weiß davon
es ist nie etwas anderes
gesagt worden.
Die Schriften
sprechen
von einem neuen Glauben
erwarten ein neues Gesetz und
hoffen auf eine neue
Offenbarung.
Es ist so.
Das Alte wird zerbrochen werden
so wie die Boten Gottes
es immer getan haben.
Warum sollte es
diesmal anders sein?
Sie haben das zerbrochen
was vor ihnen war
um eine neue Wahrheit
zu schaffen.
Ein junger Mann
wird auftreten
und er wird sich auf eine lange
und heilige Tradition

berufen können.
Er wird ein neues
Buch
mitbringen
und ein neues Gesetz verkünden.
Er wird die Menschen
neu
um das Wort Gottes
versammeln
und zu neuen Geboten rufen.
Wenn ihr von ihm hört
dann geht zu ihm
freudigen Herzens.

So ist es uns verheißen worden.
Und weiter heißt es:
Er wird die Menschen
zu sich einladen
aber sie werden nicht kommen.
Niemand wird
auf ihn hören
und seine schlimmsten Feinde
werden die Geistlichen sein.
Sie werden
seinem Wort widersprechen
und seine Gebote
ablehnen.

Es steht in ihren
heiligen Büchern.
Sie selbst lesen es
in ihren Gottesdiensten
und merken nicht
dass sie
damit gemeint sind

weil durch sie
jene Ablehnung geschieht
vor der sie in ihrer
eigenen Verkündigung
warnen.

Denn längst
hat Gott damit begonnen
das zu tun, was er will
und gerade jetzt
kann man erleben
dass er befiehlt
was immer ihm gefällt.

Er wird
so vollkommen sein
wie Mose
so strahlend wie
Jesus
und so geduldig wie Job.
Und nehmen wir einmal an
alles Wissen
besteht aus
siebenundzwanzig
Buchstaben
so haben alle Offenbarer
zusammen
gerade zwei Buchstaben erklärt.
Er aber wird die restlichen
fünfundzwanzig Buchstaben
enthüllen.

So groß ist Er
und so
erhaben.

Da bilden sich die Menschen ein
sie könnten mit
ihrem schwachen
Verstand
der hinten und vorne
nicht langt
eine solche Offenbarung
beurteilen und
vermessen.
Und hätten gar noch
das Recht sie zu
verwerfen
wenn sie nicht hineinpasst
in ihr erbärmliches
Maß.
Meinst du
dass irgend jemand
von ihnen
irgendetwas
verstanden hat?

Ich muss nachrechnen. Ich hätte das gerne in Prozent. Mit den 27 kann ich es mir nicht vorstellen. Wie geht das? Irgendwie mit Dreisatz? Maria müsste das noch können. Ich nicht. Blamabel. Später. Ich habe es ausgerechnet. Wenn 27 Buchstaben hundert Teile sind (Prozent), dann ist ein Teil „100 durch 27", das ist 3,7. Dann sind zwei Teile „3,7 mal 2".

Es sind also 7,4 Prozent des gesamten Wissens, das die Menschheit erklärt bekam. 92,6 Prozent warten darauf, uns noch enthüllt zu werden. Und nun schau Dir an, wie sich in den letzten hundert Jahren unser Wissen entwickelt hat. Keiner weiß, wohin das noch führt. Ich brauche nur einmal meine Oma zu nehmen. Die ist gestorben, als ich drei Jahre alt war. Da gab es noch kein Fernsehen, keine Düsenjets, keine Computer und Internet konnten wir nicht mal buchstabieren. Sie ist gestorben, weil eine Gallenoperation für sie zu risikoreich gewesen wäre. Unvorstellbar. Zu einer Zeit, die wir, Du und ich noch erlebt haben. (So ungefähr, vielleicht noch mehr Beispiele dazu oder andere).

Muss ich noch mehr sagen?
Ich fürchte
wenn ich deutlicher würde
könnte nicht einmal
das Weltall als
Ganzes
das Gewicht
meiner Worte ertragen.
Als ich hierher kam
und die Zeichen
der Zeit erkannte
beschloss ich
mich zurückzuziehen.
Ich ging in die Wildnis
und lebte dort
abgeschieden von
allen
zwei volle Jahre.
Es war
eine Zeit
mit Einsamkeit
und vielen Tränen.
Oft genug quälte mich
abends der Hunger
so dass ich nicht einschlafen konnte
und fand auch
tagsüber keine Ruhe.

Dennoch
trotz dieser Entbehrungen
und vieler Schicksalsschläge
war ich von einer
unbeschreiblichen inneren
Freude erfüllt
und mein ganzes Wesen
strahlte eine ansteckende
Fröhlichkeit aus.
Denn in der Einsamkeit
war ich entrückt
mit meinem Geist
ganz innig verbunden
und vergaß
in dieser Verbundenheit
die Welt und
alles um mich herum.

Von mir aus
hätte es so bleiben können.
Ich hatte keinen
anderen Wunsch und
keinerlei Plan.
Jeder plant nach
seinen Gedanken
und folgt
dem eigenen Herzen.
Bis zu dem Augenblick
als aus der
Urquelle des Seins
der Ruf an mich ging
und mir befahl
gehe zurück
zu den Leuten.
Und ich ergab mich

in Seinen Willen
und kehrte
nach Bagdad zurück.
Hier bin ich
und mir fehlen die Worte
zu schreiben
in welchem Zustand
ich die Menschen
da fand.

Das alles wird
niemand verstehen
wenn er nicht
in der Tiefe seines Herzens
gläubig ist und
Gnade erwartet von Gott
von Ihm allein.
Und sonst
keinem.
Es ist
so
•

neunzehn

Von den letzten dramatischen Tagen in Bad S., die schließlich zu meiner sofortigen Abreise führten, gibt es keine Notizen. Auch keine Briefe, sodass ich alles aus der Erinnerung erzählen muss.

***

Es ist weg!
Gabriel stand völlig konsterniert da. Das Buch ist verschwunden. Erst dachte er, er hätte nicht richtig hingesehen oder das Regal verwechselt oder den Gang. Dann, mit zunehmender Panik, überlegte er, ob er es bei seinem letzten Besuch an die falsche Stelle gelegt hätte. Zuletzt kroch er sogar auf allen Vieren auf dem Boden herum. Weil es vielleicht heruntergefallen sein mochte.
Nichts von alledem. Es blieb verschwunden.
Gabriel sank auf einen Stuhl. Da saß er. Ratlos. Das Buch der Gewissheit war weg. Und das, fuhr es ihm durch den Kopf, ausgerechnet jetzt, wo Baha'u'llah vielleicht kurz vor der Enthüllung steht. Und wir die erlösenden Worte lesen könnten – Ich bin es. Auf keinen anderen braucht ihr mehr zu warten – . Jetzt ist es nicht mehr da. Was soll ich nur machen? Wie soll ich meine Notizen fortführen. Und vor allem, was schreibe ich Maria?
Gabriels Gedanken überschlugen sich. Aus Schrecksekunden wurden Schreckminuten. Erst langsam dämmert ihm, dass etwas passiert sein muss. Wie in einem Film liefen die Ereignisse der vergangenen Wochen vor ihm ab. Es war so, als wäre ihm ein Schleier von den Augen genommen. Er sah endlich klar. Und auf einmal verstand er. Die vielen Begegnungen mit den Schwestern in der Stadt. Sie hatten ihn im Visier. Die Anrufe, das Klingeln an der Tür, sie hatten ihn unter Kontrolle. Und als er etwas dagegen unternahm, auf der Post, war auch eine von ihnen dabei. Kein Wunder, dass sie ihre Strategie daraufhin änderten. Sie waren über alle seine Schritte informiert. Jetzt hatten sie zum nächsten Schlag ausgeholt. Nachdem sie ihn erst in Sicherheit gewiegt hatten, von wegen Haartest. Das Spiel ging in die entscheidende Phase. Alle Vorteile waren auf ihrer Seite. Er hatte sich zu sicher gefühlt. Sie machten ihr Spiel. Und er hatte das Nachsehen.
Das Buch ist weg.

Mit leicht gesenktem Kopf näherte sich fast lautlos die Bibliothekarin. Sich lächelte mild. „Herr, äh ...“, begann sie, „sie suchen sicher ihr Buch. Es ist bei der Mutter Oberin. Mutter Oberin bittet Sie zu einem Gespräch. Wäre Ihnen übermorgen recht? Gegen 15:00 Uhr? Dann könnte ich einen Termin für Sie vereinbaren.“ „Sicher. Natürlich. Warum auch nicht. Mutter Oberin“, hörte Gabriel sich sagen. Er hatte das Gefühl, neben sich zu stehen und das ganze Geschehen als Unbeteiligter zu betrachten. „Gut. Ich regele das für Sie. Melden Sie sich einfach an der Pforte. Man wird Sie dann zu ihr geleiten.“ Kurze Verneigung – und weg war sie.

An die Zeit danach hat er keine Erinnerung mehr. Die Details sind aus seinem Gedächtnis gelöscht. Nur Schmerz, Wut und Enttäuschung blieben zurück. Wie sollten die Stunden vergehen bis Übermorgen. Das Wort nahm überdimensionale Größe an und Zeit wurde zum Riesen. Übermorgen. Was wird übermorgen sein? Kann man sich so etwas überhaupt ausmalen? Man kann eigentlich nicht. Er tat es dennoch. In immer neuen Varianten spielte ihm seine Phantasie die Szene vor und immer neue Bilder entsprangen seiner Angst. Doch keines kam auch nur annähernd dem nahe, was dann tatsächlich geschah. Welche Rolle spielte die Mutter Oberin? Wer war das überhaupt? Und wer gab ihr eine solche Macht über ihn?

***

Gegen Ende des Krieges kam „Fräulein von N.“ in Bad S. an, ihre Mutter im Schlepptau. Sie kamen aus dem Osten. Die Mutter war dort Gutsherrin gewesen und selbst Krieg und Vertreibung hatten ihnen den Stolz und den Adel der Großgrundbesitzer nicht nehmen können. Vom Vater wusste man nichts. Entwurzelt, wie so viele in die-

ser Zeit, ließen sie sich in der Nähe von Kloster S. nieder. „Fräulein von N." legte großen Wert darauf, Fräulein genannt zu werden. Sie war nicht nur vornehm, sie war auch eine gute Lehrerin. Und gute Lehrerinnen waren rar nach dem Krieg. So fand sie bald eine Stelle in der Klosterschule von Kloster S. Von Hause aus katholisch und tief gläubig erzogen, bot ihr, die ihre Heimat verloren hatte, das Kloster bald eine neue geistige Heimat.
Als wenige Jahre darauf die Mutter starb, war der Weg vorgezeichnet. Wann die Entscheidung genau gefallen war, wusste sie nicht. Es war auch keine große Entscheidung, um die man ringen muss, wie man sich das landläufig vorstellt. Es war einfach der nächste folgerichtige Schritt. Familie hatte sie keine mehr. Der Gutshof war verloren. In die Tradition ihrer adligen Vorfahren konnte sie nicht mehr eintreten, also trat sie als Novizin in Kloster S. ein. Da sie das für Novizinnen vorgeschriebene Höchstalter bereits überschritten hatte, musste man in Rom eine Sondergenehmigung einholen. Was aber kein Problem war.
Ein größeres Problem war die klösterliche Unterordnung. Gehorsam gehörte nicht gerade zu ihren Tugenden. Wie sie bald feststellen musste. Als ihr das klar geworden war, traf sie eine folgenschwere Entscheidung. Daran allerdings erinnerte sie sich noch gut. Sie strebte von nun an eine Leitungsposition im Orden an. Der beste Weg mit einem Problem fertig zu werden, ist, es zu überwinden. Also hieß es, sich einige Jahre fest zusammenzunehmen, bis sie eine Stufe erreicht hatte, in der sie selbst über andere verfügen konnte. Ein solches Ziel vor Augen, ließ sich der geforderte Gehorsam ertragen. Zur Gutsherrin geboren, würde sie nach Jahren der Unterwerfung Oberin sein.
So wurde aus „Fräulein von N." Mater Alberta.

„Schwester Mater Alberta zum neuen Küchenchef, Schwester Mater Alberta zum neuen Küchenchef. Glory, glory Halleluja." Die ausgelassene Menge der Schülerinnen skandierte den Refrain immer lauter. Mater Alberta tanzte mit übertrieben grazilen Bewegungen und süßsaurer Miene inmitten der Schar. Deutlich spürte man dahinter ihre Ablehnung. Oh, wie sie diese Veranstaltungen hasste. Karneval in der Klosterschule! Aber es musste sein. Noch vor ein paar Tagen hatte sie in der Konferenz dazu Stellung genommen. „Wir können uns nicht zum Diener eines Zeitgeistes machen, wenn es ein Ungeist ist." Sie hörte ihrer eigenen Stimme zu, wie sie in der großen Halle klang. „Ich werde mich bis zu Letzt weigern, einen Staat mit sozialistischen Phantastereien zu unterstützen. Es war der Wahn des Kommunismus, der uns alles genommen hat, was unsere Großeltern mit ihrer Hände Arbeit mühsam aufgebaut haben. Und es ist das Schreckgespenst des Atheismus, der hier in der Maske der Ausgelassenheit in unseren Reihen salonfähig gemacht werden soll. Nein, sehr geehrte Kolleginnen, liebe Mitschwestern, das hat mit Freiheit und Lebensbejahung nichts zu tun. Das ist die Kapitulation vor der Mode." Betretenes Schweigen in der Runde. Schließlich sagte Mater Ingnatia, die Schulleiterin: „Schreiten wir zur Abstimmung, Schwestern."
Die Abstimmung war eindeutig. Mater Alberta hatte sich nicht durchsetzen können. Sie war sich selbst darüber im klaren, auf welch wackligen Füßen ihre Argumentation stand. Aber es war ihre innerste, ihre heiligste Überzeugung. Und das wiederum machte sie stark. Offensichtlich aber nicht stark genug, um das ausgelassene Treiben zu verhindern. „Wenn ein Stein zu groß ist, um ihn wegzuheben, muss man eben darum herum gehen." Diese Weisheit hatte sie schon von ihrer Mutter auf dem Gutshof gehört.

So hatte sie gelernt, scheinbar nachzugeben, mit guter Miene zum bösen Spiel, um später umso konsequenter vorgehen zu können. Ihrem Ziel entgegen.

Aber der Weg dahin war mühsam und schmerzlich. Inzwischen war das Konzil ins Land gezogen und hatte ihr im Rahmen der Klosterreform den Titel „Mater" genommen. Also waren sie jetzt alle Schwestern. Leichter wurde es dadurch für Schwester Alberta auch nicht. Oft saß sie in ihrer Zelle und kämpfte mit den Tränen. Manchmal fühlte sie sich wieder wie im Krieg. Sie war zur Schulleiterin avanciert und damit zur zweiten Säule von Kloster S. geworden. Ihr stand Schwester Oberin gegenüber. Zwei starke Frauen, die beide ihre „Anhängerinnen" um sich scharten.

Es war Weihnachten, nach der Christmette. Alle kamen im Kapitelsaal zusammen und standen im Kreis. Mutter Oberin, flankiert von ihrer Assistentin, ging von Schwester zu Schwester und gab jeder die Hand. „Ich wünsche Ihnen gesegnete Weihnachten und die Gnade des neugeborenen Herrn." Sanft und zuckersüß klang die Stimme in Schwester Albertas Ohren. Bis sie an die Reihe kam. Aber sie kam nicht an die Reihe! Starr vor Schrecken musste sie erleben, dass sie übergangen wurde. Schwester Theophila, die Mutter Oberin, ging einfach an ihr vorbei. So, als sei sie gar nicht vorhanden. Und es ging weiter. Allen, die Schwester Alberta nahe standen, ging es ebenso. Sie wurden behandelt wie Luft. Tapfer überstand sie die Runde. An das anschließende Abendessen im festlich geschmückten Refektorium erinnerte sie sich nur noch schemenhaft.

Endlich war es vorbei und sie konnte sich zurückziehen, um mit ihrem Schmerz allein zu sein. Der Weg nach oben ist hart, auch in einem Konvent von Frauen. Vielleicht gerade da, wo Schwestern kraft ihrer Rolle und ihrer

Überzeugung dazu verpflichtet sind, brüderlich miteinander umzugehen.

Nun, auch das gehörte längst der Vergangenheit an und heute war Fräulein von N., die spätere Schwester Alberta, selbst Mutter Oberin. Meistens stand sie mit beiden Füßen fest auf dem Boden. Eine Realistin. Sie führte ein strenges, aber ein offenes Regiment. Man wusste stets, woran man war und Ränke oder Intrigen hatten bei ihr keine Chance. Genauso wenig wie Widerspruch. Und sich nicht durchsetzen zu können, empfand sie immer noch als eine persönliche Niederlage. Ihre heimliche Leidenschaft galt der großen Kirchenpolitik. Ihre Hauptpflicht sah sie darin, Schaden von ihren Schwestern fernzuhalten und den Konvent in Ruhe und Sicherheit zu führen. Unordnung oder Verwirrung, geistiger, materieller oder persönlicher Art bei ihren Ordensmitgliedern waren ihr ein Gräuel. Und man sagte ihr nach, dass sie nichts anbrennen ließ.

***

So etwa hat man sich die Lage zu denken, als Gabriel sich auf den Weg machte, seinen schweren Gang zu tun.

Der Weg zum Kloster! Unzählige mal war Gabriel ihn gegangen und ganz unterschiedliche Stimmungen hatten ihn dabei begleitet. Aber so wie heute war es noch nie. Es herrschte eine brütende, drückende Hitze, die sich ihm auf die Glieder legte, sodass jeder Schritt schwer wurde. Es war so, als müsste er mit allen ihm zur Verfügung stehenden Kräften gegen einen Wind ankämpfen, der ihm entgegenschlug, obwohl doch kein Lüftchen ging. Das Gegenteil von einem Sog schien von Kloster S. auszugehen. So als würde es mit unsichtbaren magnetischen oder gar magischen Kräften versuchen zu verhindern, dass er sich ihm näherte.

„Das alles spielt sich in deinem Kopf ab, in deiner Phantasie“, murmelte er vor sich hin. Es ist die Angst vor der Begegnung mit der Institution, die dir in die Knochen gefahren ist. Aber so klar ihn diese Erkenntnis auch überkam, an seinem Zustand änderte sie nichts. Es blieb sehr schwer. Er bewegte sich mit Blei in den Knochen und spürte schmerzlich jeden Schritt, mit dem er sich dem schrecklichen Kloster näherte.

Es ist schon interessant, wie schnell ein Ort seine Bedeutung für uns völlig verändern kann. Der Ort, der ihm einmal Anziehungspunkt für Hoffnung und Zuversicht war, zu dem er mit Freude, Leichtigkeit und Neugier, wenn auch nie ohne Spannung, gekommen war, auf einmal wurde er für ihn zu einem „schrecklichen Kloster“. Dann hatte er das Gefühl, das Kloster würde sich mit jedem Schritt, den er auf es zutat, gleichzeitig von ihm entfernen. Er ging und ging und kam doch nicht hin.

Werden wir verfolgt, ja oder nein? Die Frage bewegte sich in ihm im Rhythmus seines keuchenden Atems. Obwohl sie doch längst beantwortet war. Werden wir verfolgt, ja oder nein? Was wird sie sagen? Werde ich die richtige Antwort finden? Wer werde ich sein in einer Stunde? Bald ist es fünfzehn Uhr. Die Stunde der Kreuzigung. Mein Golgatha liegt da oben in Kloster S. Quatsch. Was denkst du? Jetzt übertreibst du aber. Wirklich? Und wenn nicht? Werden wir verfolgt, ja oder nein? Was wird sie sagen? Wie werde ich sein? Melden Sie sich einfach an der Pforte. Man wird Sie dann gleich geleiten. Da hab ich keine Zweifel. Na klar! Melden Sie sich ruhig. Pforte. Die Pforte zu was?

Und dann begann alles wieder von vorne. Innere Dialoge eines langen, mühevollen Weges. Aber dennoch gab es für Gabriel keinen anderen Weg. Für keinen Augenblick.

Davonlaufen ist nicht. Schließlich hatte er den Berg erklommen, der eher ein Hügel war und stand klopfenden Herzens an der Pforte von Kloster S.

„Ja bitte." Die Schwester, die ihn bis vor das Amtszimmer der Oberin geleitet und sogar für ihn geklopft hatte, öffnete die Tür und tat dann einen raschen Schritt zur Seite, um Gabriel eintreten zu lassen. Schwester Alberta, Mutter Oberin, stand hinter ihrem Schreibtisch. „Kommen Sie herein", wandte sie sich an Gabriel. Und dann mit einem Seitenblick zu ihrer Mitschwester, „danke schön Schwester. Es ist gut. Und schließen Sie die Tür, wenn Sie gehen. Ich will Sie nicht von Ihrer Arbeit abhalten." Die Oberin des Klosters ging um ihren Schreibtisch herum, kam auf Gabriel zu und streckte ihm jovial die Hand entgegen. „Grüß Gott. Aber bitte, nehmen Sie doch Platz."
Das hatte er nicht erwartet.
Nicht diese fließende Freundlichkeit. Sie setzte sich ihm gegenüber und begann ein belangloses Gespräch. „Haben Sie es gleich gefunden, herauf zu mir? Sie sind sehr pünktlich. Das hat man nicht häufig in dieser Zeit. Es sind so viele Tugenden verloren gegangen in den letzten 50 Jahren. Die Welt hat sich verändert und längst nicht alles ist besser geworden. Längst nicht alles." Usw. usw. Warm up nennt man das wohl, dachte Gabriel und wartete gespannt, wann Sie denn endlich zur Sache käme. Verstohlen schaute er sich im Zimmer um. Kirschholz massiv. Alles passend. Repräsentative Bücherschränke mit bleiverglasten Scheiben. Nicht sehr alt, aber gediegen. Goldene Brokatvorhänge. An der Wand das unvermeidliche Barlach Bild. Wer einigermaßen was auf sich hält in der Kirche, hat einen Barlach. Die einfachen Leute auf Resopal aufgezogen. Die höheren Chargen hinter Glas mit Goldrähmchen. Auf dem Schreibtisch, der ganz un-

passend mit einem Notebook verunziert war, lag das Buch der Gewissheit. Obwohl er es erwartet hatte, gab es ihm einen Stich. Jetzt also ist es aktenkundig und unausweichlich. Da lag das Corpus Delicti. Schwester Alberta plauderte weiter munter drauflos. Und Gabriel merkte, wie er sich mehr und mehr ihrem Plauderton anpasste, darauf einging und selbst freundlicher, offener, wehrloser wurde. Ihre Taktik zeigte Erfolg. Sie verwickelte ihn in ein Netz der Freundlichkeit. Ihre Worte legten sich wie Fäden um ihn, spannen ihn immer mehr ein und zogen ihn nach und nach auf ihre Seite. Immer öfter stimmte er ihr zu. Gabriel begann sich mit ihr zu identifizieren, ihre Probleme und Fragen zu den seinen zu machen und die Welt mit ihren Augen zu sehen. Es war wie ein Zauber. Wenn sie so weiter macht, werde ich alles, was ich mir vorgenommen habe vergessen. Ich werde ihr in allem Recht geben, aufgeben und in diesem Augenblick tatsächlich überzeugt sein, meiner eigenen Meinung und meinem eigenen Willen zu folgen. Erst wenn ich wieder draußen bin, an der frischen Luft und mindestens ein Kilometer Raum zwischen uns liegt, werde ich aufwachen und voller Schrecken erkennen, wie ich alles verraten habe. Gabriel sah, was geschah. Er hätte es fast mit Händen greifen können und konnte nichts dagegen tun.

„Meine Güte, Sie sind ja völlig erhitzt," unterbrach Schwester Alberta sich selbst, „und ich sitze hier und erzähle Ihnen lauter belangloses Zeug und vernachlässige die einfachsten Pflichten der Gastfreundschaft." „Nein, nein", eilte sich Gabriel zu versichern. „Es ist alles in bester Ordnung." „Darf ich Ihnen etwas zu Trinken anbieten? Vielleicht einen Tee?" Ehe Gabriel etwas sagen konnte, war sie aufgestanden und holte zwei Tassen aus dem Schrank. Eine Kanne mit Tee stand auf einem Stövchen in Reichweite und Schwester Alberta, die Herrin über einen Konvent, bediente ihren Gast persönlich.

Gabriel sah, wie ihre Hand dabei leise zitterte. Mein Gott, die hat ja Angst. Diese Erkenntnis traf ihn wie einen Schlag. Das hätte er noch weniger erwartet. Zugleich gab diese Erkenntnis ihm etwas von seiner Freiheit zurück. Die Spannung ließ nach. Er nahm den Tee, bedankte sich artig, lehnte sich leicht im Sessel zurück. Nun lass mal kommen, dachte er dabei und schaute ihr zum ersten mal in die Augen. Es glaubte etwas von Tiefe und Wärme darin zu sehen, aber auch ein Hauch von Verlegenheit. Verlegenheit? Merkwürdig. Mehr als merkwürdig. Als sie zum dritten mal zur Tasse gegriffen hatte, ohne daraus zu trinken, holte sie tief Luft. Jetzt geht es los, dachte Gabriel und seine Muskeln spannten sich. Zugleich fing er an zu lachen. Sein Lachen, von dem alle begeistert waren. Nur wenige wussten, dahinter seine Angst zu erkennen. Ja, auch er hatte Angst. Der Zauber aber, der ihn zu umgarnen drohte, der Zauber hatte sich gelegt.

„Sie waren in den letzten Monaten ein recht häufiger Gast in unserem Hause. Nicht dass wir etwas dagegen hätten. Beileibe nicht. Ganz im Gegenteil. Es freut uns natürlich, wenn unsere bescheidene Büchersammlung auf so großer Interesse stößt." Ihr Blick schweifte umher und kehrte schließlich zu ihrer Teetasse zurück. „Sie haben sich, wenn ich recht unterrichtet bin, besonders mit einem Buch beschäftigt. Handelt es sich dabei um ein Spezialgebiet von Ihnen? Oder betreiben Sie irgendwelche besonderen Studien?"

„Eigentlich nicht", beteuerte Gabriel treuherzig. „Ich stieß eher durch Zufall darauf. Es interessiert mich einfach. Obwohl es nichts Besonderes ist. Eigentlich lese ich es eher zum Zeitvertreib." Was sage ich da. So ist es doch gar nicht. Es ist die spannendste Lektüre meines Lebens. „Wenn Sie es nicht zulassen können, kann ich auch problemlos darauf verzichten." Feigling!

„Nun, schauen wir mal. Ich möchte einfach, dass Sie mich verstehen. Versuchen Sie es einmal mit meinen Augen zu sehen.“ Sie beugte sich vor, streckte den Arm aus und holte das Buch. Verlegen drehte sie es in der Hand. „Für Sie ist es nur ein Buch. Für mich hingegen – ich habe als Oberin eines doch recht beachtlichen Konventes eine große Verantwortung.“ „Das ist verständlich“, erwiderte Gabriel, obwohl er kein Wort verstand. Jetzt schlägt sie gleich das Buch auf, zitiert einen besonders gefährlichen Satz und erklärt mir meine unmögliche, ketzerische Haltung. Dann wird sie von mir irgend eine eidesstattliche Erklärung verlangen oder ich muss abschwören oder sie wird mit mir beten oder sonst etwas tun.

Doch das Buch blieb zu. Weiter drehte es sich in der Hand von Fräulein von N., der Mutter Oberin aus Kloster S. Plötzlich strafften sich ihre Schultern, so als hätte sie einen Entschluss gefasst. Sie blickte starr geradeaus und begann: „Ich weiß nicht, ob Sie sich vorstellen können, wie wir hier leben. Eine Gemeinschaft von Frauen, die sich ganz dem geistlichen Leben widmen. Wir kriegen zwar mit, was in der Welt geschieht, aber es berührt uns nicht. Uns berühren andere Dinge. Uns bewegen andere Fragen. – Es ist eine schöne, eine ausgeglichene Welt. Wir haben unseren Frieden gefunden und unsere Sicherheit. Unser Weg ist vorgezeichnet und wir folgen ihm beharrlich. Natürlich haben wir auch unsere Probleme und Problemchen,“ verhaltenes Lächeln, „aber alles in allem geht es uns gut. Was glauben Sie nun, was passiert, wenn in diese Welt etwas einbricht, was alle Sicherheiten wegspült?“ Gabriel sagte nichts. Es wurde wohl auch nicht von ihm erwartet. Atemlos lauschte er ihren Worten und sah, wie das Gedankengebäude vor Schwester Alberta sich mehr und mehr auftürmte.

„Ich weiß nicht recht, wie ich es sagen soll. Ihre häufige Gegenwart in unseren Mauern hat doch leider Gottes zu

einer gewissen Unruhe geführt. Verstehen Sie?“ Er verstand nichts.
„Bitte verstehen Sie mich nicht falsch.“ Stocken. „Sie sind ein Mann und meine Schwestern, zumindest einige von ihnen, sind eine so regelmäßige Nähe zu einem Mann nicht gewohnt. Es verwirrt sie. Sodass ich mich genötigt sah, einzugreifen. Bitte entschuldigen Sie.“ Verlegenes Schweigen. Ihre Finger spielten mit dem silbernen Teelöffel und rührten schließlich hastig den längst kalt gewordenen Tee. Gabriel glaubte nicht richtig gehört zu haben und starrte fassungslos auf den sich immer schneller drehenden Löffel.
„Sie meinen?“
„Muss ich noch deutlicher werden? Bitte. Die Situation ist ohnehin schon unangenehm genug. Ersparen Sie mir weitere Erklärungen.“ Mit dem Verstehen kam die Erleichterung. Und sie kam plötzlich und war so heftig, dass sie schmerzte. Sie war gewaltig, existenziell, körperlich und riss ihn fast von seinem Stuhl.
Das also war es gewesen! Eine der Schwestern, zur Ehelosigkeit verdammt durch ihr Gelübde, hatte sich verliebt. Oder mehrere. In ihn. Und für Unruhe gesorgt, für Eifersucht, Missgunst, Neid. Die sichere Ruhe einer Gemeinschaft war gestört. Das war es gewesen, ein kleines, unbedeutendes, hormonelles Problem oder eine große menschliche Tragödie. Je nachdem, wie man es sieht.
Und wir hatten gedacht ...
Gabriel sah auf. „Was machen wir jetzt?“
Schwester Alberta sah ihn gerade heraus an. Ihre Stimme schwankte leicht, als sie antwortete: „Ich möchte Ihnen das Buch geben. Ich möchte es Ihnen schenken, wenn Sie mir versprechen, nie mehr dieses Kloster zu betreten. Sie hätten doch dann auch keinen Grund mehr dazu. Oder?“
Dieses „oder“ drückte alles aus. Alle Angst und Befürchtung einer Ordensleitung, es könnte mehr dahinter ste-

cken. Und dieses „oder“ entschädigte Gabriel für jede seiner Ängste. Sie hatte genauso gelitten wie er. Und ihre Not war genauso unbegründet gewesen, wie seine.
„Danke“, sagte er, „danke. Das nehme ich gerne an.“
Und er streckte die Hand aus.

***

Der Rückweg nachhause ist wie im Traum. Gabriel fliegt. Er schwebt 10 cm über dem Boden. Die Bilder um ihn herum, Landschaften, Häuser, Menschen sieht er nur noch als Farbfelder und Lichter, die sich im Nebel bewegen. „Wir haben das Buch. Wir haben das Buch der Gewissheit in Händen. Jetzt ist es uns. Jetzt ist es unser Buch.“
Am Ende merkt er, wie er rennt. Er rennt durch die Stadt, das Buch unter dem Arm und spürt, wie alles zerbricht. Das Leben in Bad S. mit seiner Enge, seiner Düsternis, seinen Zwängen und seiner permanenten Müdigkeit. Wie das Leben in einer Schneekugel, die jetzt birst. „Ich komme raus und bin frei und leicht. Ich kann bald fliegen. Den Störchen nach...“
Jetzt ist alles ganz anders. Eine neue, völlig andere Situation. Gabriel wird packen. In Windeseile alles zusammenpacken. „Dann werde ich zu Maria gehen, der Frau meines Lebens. Ich werde sie lange ansehen. Sie ganz vorsichtig in den Arm nehmen und leise fragen: „Willst Du mit mir aufbrechen und nach dem neuen Leben suchen, ein Leben lang?“ Und sie wird „ja“ sagen und dieser Tag wird in ihre Geschichte eingehen als „Hochzeitsantragsundzustimmungstag“.
Später werden sie nach Bad S. zurückkehren zu Winnetou und seinem Club. Erst später. Das muss warten. Sie haben ein schriftliches Zeugnis. Das ist mehr als die Denkfabrik.

Jetzt können sie sich auf den Weg machen, die Menschen zu suchen, denen Ähnliches widerfahren ist. Es muss sie geben. Dieses Buch kann nicht ohne Wirkung geblieben sein. Sie werden die Menschen suchen, die gleich ihnen auf der Suche sind, nach dem neuen Leben. Sie werden sie suchen und werden sie finden.
Ganz bestimmt.
Ein Buch weist ihnen die Richtung.

Epilog

Das alles ist nun schon sehr lange her. Und manch einer wird sich aus heutiger Sicht fragen, ist das wirklich damals so passiert?

Wer das tut, bedenke bitte, dass wir seinerzeit nichts von dem hatten, was heute allgemeines Bildungsgut ist. Wir hatten nichts als unsere Sehnsucht und das schmerzliche Wissen, dass es so nicht weiter geht.

Wir hatten doch gerade erst angefangen zu begreifen, dass der Weg der Selbstverwirklichung in eine Sackgasse mündet. Die ersten Zweifel kamen auf, ob es denn richtig sei, zu glauben, jeder sei dazu da, seine Wichtigkeit und seine Überlegenheit zu beweisen, seine bewussten und unbewussten Bedürfnisse zu erforschen und auszuleben. Viele glaubten noch, dass sie durch Vergnügen und Erfolg ihrem Leben einen Sinn geben könnten. Und es waren nur Wenige, die den Wahnsinn dieses Kultes erkannten.

Wir spürten eine großer Leere in einer Gesellschaft, die sich dem Spaß verschrieben hatte. Unsere Sehnsucht führte uns in eine neue Richtung und wir entdeckten die Gemeinschaft als Baustein des Lebens. Wir möchten dazugehören. In dem Maß in dem wir dazugehören, werden wir menschlich und in dem Maß in dem uns die Zugehörigkeit verwehrt wird, werden wir unmenschlich. Wir Menschen streben nach Gemeinschaft. Das hält uns am Leben.

So weit waren wir gekommen und damit gescheitert, verlacht und abgewiesen. Wir hatten noch keine Ahnung von dem, der 150 Jahre zuvor der Welt einen neuen fundamentalen Impuls gegeben hatte. Ein Impuls, der weit über das hinaus geht, was wir erdachten und bedeutungs-

voller ist als die Entschlüsselung des menschlichen Genoms durch unsere Wissenschaftler.
Der zentrale Baustein allen Lebens, so wissen wir heute, besteht nicht aus Eiweißbasen, sondern symbolisiert sich in der Zahl 19. Das ist der Zahlenwert des Wortes Vahid und das heißt Einheit. Das Geheimnis des Lebens ist das Streben der gesamten Schöpfung nach Einheit.
Die Anfänge habe ich aufgezeichnet und chronologisch sortiert in dieser Schrift. Um etwas zu bewahren von der Aufregung und Spannung jener Tage. Auch von den großen Schwierigkeiten und Blockaden, die uns entgegen standen. Die meisten davon waren in uns selbst.
Es wäre so einfach gewesen. Man muss nur den Störchen folgen. Sie sind uns immer um einen Schritt voraus gewesen. Die ganze Zeit.
So aber brauchten wir noch Jahre, denn Störchen zu folgen, waren wir damals zu stolz.

P.S. Zum leichteren Vergleich meiner damals geschriebenen Notizen, habe ich die Texte dem Original zugeordnet. So kann man ohne große Mühe im Buch der Gewissheit nachlesen, was uns in dieser bewegten Zeit aus dem unerschöpflichen Reichtum der Schrift ergriffen hat. Und auch, was nicht. Es ist und bleibt das Original, das die Schätze aller Welt in sich trägt.

Anmerkungen

S. 19 – 22:	Baha'u'llah, Das Buch der Gewissheit, Hofheim[4] 2000, Abschnitt 1 – 6
S. 25 – 29:	ebenda Abschnitt 7 – 12
S. 30 – 32:	ebenda Abschnitt 13 +14
S. 33 – 35	ebenda Abschnitt 15 + 16
S. 36 – 38	ebenda Abschnitt 17 + 18
S. 39 – 41	ebenda Abschnitt 19 + 20
S. 43 – 45	ebenda Abschnitt 22 + 23
S. 47 – 53	ebenda Abschnitt 24, 25, 28
S. 54 – 56	ebenda Abschnitt 28 – 30
S. 56 – 61	ebenda Abschnitt 31 – 33
S. 62 – 66	ebenda Abschnitt 34, 35, 38, 42, 44 – 46
S. 68 – 70	ebenda Abschnitt 46
S. 70 – 75	ebenda Abschnitt 47 – 49, 51 – 53, 56
S. 76 – 81	ebenda Abschnitt 56, 58 – 63
S. 83 – 85	ebenda Abschnitt 64 + 65
S. 86 – 91	ebenda Abschnitt 66, 69, 70, 73, 74
S. 91 – 96	ebenda Abschnitt 79 – 82, 84, 85
S. 100 – 101	ebenda Abschnitt 86 + 87
S. 101 – 106	ebenda Abschnitt 88, 89, 98, 99, 101
S. 129 – 130	ebenda Abschnitt 102
S. 130	ebenda Abschnitt 103
S. 131 – 133	ebenda Abschnitt 104 –106
S. 134 – 137	ebenda Abschnitt 107, 109, 110
S. 139 – 140	ebenda Abschnitt 111 + 112
S. 141 – 143	ebenda Abschnitt 113 + 114
S. 143 – 147	ebenda Abschnitt 114, 117 – 119
S. 163 – 165	ebenda Abschnitt 120, 122, 123, 125, 126, 128
S. 167 – 175	ebenda Abschnitt 131, 133, 134, 136, 141 – 146, 149, 151
S. 179 – 180	ebenda Abschnitt 154 + 155
S. 181 – 187	ebenda Abschnitt 161 – 163
S. 188 – 192	ebenda Abschnitt 164 – 167

S. 198 – 200	ebenda Abschnitt 169
S. 200 – 204	ebenda Abschnitt 170, 171, 173
S. 207 – 215	ebenda Abschnitt 174, 176, 177, 182, 183, 185, 187, 189, 190
S. 221 – 228	ebenda Abschnitt 191 – 194, 196, 197
S. 234 – 244	ebenda Abschnitt 211 – 214, 216
S. 268 – 269	ebenda Abschnitt 216, 217
S. 270 – 273	ebenda Abschnitt 217 – 219
S. 274 – 275	ebenda Abschnitt 226, 228 – 230
S. 275 – 278	ebenda Abschnitt 232 – 234, 236, 237, 239, 240
S. 279 – 281	ebenda Abschnitt 242, 243
S. 282 – 284	ebenda Abschnitt 246, 247
S. 284 – 286	ebenda Abschnitt 249 – 251, 254
S. 296 – 297	ebenda Abschnitt 256, 257
S. 297 – 300	ebenda Abschnitt 257, 259, 260
S. 302	ebenda Abschnitt 266
S. 303 – 305	ebenda Abschnitt 267, 268, 270
S. 315 – 318	ebenda Abschnitt 270 – 273
S. 319 – 321	ebenda Abschnitt 278 – 280